그림 그리며 걷는
올레길과 제주

그림그리며 걷는 올레길과 제주

초 판 1쇄 2024년 01월 19일

지은이 박노해
펴낸이 류종렬

펴낸곳 미다스북스
본부장 임종익
편집장 이다경
책임진행 김가영, 박유진, 윤가희, 이예나, 안채원, 김요섭, 임인영

등록 2001년 3월 21일 제2001-000040호
주소 서울시 마포구 양화로 133 서교타워 711호
전화 02) 322-7802~3
팩스 02) 6007-1845
블로그 http://blog.naver.com/midasbooks
전자주소 midasbooks@hanmail.net
페이스북 https://www.facebook.com/midasbooks425
인스타그램 https://www.instagram/midasbooks

© 박노해, 미다스북스 2024, *Printed in Korea*.

ISBN 979-11-6910-450-0 03810

값 25,000원

미다스북스는 다음세대에게 필요한 지혜와 교양을 생각합니다.

제주 올레길의 길라잡이가 되어주는
드로잉 여행 에세이

그림 그리며 걷는
올레길과 제주

글 · 그림 **박노해**

어느 날은 제주의 하늘이 예뻐 색칠을 하다 넋을 잃고,
어느 날은 구멍 숭숭 돌담이 정겨워 화첩 속으로 가득 데려다 놓고,
어느 날은 바다 물빛이 너무 좋아 물감놀이에 해가 저물고 …….

미다스북스

프롤로그

제1장: 천혜의 자연경관과 제주문화가 숨 쉬는 곳
(성산읍~서귀포시 올레길과 명소)

제2장: 제주스러움을 담고 있는 비경 속의 설렘

(서귀포시~대정읍 사이 올레길과 명소)

제3장: 환상의 물빛 바다 사랑이어라

(대정읍~제주 원도심 사이 올레길과 명소)

제4장: 역사문화가 녹아 있고 감성이 머물고 싶어 하는 곳

(제주 원도심~구좌읍 올레길과 명소)

제5장: 발걸음을 부르는 가고 싶은 그곳

(올레길이 닿지 않는 중산간 지역의 명소)

에필로그

프롤로그
제주가 좋아서

서울에서 25년간 유아교육에 전념하며, 유치원을 운영하면서도 그림이 좋아 틈틈이 그림을 계속 그려오다가, 더 나이 들기 전에 해보자라는 생각으로 과감히 유치원장직을 내려놓고, 수채화를 본격적으로 그리기 시작하여 수십여 년이 지나고 있다.

한국미술협회 정회원 및 서울미술협회 정회원 등 여러 미술단체의 회원이 되어 열정적으로 서울에서 수채화 작가로 활동하다 보니 초대전 및 개인전을 11번 하게 되었고, 미술협회 정기전 및 그룹 전도 200여 회를 넘게 하게 되었다.
그러는 동안 대한민국미술대전에서 특선 및 목우회와 여러 단체의 공모전에서도 수차례 수상을 하였고, 문화센터 수채화 강사로 미술지도를 오랫동안 하였다.

스케치 여행을 십여 년 동안 주로 섬과 전국으로 화우들과 함께 다니며 어반 스케치를 하였고, 여행을 좋아해서 국내는 물론 해외여행도 꾸준하게 다니다 보니 중남미 여행을 비롯하여 크루즈 여행 및 세계 각 지역을 많이 다녔고, 미국에는 수차례 장기간 체류하면서 그림에 대한 이해와 공부를 겸한 다양한 경험도 많이 하게 되었다.

제주가 좋아 수시로 드나들었고, 동행해 주는 가족이 있어 한달살이 등 제주를 갈 때마다 어반 스케치를 하고, 올레길 새로운 코스 걷기를 반복하며 제주 특유의 문화에 푹 빠져 지내게 된 것도 벌써 4년이 넘게 되니 제주에 대한 스토리도 많아졌다.

책을 낸다거나, 올레길을 완주한다거나, 하는 생각은 없었고, 그냥 그리는 것이 좋았고, 제주가 좋아서였다. 계절을 달리하며 올레길을 걷거나, 명소들을 살펴보며, 나의 발길 닿은 곳, 나의 감성에 들어오는 제주의 구석구석을 쉬지 않고, 그리고 또 그리다 보니 수채화 작품이 수백여 점이다.

그렇게 나의 희로애락과 함께 그림으로 남기고, 글로 자세하게 기록해 오다 보니 제주도 한 바퀴를 다 돌게 되었고, 오롯이 수채화로 담아내는 제주이야기가 되고, 올레길을 꼼꼼히 살피며 자세하게 안내하는 길라잡이가 되었다.

제주 올레길은 걷기 전 미리 자료들을 찾아보고, 한 코스 한 코스를 따라 걸으며 그 지역의 명소와 문화와 생활상, 그리고 전설, 유래, 역사, 등등의 흔적들을 관심 있게 살펴보았다. 참고 자료로는 현장 안내문과 신문(향토지), 읍, 면, 마을 소개 자료를 인용했고 때로는 인터넷 백과사전도 참고하였다.

누군가가 나의 책을 보고 그림을 그리고 싶어지고, 누군가는 이 책을 보고 올레길도 걸어보고 싶어지면 참 좋겠다. 올레길을 걸으며, 또는 여행을 하며, 마주한 눈앞의 순간을 그림으로 그린다는 것이 얼마나 매력적이고, 행복한 일이라는 걸 알게 되는 계기가 되었으면 하는 바람이다.

제1장

천혜의 자연경관과 제주문화가 숨 쉬는 곳
(성산읍~서귀포시 올레길과 명소)

제주 올레길 1코스(시흥리 정류장~광치기해변 15.6km)
설렘으로 성산포를 만나러 가는 길

  제주 201번 버스로 시흥리 정류장에 도착하니 도로 옆에 서 있는 파란 간세가 보인다. 이곳이 올레길 1코스 시작점이고, 간세가 품고 있는 인증 스탬프를 찍고 걷기 시작한다. 대부분 올레여행자들은 올레길 1코스부터 전 코스 완주를 목표로 올레길 걷기를 시작하는 경우가 대부분인데 바로 이곳이다.

  올레길 안내는 파랑색(정방향)과 빨간색(역방향) 기다란 리본을 올레길 중간 중간에 매어 놓고, 파란색 간세(제주 조랑말을 형상화 한 나무 조형물)를 중요한 지점에 그 지역 안내문을 달고 세워 놓아 안내를 하므로 길 잃을 염려는 없다. 또한 시작점과 종점 그리고 중간지점엔 간세가 인증도장을 품고 있어 그 지점을 통과하면서 도장을 찍으면 인증 확인이 되는 것이다.

  말미오름(두산봉126.6m)을 오르기 시작으로 올레 1코스를 걷는다. 말의 머리를 닮았다 하여 말미 오름이라고 한다. 이곳은 주민들의 산책로인 듯, 주변에 운동기구가 많다. 처음부터 계단이 시작되는 길, 오름을 두 개나 오른다는 1코스다. 산길로 얼마를 걸으니 정상인 능선에 도착한다. 시야를 크게 가리는 거 없이 전망이 시원스럽다. 흐린 날씨지만 정면에 성산일출봉, 그 왼쪽에 엎드려 있는 우도가 한눈에 보인다. 정상 굼부리 안쪽으로는 빼곡한 솔숲이다.

  정상의 전망대를 지나니 숲속 능선 길로 이어진다. 빼곡한 나무숲이 양옆으로 서 있는 숲길은 어두컴컴하고, 흐릿하니 미지의 세계로 들어가는 길처럼 을씨년스럽다. 오가는 사람도 없어 긴장하며 걷
다 보니 나뭇가지에 매달린 올레길 안내
표시 리본이 보여 안심이 된다. 길옆 돌멩
이에 숨은 쑥부쟁이가 웃는다. 내가 겁먹
은 걸 알아버렸나? 나도 멋쩍지만 씨익 웃
는다.

알오름(말산메)은 143.6m로 새알을 닮았다 해서 그리 부른다고, 간세가 알려준
다. 길옆에는 작은 야생화가 지천으로 피어 있다. 이제 조금씩 추워지는 날씨인데
잘 견뎌낼 수 있을까 싶어 여리여리한 꽃들이 걱정된다.

이제 **종달리**에
다다른다. 마을
골목길로 잠시
들어가 본다. 이
곳 종달리는 4일
간 머무를 때도
있었고, 여러 번 다녀갔던 곳, 잠시 마을을 돌아본다.

종달리 옛 소금밭을 지난다. 지금은 체험학습장이 되어 있고, 하얀 건물 벽에
옛날 소금 채취하는 그림이 멋스럽게 그려진 벽화는 이곳이 소금밭이었음을 알려
주고 있다. 종달리 염전은 제주 최초의 염전이었고, 제주 소금생산의 주산지였다.
종달 천연염은 조정에 진상할 정도로 품질이 우수했다는 안내문이다.

지미봉을 뒤로하고, 해변 길로 가는 마을길 옆엔 돌로 경계를 쌓은 까만 밭담, 익숙한 길을 따라 해변 길에 올레21길 종점인 종달바당을 만난다. 이 종달리 마을은 올레길 1코스도 지나가지만 21코스는 종점이다. 지금은 1코스를 걷고 있는 중이다.

다시 종달리 해변 길이 나오고, 이내 오며가며 보았던 오징어를 매달은 긴 줄이 바람에 흔들거린다. 바람이 불어주니 오징어는 마르겠지? 비는 오지 말아야 할 텐데, 흐린 하늘을 바라보며 오지랖이지만 오징어가 걱정이다.

목화휴게소에 다다른다. 이곳은 올레길 1코스 중간지점 인증 스탬프 찍는 곳, 수첩을 꺼내 스탬프 먼저 기분 좋게 찍는다. 이어 시흥리 포구에 다다르고, 이곳은 투명카약을 탈 수도 있고 스쿠버다이빙도 할 수 있는 곳이라는 간판이 보인다. 제주도 하면 역시 열대식물들의 이국적인 풍경을 빼놓을 수 없다. 이곳 역시 심심찮게 멋진 야자나무와 아름드리 소철들이 있어 잘 꾸며진 대형카페들과 어우러져 멋진 풍경이다.

지미봉이 저만큼 뒤로 보이고, 성산봉이 눈앞에 다가와 있다. 성산갑문이 있는 한도교를 지나는데 바다에 널려 있는 까만 바윗돌 무더기에 하얀 갈매기와 검은 가마우찌가 섞여 있지 않고, 따로따로 서로 견제 하는 듯 앉아 있는 것이 참 신기했다. 갑문은 성산리와 오조리 사이를 이어주는 한도교에 설치된 갑문이다. 육지의 댐 시설처럼 한도교를 받치는 기둥과 기둥사이를 문을 달아 도르래를 이용하여 수위도 조절한다.

성산포항이 가까워지며 무언가 활기가 느껴진다. 대형 선박들이 빼곡한 성산포항 부두에는 사람들이 분주하다.

성산포항은 제주의 동녘 끝에 있어 모든 갈치 잡이 배들이 모이는 원양 갈치 배들의 전초 기지였고, 이 지역 주민들에게는 가장 중요한 삶의 터전이었다. 각종 선박이 쉴 새 없이 드나드는 해상 교통의 요충지이며 해상 관광으로 유명한 성산포항이다.

성산포 여객선터미널도 저만큼 보인다. 성산포항에는 바닷길이 열려 육지 어느 곳이던 정규여객선 노선이 많다. 우도를 오가는 도항선도 이곳에 있다.

성산에는 때때로 변화되는 모습을 보여주는 아름다운 일출봉도 있어 오래전부터 문인과 화가들이 즐겨 창작 활동을 하던 곳이기도 하다.

충남 부여에서 출생, 제주 사진작가가 된 김영갑, 평남 평원에서 출생, 제주 화가가 된 이중섭, 평남 맹산에서 태어나 김창열제주미술관까지 있는 물방울 작가 김창열, 또한 충남 서산에서 태어나서 제주 시인이 된 이생진, 모두가 제주 출생이 아닌데 제주를 사랑했던 예술인이다. 그들에게 영감을 준 제주의 매력은 어떤 것이었을까? 제주에 푹 빠져 몇 년을 제주를 오가며 올레길을 걷고 그림을 그리고 글도 써가며 보내는 나로서는 무척이나 궁금하다. 나는 제주가 그냥 좋아서인데 같은 생각이었을까?

이제 일출봉을 향해 올레길을 따라 바람의 언덕길을 오른다. 드넓은 성산포항이 더욱 자세히 보이고 우뚝 솟아 있는 성산봉이 지척이다. 해안가에는 '시의바다' 이생진 시인의 시비공원이 조성되어 있고, 19편의 시가 새겨진 대리석들이 반원을 그리며 있다. 제주바다에 대한 절절한 마음을 내비치는 표현이 기막힌 시 한편을 옮겨본다.

「여관집 마나님」, 이생진

"어딜 가십니꺼?"

"바다 보러 갑니다."

"방금 갔다 오고 또 가십니꺼?"

"또 보고 싶어서 그럽니다."

밤새 들락날락 바다를 보았다.

~ 이하생략 ~

이생진 시인은 성산포에 반해 여관을 빌려 한 달을 지내며 시집 『그리운 바다 성산포』를 완성했다고 알려져 있다. 이생진 시인은 작은 출판사 '동천사'에서 책이 발간되어 베스트셀러가 되면서 시인도 출판사도 그 후로 유명해졌고, 그 시집으로 제주도 명예시민이 되었다는 안내문이다.

오정개 해안(자연포구)은 성산포항에서 일출봉 사이에 있는 해안으로 이곳에서 바라보는 성산일출봉은 다른 모습으로 위엄 있게 서 있다.

이제 1코스는 거의 다 왔고, 숙소도 지척이니 마음 편하게 공원 한편에 자리 잡고, 화구와 화첩을 꺼낸다. 공원에 왔던 사람들의 시선을 등 뒤로 느끼며 어반스케치에 몰입한다.

오정개포구 해녀쉼터를 지나는데 해녀들이 물질을 마치고 왔는지 건물 안에서는 왁자지껄 사람들의 소리가 들리고, 건물 입구에는 물이 흐르는 망사리와 주황색 태왁 여러 개가 여기저기 있

기에 얼른 스케치로 남긴다. 그들의 고단함을 말해주는 듯 빛바래고 낡은 태왁은

해녀들의 목숨이라더니 이름들이 써 있다.

성산일출봉을 오르는 입구에 도착한다. 저녁때가 다 되었는데도 성산일출봉에 올라가는 사람 내려오는 사람들이 아주 많다. 이곳은 수없이 다녀간 추억이 겹겹이 쌓여 있는 곳이라 익숙한 곳으로 제주 하면 언제나 문뜩문뜩 떠오르던 그리웠던 곳이다.

올레길 안내 리본은 일출봉은 오르지 않고, 주차장을 지나 수마포해안으로 해서 광치기해변을 향해 내려간다. 마침 썰물이 되어 바닷물은 멀리 마실 나가고, 드넓은 암반석이 깔린 해변으로 허연 바닷물과 묘한 분위기를 연출하고 있는 아름다운 광치기해변이다. 참 좋다······.

  해안가 길 따라 가면서 눈을 떼지 못하는 광치기해변 중간쯤 걷다 보면 들판에 1코스 종점 2코스 시작점이라는 글자를 안고 간세가 서 있다. 올레길 1코스 종점으로 완주 인증 스탬프를 기분 좋게 찍는다.

  올레길 1코스는 사단법인 제주올레가 2007년 개장하면서 시작된다. 지금은 27개 코스로 432km인 제주올레는 성산읍 시흥리에서 올레 1코스로 시작하여 시계방향으로 제주도 한 바퀴를 다 돌고, 구좌읍 종달리서 21코스로 끝난다. 올레길 중 가장 먼저 열리게 되어 올레길 1코스가 되었다.

  여행길엔 늘 그리고 싶은 것이 너무도 많아 발걸음이 자꾸 멈춰지고, 그 자리에서 어반스케치를 하는 게 대부분이지만 주어진 시간의 한계로 아쉬울 때는 다음에라도 그리려고 사진도 찍게 된다. 그 사진을 꺼내보는 날에는 다시 여행길 속으로 들어가 길을 걷는 것 같다. 드로잉으로 담는 시간에는 더욱 행복하게 여행길에 머무르게 되고, 그 시간도 현장에서의 어반스케치 만큼은 아니어도 즐겁다. 일상처럼 그림을 그리는 것은 행복함 때문이다. 10분이든 한 시간이든 그림을 그리는 동안은 최선을 다해 잘 그리고 싶다. 내가 행복해지고 싶어서다.

성산일출봉에서 광치기해변
신이 선물한 듯한 아름다운 자연 품속을 거닐다

몇 번이고 다녀갔던 성산이건만 늘 그리운 곳 중 하나였었다. 이제는 호사를 누려도 되는 시기가 온 것 같아 야심차게 한달살이 시작을 성산으로 정하게 된 이유이다.

성산일출봉은 위엄 있는 거대한 성과 같다. 이른 아침 걷기운동 겸 성산 숙소에서 나와 도보로 10분도 채 안되어 입구에 도착하고, 일출봉에 오른다. 이 길을 수차례 오르내렸지만 이젠 오늘처럼 언제고 오를 수 있는 성산 한달살이다. 괜스레 마음이 차분해지고 여유롭다. 성산일출봉 전망대로 오르는 길은 내려가는 길과 구분되어 있어 편하다.

성산일출봉은 수중에서 분출되어 형성된 분화구가 융기하여 지표면 위로 솟아올라 형성되어 산 정상에서 움푹하게 형성된 분화구로 주위에는 99개의 바위들이 솟아 있고 침식으로 만들어진 기암절벽과 응회구의 지형을 지니고 있는데 바다를 배경으로 한 분화구 속에는 넓은 초지가 형성되어 있다. 정상에서 펼쳐지는 신비스럽고, 아름다운 풍경에 일출이 더해져 보는 이들의 감탄을 자아내는 일출 명소이다.

성산일출봉에 오르면 신비로운 넓은 분화구에 매료되고, 성산 앞바다부터 오조리와 성산 마을까지 드넓게 펼쳐지는 아름다운 풍경에 숨이 멎는다. 눈에 익숙한 그 모습 그대로이다. 일출봉 전망대에선 가만히 눈을 감고 나를 감싸고 지나가는 바람을 느낀다. 이른 아침 청량함이 세상 어떤 바람보다 정겹고, 마음이 편안하다. 눈을 감아도 환히 보인다. 이 좋은 느낌을 화첩에 담아 남겨 보자 그냥 볼 때는 안 보이는데 스케치를 하다 보면 보이는 것들도 많은 기분 좋은 어반스케치다.

수마포(수매밑) 해변은 일출봉에서 내려와 왼쪽으로 주차장을 지나 광치기해변 가는 입구에 있는 작은 검은 모래 해변이다. 옛날 제주산 국마(나라말)를 성산포구

에서 육지로 실어 갈 때 각 지역의 제주도 말을 이곳에 집합하여 보내는 곳이라는

데서 '수마포'라 한다. 작지만 까만 모래해변으로 일출봉 괴암절벽을 뒤로하고 있어 나름 멋진 곳이다. 하지만 이곳도 일제 진지동굴 여러 개가 수마포 해변을 끼고, 일출봉 괴암절벽을 훼손하는 만행의 흔적들이 남아 있다. 한 곳은 들어가 보니 규모가 아주 커서 놀라기도 하였는데 설명문을 보니 자폭용 소형보트를 숨겨 놓았던 곳이어서 섬뜩함을 느끼기도 하였다.

1945년 2차 세계대전 말 일본군은 제주도의 해안선을 1차 저지선으로, 중산간 오름 들을 2차 저지선으로, 어승생에 지하요새를 만들어 최후의 결전장으로 작전을 세웠다고 하며 해안 절벽 인공동굴은 일출봉을 비롯하여 삼매봉, 송악산, 수월봉, 서우봉, 사라봉, 등에도 파 놓았다. 일제 진지동굴이 있는곳은 올레길 걸으며 가는 곳마다 모두 볼 수 있고 설명문까지 참고하게 되어 알뜨르비행장부터 일제의 만행을 모두 이해할 수 있게 되었다.

광치기해변 바닷물 가까이 까만 돌무더기에서 해녀 세 분이 망사리 가득 해산물을 짊어지고, 푸른 물을 뚝뚝 흘리며 돌밭으로 올라온다. 모두 자그마한 체구에 태왁과 함께 채취한 해산물로 가득한 망사리를 무겁게 지고, 한 발 한 발 힘겨워 보인다.

광치기해변은 고성리와 성산일출봉 아래 수마포해변을 잇는 긴 아름다운 해변으로 올레길도 지나가지만 관광지로 더욱 손꼽히는 명소이다. 또한 봄에 피는 유

채 밭과 어우러진 성산일출봉의 늠름한 자태를 가까이 감상하기에 더 없이 좋은 장소로도 광치기해변이다.

광치기해변은 일출서부터 일몰은 물론 밀물과 썰물, 그리고 계절과 날씨에 따라 분위기가 바뀌고, 느낌도 달라진다. 먹구름이 심술을 부리는 날 바람은 거세게 몰아쳐 불고, 바다는 파도를 앞세워 무서운 굉음과 함께 요동을 친다. 덩달아 신이 나서 힘자랑하는 바람의 속도에 화가 난 듯 바다는 집채만 한 물살을 들고 일어나며 미친 듯이 달려든다. 해안가에 나가 있던 사람들은 언덕 위에 있음에도 혼비백산 비명을 지른다. 그 비명에 놀랐는지 파도는 다시금 하얀 거품을 거두며 천천히 바다 쪽으로 물러간다. 성깔 자랑 내기하듯 지칠 줄 모르고 반복한다.

아침이 되어 해변에 나가 보니 밤새 거센 물살에 시달렸던 해변은 언제 그랬냐는 듯 평온하다. 이른 아침 햇살이 퍼지기 전의 고요함은 찰싹대는 잔잔한 파도소리를 즐기는 듯도 하고, 성질부리던 바닷물은 성산일출봉에게 혼이 났는지 저만큼 물러나 있고, 물이 빠지며 바다 속에 숨어 있던 암반석들이 이끼를 감싸 안은 형태로 모습을 드러내고 있다. 광활한 암반석과 짙푸른 바닷물, 그 수평선에 닿아 있는 신비롭고, 웅장한 성산일출봉, 그 위로 파아란 하늘, 이 조화로운 광치기해변의 아름다운 풍경이다.

검은 모래밭에 앉아 선물 같은 멋진 절경을 화첩에 아무리 공들여 그리려 해도 이 광활하게 넓은 암반 평원의 아름다움을 담아내기엔 역부족이다. 아쉬움으로 붓질을 하다 보니 이제는 밀물시간인가 보다. 마무리 하라는 듯 조금씩 물이 소리 없이 들어오고 있다. 감사한 마음으로 어반스케치를 한다.

광치기해변의 터진목은 많은 사람들이 광치기해변을 즐겨 찾고는 있으나, 이곳 터진목의 4·3이야기는 무심코 지나치기가 쉽다. 내가 그랬던 것처럼…….

터진목은 썰물 때 모래톱이 드러나 예전에 섬이던 성산리와 본섬을 잇던 곳이고, 제주 4·3 때 마을 주민들이 이곳에서 집단학살 당한 상처가 남아 있는 곳이다.

터진목 입구 길가 나지막한 돌담장 벽
에는 까만 대리석에 4·3사건의 상징인
빨간 동백꽃을 모자이크한 추모석이 담장
에 20여 미터 남짓 조성되어 있다.

섭지코지의 아름다운 산책
마음이 활짝 열리는 듯 힐링의 시간이 되는 곳

   하얀 구름이 그림을 그리고 있는 상쾌한 가을날 올레길 걷듯 걸어가 보기로 한
섭지코지는 광치기해변 산책길로 이어지는 길로 다소 멀지만 걷기 시작한다. 이
곳은 여러 번 들리고, 어반스케치도 많이 하였던 곳이다. '바다로 뻗어 나온(튀어
나온) 곳(코지)'라는 의미의 섭지코지, 남동쪽 해안에는 등대가 세워져 있는 붉은
오름과 선돌바위가 있다. 섭지코지 안에는 여러 명소들이 자리하고 있어 관광객
들이 많이 찾는 곳이다.

　바람은 좀 불었지만 야생화가 지천으로 피어 있는 광치기해변, 모랫길을 사색에 잠겨 기분 좋게 걸어 섭지코지에 도착, 입구에서부터 차례로 올라가 본다.

　오른쪽 길로 올라가다 보면 멀리 붉은 오름과 하얀 등대가 보이고, 그 앞으로는 까만 돌의 십자연대, 그리고 가까이에 보이는 하얀 건물은 아이들이 좋아할 만한 동화속의 궁전 같은 모습의 달콤하우스가 있다. 등대를 향해 구불구불한 해안선을 따라가는 언덕길은 오른쪽으로 절벽바위가 있고, 그 아래 철썩이는 파도 소리를 들으며 걸을 수 있는 잘 조성된 아름다운 길이다.

유민미술관은 등대가 있는 붉은오름에 가기 전에 들린다. 제주의 화

산 석과 함께 지어진 박물관은 입구에 있는 건물을 지나 정원을 통과하여 지하로 천천히 내려가는 구조이고, 입구 벽면에는 마치 창문처럼 긴 네모 창틀을 통해 섭지코지 등대는 물론이고, 저 멀리 성산일출봉까지 멋진 풍경을 볼 수 있도록 되어 있어 인상적이다.

전시장에는 '아르누보' 시대를 대표하는 유리작품이 진열되어 있는데 프랑스 유리공예가 에밀갈레의 작품들이 주로 전시되어 있었다. 작품들은 명작의 방, 전성기의 방, 램프의 방 등으로 나눠 전시 중이었는데, 정교하고 색감도 예쁜 매혹적인 작품들이다.

섭지코지등대(붉은오름과 방두포등대)가 있는 붉은오름은 전체가 붉은색 송이가 덮여 있어 붙여진 오름이며 바로 아래 바다에 서 있는 전설이 있는 선녀(촛대)바위가 마주하고 있다. 붉은오름 정상에 하얀 방두포등대가 있어 풍치를 더해 붉은오름은 등대와 더불어 섭지코지의 상징이 되었다.

방두포등대에서 사방으로 내려다보이는 풍경은 성산일출봉을 비롯해 어디를 향해도 전망이 최고인 명소이다.

코성 실내 모리. 글라스 하우스.

등대를 지나 남쪽 해안가로 가는 산책로 중간쯤에는 일본의 세계적 건축가인 '안도 다다오'가 설계한 '글라스하우스'가 우뚝 서 있다. ㄱ자형 대칭된 건물로 벽이 모두 통유리 창으로 심플한 현대식 건물로 매력적이다.

글라스하우스 건물 앞에 펼쳐지는 넓은 야생화 정원 '민트가든'이 시원함을 더하고, 바다 건너 성산봉이 보이는 정원 끝 바닷가에 설치된 6m 높이의 거대한 대형 그네가 있어 풍치를 한껏 더해 주어 이곳을 찾는 여행객들의 관심과 사랑을 받고 있다. 커다란 둥근 원형 그네에 앉으면 바다 건너 성산봉이 그네 원형 안으로 쏘옥 들어오는 인생 샷이 최고인 포토 존이다.

성지코지에서 바라보는
지미봉, 식산봉, 성산일출봉, 우도_2021.10.28.

유채꽃이 활짝 핀 따스한 봄날 섭지코지 산책길에서 보이는 성산일출봉의 황홀한 풍경을 잠시 가볍게 어반스케치하였던 지난날 즐거웠던 추억을 소환해 본다.

바다건너 성산일출봉을 바라보며 걷는 해안 산책길에선 이런저런 복잡했던 해묵은 마음을 바닷물에 헹구어 담고, 정갈한 마음으로 기분이 상쾌해지는 힐링의 시간이 된다. 섭지코지를 한 바퀴 돌면서 길도 인생도 걸어보기 전에는 알 수 없기에 걷고 싶은 길이라면 주저 없어야 한다는 생각으로 오늘 하루를 마무리한다.

제주 올레길 1-1코스(우도 한 바퀴 11.3km)
우도 등대에서는 바람도 속삭인다. '잘 왔다고.'

오늘은 천진항에서 시작해서 우도를 한 바퀴 돌아 천진항으로 끝나는 올레길 1-1코스 일정 11.3km. 오늘도 스케치와 동행하는지라 하루 종일이 걸릴 것 같아 성산으로 돌아가는 마지막 배

승선권을 구입했다. 우도는 주민은 2300여 명이지만 매일 드나드는 관광객이 주민보다 많을 때도 있다고 한다. 우도 여행은 주로 전기 삼륜차나 자전거를 대여해서 이동하지만 해안선을 따라 관광지를 순환하는 버스가 있어 불편함 없이 여행할 수 있다.

성산항에서 첫 출발시간의 도항 선을 타고 약 15분간의 해풍을 맞으며 갈매기와 함께 달려 우도 천진항에 도착한다. 천진항 입구에 있는 환영 아치를 지나면 우측에 간세가 있어 1-1코스 올레길 시작 인증 스탬프를 찍고 걷기를 시작한다.

천진항 입구에서 해안 길로 접어드니 바다 너머 성산 일대와 한라산이 멀리 아스라이 보인다. 올레길은 이곳 역시 해안가와 마을길로 지나가다 보면 옛 돌담들을 고스란히 간직하고 있어 좋다. 이곳 우도의 특산물인 땅콩과 소라를 형상화해서 만든 우도만의 독특한 안내 표지판이 가는 곳마다 귀엽게 서 있다.

서빈백사 산호 해수욕장이다. 이 모래는 일반 해변 모래가 아닌 석회조류인 홍조류로 인해 홍조단괴가 형성되고, 이것이 잘게 부서져서 형성된 해변으로 세계에서 세 군데밖에 없다는 홍조단괴해빈으로 천연기념물 제438호라는 안내문이다. 햇빛에 비추면 눈이 부실 정도로 하얗고, 입자가 굵고, 일반 모래와는 다르게 신발에 달라붙지 않고, 모래밭이 단단하다.

이곳은 오래전부터 우도를 드나들면서 많은 추억이 있는 곳, 언제던가 함께했

던 가족들과의 놀던 모습도 겹쳐 보인다. 백사장에 앉아 바다 멍을 때리고 있다가
일어선다.

서빈백사 해변을 지나 다시 마
을길로 접어드니 여기저기서 보이
는 알록달록한 전기삼륜차는 주변
과 어우러진 예쁜 그림이 되어 보
인다.

하우 목동항 여객선대합실 앞을 지나는데 광장에는 하선하는 사람들로 갑자기
분주해진다. 우도에는 하우목동항과 천진항 두 곳이 있다.

오봉리 마을 안 길목에서 잠시 올레길을 많이 벗어나 있는 내가 좋아하는 밤수
지맨드라미 책방을 들려 가기 위해 올레길을 잠시 이탈하여 조금은 멀지만 북쪽
으로 향한다. 여유를 즐기며 저절로 발걸음도 가볍다. 청명한 날씨, 여러 번 오갔
던 길, 그때는 주로 자동차나 전기 삼륜차 등을 이용했었기에 이런 사색에 잠겨
걷는 맛을 누릴 수는 없었다.

밤수지맨드라미는 우도의 유일한 책방
이다. 안으로 들어가 보니 사람이 많고 전
과는 많이 다른 분위기, 그러나 고즈넉하
고, 고전미가 있는 뭔가 독특한 분위기는
그대로이다. 전보다 책과 함께 판매하는

물품이 늘어난 듯, 이름도 북스토어이다. 이 분위기 하루 종일 머물고 싶었지만 밖으로 나와 다른 이웃집 돌 담벼락에 붙어 앉아 책방을 그리기 시작한다. 책방을 거의 완성해 갈 무렵 올레길에 가던 길이었음이 생각나 화들짝 놀라 서둘러 화구들을 챙기고는 이내 자리를 뜬다.

해안 길을 택해 올레길 찾아 되돌아 나가는 길. 파도 소리, 해녀촌과 아기자기한 포구를 지나서 주흥2길 올레길을 찾아 걷는다. 파평윤씨공원을 지나고 이내 물색깔이 예쁜 해변으로 한국의 사이판이라 불리는 하고수동해수욕장이다. 아는 길 같아 두리번거리는데 전에 어반스케치를 했던 곳이다.

'안녕육지사람' 브런치카페가 보이고, 예전 그 자리에 '해광식당'도 있어 들어가 본다. 보말죽에 해물파전, 역시 맛

이 좋다. 배가 고프지 않은 상태였지만 이곳을 그냥 지나칠 수는 없었다.

하고수동해수욕장은 비취와 에메랄드가 적절히 뒤섞인 바다색으로 보면 볼수록 예술이다. 삼삼오오 해안가를 거니는 여행객들의 모습도 보이고, 나름대로 모래사장에서 즐거운 시간을 보내고 있는 한 가족이 여유로워 보인다. 하고수동해수욕장 구석에 낡아 보이는 간세가 올레 중간 확인 스탬프 지점이었다.

조일리로 접어드는 삼거리, 우도의 아침을 연다는 조일리 올레길 간세는 마을 안길로 향하고 있으나 이 길을 기억하고 있는 나는 올레길에서 잠시 벗어나서 우

도에 딸린 또 하나의 작은 섬 비양도에 들러 가기로 한다.

　비양도 가는 다리가 시작되는 지점에 '찾아와 줘서 고맙수다'라는 글이 적힌 환영문이 설치되어 있다. 비양도는 우도에서 잠깐 다리를 건너면 다다를 수 있다.

　비양도 망대에 올라가
본다. 망망대해부터 우
도의 아기자기한 마을도
멀리 사방으로 시원스레
다 보인다. 비양도 망대

부근 넓은 평원에는 벌써 여러 개의 텐트가 자리하고 있다. 이곳은 백패킹의 명소로 아주 유명한 곳이다.

　이젠 검멀레쪽으로 가는 올레길이다. 올레길은 검멀레 해안을 안 지나간다.

　검멀레 해변으로 돌아서 가보기로 하고 올레길을 이탈 올레길이 아닌 다른 쪽해안 길로 향한다. 익숙한 상가의 화려한 간판들이 보인다. 검멀레다. 검멀레해수욕장은 작지만 검은 모래다. 섬 좌측 끝부분이 주간명월이라는 동굴이고, 보트를타고 해안가로 가면 동굴에 커다란 고래가 살았다는 전설이 전해지는 동안경굴도볼 수 있다.

　절벽으로 보이는 후해석벽은 화산 활동으로 분출하면서 용암이 켜켜이 쌓이며생긴 절벽으로 아름다운 모습이다. 어김없이 오늘도 하얀 포말로 둥그런 원을 그리면서 제트보트를 즐기는 사람들이 많다. 멋진 풍경을 어반스케치로 담아내기로한다.

이곳에 오면 빼놓을 수 없는 우도 땅콩 아이스크림, 줄을 서서 기다리던 곳이었는데 오늘은 아니다. 득본 기분이다. 사람들도 별로 없으니 검멀레해안을 내려다보이는 야외 자리에 앉아 아이스크림 먹으며 어반스케치, 행복이다.

올레길을 찾아 다시 출발. 우도봉 등대를 가기 위해 산을 올라가야 한다. 동서로 구불구불한 밭담 길과 짙푸른 바다까지 어디에서도 볼 수 없는 멋진 파노라마가 펼쳐진다. 우도봉은 끝없이 계단을 따라 오르다 보면 산 능선이 나오고 끝까지 올라가면 우도봉 정상이다. 바다 건너 성산일출봉의 다른 뒷모습을 볼 수 있고, 등대 아래로 펼쳐지는 아름다운 넓은 초원이 있고, 알록달록 예쁜 우도마을, 그리고 올레길 종점인 천진항이 바로 아래로 내려다보인다.

우도봉 정상 그곳에 등대가 있는데 옛날에 사용했던 구 등대와 근래에 지어진 요즘 사용하는 신 등대가 나란히 서 있다. 그리고 제주도 신화에 나오는 여신 설문대할망도 소망항아리를 들고 서 있다. 우도 전체를 살펴볼 수 있는 최고 명소이다.

이 좋은 곳에서 얼마를 앉아 있으니 바람이 속삭인다. '잘 왔다고…….' 어느 사이 화첩을 꺼내 들고, 스케치를 하고 있는 나를 보며 웃음이 나온다. 바람에게 대답이라도 하듯이 펜으로만 빠르게 스케치해 나간다. 가까이서 보이는 하얀 등대의 멋스러움을 보고 또 보고 나의 펜 끝에서 등대는 모습을 드러내고, 주변의 나무들까지 공간에 그려 넣어 어우러지고 나니 화첩이 꽉 찬다.

이제 내려가자. 등대 아래로 길을 쭉 따라 내려가다 보니 올레 이정표가 보인다. 아직 막배 시간까지는 여유가 있다. 우도 천진항에 도착. 제주 올레 1-1 코스 완주 스탬프를 찍는다. 언제나 스탬프를 찍을 때는 성취감에 기분이 날아간다. 우도 천진항에서 성산으로 돌아가는 마지막 배를 기다리는 동안 성산봉으로 해는 서서히 기울고 하늘은 하루를 마무리 하듯 붉게 물들어 간다. 노을 지는 우도를 감동으로 화첩에 담는다.

첫 배로 우도에 들어와 마지막 배로 성산에 가는 일정 숙소가 성산이었기에 가능했던 10시간의 빡빡한 일정이었지만 중간 중간 어반스케치 덕에 한참씩 앉아

쉬면서 주변 풍경을 즐기며, 여유롭게 걷고 또 걸으며 하루를 알차게 보낼 수 있었다.

제주 올레길 2코스 (광치기해변~온평포구 15.6km)
최고의 전망 대수산봉을 넘어 '혼인지신화'를 보러 가는 길

성산숙소에서 올레길 2코스 시작점인 광치기해변까지는 잠깐 사이 걸어서 도착한다. 오늘은 흐린 날씨가 심상치 않다. 성산일출봉도 무채색 옷을 입었고 광치기해변 앞바다는 희뿌연 물살이 거세게 들고 일어난다. 올레 2코스 시작점과 올레 1코스 종점 광치기해변에서의 출발이다.

내수면(통밭알) 양쪽으로 바닷물이 있는 가운데 둑길로 접어든다. 가까이 식산봉이 보이고, 구불구불한 둑을 따라 억새가 하얗게 피어나기 시작한다. 이 내수면 길은 고성리와 성산리 사이에 있는 바다를 가로지르는 둑길을 칭한다. 내수면의 바닷물은 하늘을 닮아 회색빛으로 출렁이고, 드넓은 통밭알 양식장은 아직 잠에서 덜 깬 듯 조용하다. 이곳을 지날 땐 늘 아쉬움이 있었다. 통밭알이라는 예쁜 우리말이 있는데 내수면이라는 한자어로 표기해야 했을까?

오조리감상소는 내수면(통밭알) 둑길을 지나면 얼마 가지 않아 곧 나지막한 동산아래에 있다. 예전에 오조리포구이었던 곳, 포구 한편에 포구가 활성화 되던 시절 어로작업 기구들을 넣어 두었다는 선구 보관 창고를 고쳐 만든 공간으로 주변 바다와 어우러져 멋진 풍경을 만들어 낸다. 오조리감상소는 예전에 인기 드라마 '공항 가는 길' 촬영지로 이미 관광 명소로 관광객들의 발길이 이어지고 있다.

이곳에서 보는 성산일출봉 위로 솟아오른 달이 잔잔한 내수면 바다에 비추면 두 개의 달, 쌍월을 즐감할 수 있는 가장 좋은 곳이기도 하다. 어반스케치도 여러 번 하였던 곳인데 이제는 이곳을 편의점으로 이용하고 있었고, 버스 정류장까지 생겨 관광객들의 접근성도 좋아져 있고, 최근 〈웰컴투 삼달리〉란 드라마 촬영장소로 다시 활성화될 듯 싶다.

식산봉(바오름)을 오른다. 오조리마을을 지키고있는 듯한 식산봉 높이가 40m 높지 않아 쉽게 오를 수 있고, 주변이 바다라 아주 멀리서도 우뚝 솟아 있어 보인다. 식산봉은 왜구의 침입이 잦아, 오름에 볏짚을 쌓아서 마치 낟가리처럼 위장하여 군량미가 가득한 것처럼 속여 적군을 물리쳤다 해서 식산봉으로 불렸다고 하며 오름 주변에는 희귀 염생식물인 황근이 군락을 이루고 있다는 안내문을 읽는다. **오조리**는 바닷물이 마을 깊숙이 들어와 있어 습지가 많고, 그 한가운데를 가로 질러 오조리와 식산봉을 연결해주는 데크다리를 만들어 놓아 오조리 감상소를 비롯하여 성산일출봉과 식산봉, 그리고 바다를 보며 주변 산책하기에도 좋은 곳이다.

오조리에서 바라보는 내수면 반영에 담긴 성산일출봉은 또 다른 모습으로 감흥을 선사하고, 햇살이 부서져 반짝이는 윤슬이 가득한 바다를 바라보는 날은 너무 아름다워 발길을 옮기지 못할 정도로 황홀함으로 가득 채워진다.

밤이든 낮이든 오조리 마을 어느 곳에서도 우뚝 솟아 있는 세계자연유산인 성산일출봉은 다양한 모습으로 감상하기에는 오조리보다 더 좋은 곳은 없다는 생각을 한다.

길옆에 돌 밭담 안에서는 노랗게 익어가는 감귤밭이 있어 풍치를 더해준다.

성산 일출봉이 보이는
오조 마을 2020. 8.

유독 돌담이 많은 오조리는 예전에 짚신을 신고 다녀도 돌이 많아 발이 젖지 않는 마을이었다고 한다. 오조리는 자동차보다는 걸어서 돌아보는 것이 좋다. 정겨운 제주 돌담에 알록달록한 지붕을 서로 맞대고 살아가는 옛집들이 그대로 남아 있어 감성적인 제주스러움에 마을길 걷는 재미가 쏠쏠하다.

오조리를 뒤로 하고, 올레길 2코스가 지나는 고성리로 향한다.

고성리에서 바라보이는 일출봉 이곳 역시 밭담 안에 새순이 올라온 유채밭이 활기찬 생명력을 전해주는 듯 발걸음에 힘이 솟는다.

고성리 마을길로 접어들면 깨끗하게 조성되어 있는 성산 하수처리장 건물을 뒤로하고 제주 동마트 앞 길거리에 있는 올레 2코스 중간 스탬프를 찍는다. 이곳은 고성리 마을 길이라 집들도, 건널목도 있어 올레 리본을 잘 찾아가야 한다. 올레길 2코스 고성리에 있는 대수산봉 가는 길엔 밭담 안에 귤밭이 줄지어 있다. 귤밭 길옆 낡은 의자 위에 놓인 무인판매 '귤 4알 한 봉지 1,000원' 간식이 필요한 건 아니었지만 그냥 사야 할 것 같아 돈 상자에 1000원 지폐 한 장을 넣는다. 노지감귤이라 시큼할 것 같았는데 달고 맛있다. 득템한 기분이다.

대수산봉(큰물 뫼)을 오른다. 초입부터 경사가 심한 가파른 산길에 흙길인데 미끄럽다. 조심 하지만 얼마 안 가서 135m 정상이다. 정상임을 알려주는 삼각점 표지가 있고, 이곳에서 바라보는 조망은 최고였다. 날씨는 흐려서 좋지 않아도 시야를 가린 것 없이 우도와 성산봉 일대가 다 시원하게 한눈에 내려다보인다.

섭지코지는 이곳 대수산봉에서 가장 가깝게 내려다보이는 거 같다. 섭지코지의 건물은 물론 붉은 오름과 등대, 글라스하우스까지 보인다. 한라산 앞으로 높고 낮은 많은 오름 봉우리들의 능선이 색을 달리하며 기가 막힌 곡선미를 보여주고 있다.

이제 대수산봉을 내려가고, 혼인지를 향해 다시 걷는다. 길가에는 주렁주렁 달린 귤밭이 계속 나오고, 아직은 수확 철이 아닌가? 다 익은 귤 같은데 수북이 떨어져 있다. 못 먹을 듯.

아까워라……. 밭담 길과 말방목장을 지나고, 혼인지까지 가는 2코스 올레길은 비슷비슷한 밭담 길로 구불구불 이어져 곳곳에 가을이지만 초록초록한 새잎들이 나오는 밭이 있는가 하면 가을걷이로 어수선한 밭도 있다.

혼인지에 도착한다. 올레 2코스의 명소 탐라국이 시작된 곳으로 신화를 간직한 곳이라 지난해 6월 수국이 한창 피었을 때 다녀갔던 곳이다. 구석구석 만발한 수국들로 수놓은 것처럼 화사했던 혼인지 어빈스케치를 했었다.

혼인지는 탐라국 신화가 있어 유명한 곳이고, 수국의 명소로도 알려진 혼인지 지난해 6월의 황홀했던 기억을 떠올리며 가을을 맞은 고즈넉한 혼인지를 돌아본다.

사람들은 별로 없었지만 가을 단풍으로 치장된 혼인지도 여전히 아름다운 곳으로 이곳의 신화를 알고 둘러본다면 더욱 흥미롭고, 유익한 시간이 될 것이다.

혼인지의 신화는 탐라국 창조자인 삼성인 고을라, 양을라, 부을라 삼신인이 한라산을 중심으로 수렵과 어로생활을 하면서 나라를 정하지도 못하고 살아가던 중 사냥을 하려고 한라산에 올랐다. 멀리 뭔가가 보여 이상하게 생각하여 한라산을 내려가 눈부시게 반짝거리는 물체 있는 곳(성산읍 온평리 쾌성개라는 바닷가)에 다다르니 옥함 3개가 바닷물에 둥실둥실 떠올라 온다. 의아하게 생각하며 올라온 옥함을 차례로 땅으로 올려놓고 뚜껑을 여니 그 안에는 알 모양으로 된 옥함이 있고, 관대를 하고, 자의를 입은 사자가 있었다. 사자가 나와 작은 옥함을 열었는데, 그 안에는 푸른 옷을 입은 15~16세가량의 3공주와 우마 및 오곡의 종자가 있었다. 지금의 쾌성개 바닷가다.

사자가 3신인에게 말하기를 "나는 동해 벽랑국의 사자요. 우리 임금께서 세 공주를 두셨는데, 배필을 구하지 못하다가 서해 높은 산에 3신인이 있어 장차 나라를 세우고자 하나 마땅한 배필이 없다는 걸 아시고, 신에게 명하여 3공주를 모시고 오게 하였으니, 마땅히 배필로 삼아 대업을 이루소서." 하고는 홀연히 구름을 타고 사라져버렸다는 신화가 있다. 3신인은 나이 순에 따라 3공주를 각각 배필로 정하고, 넓은 암반위에 깨끗하게 고여 있는 물(현 혼인지)로 목욕을 하고 혼례를 올렸다.

신방굴은 배필도 맞았으니 신방을 차려야 하는데 마땅한 곳이 없어 곁에 보니 동굴이 보여서 고, 양, 부, 삼신인과 벽랑국의 세 공주가 이곳에서 첫 날밤을 보냈다고 하는 동굴에는 방이 3개가 있다고 하고 지금도 입구를 볼 수 있는 신방굴이다.

이제 살 곳을 정하는데 3신인이 각각 활시위를 당겨 화살이 꽂힌 곳이 고을라가 1도리, 양을라가 2도리, 부을라가 3도리라 그곳에 살 곳을 각기 정하였다.

그때 활에 맞은 돌멩이는 현제 화북동에 삼사석비라고 한다. 3신인은 그 함 속에서 나온 송아지, 망아지를 기르고, 오곡의 씨앗을 뿌려 농사를 지으며 정착하며 살아갔고, 이로부터 탐라국에 농경과 목축 생활이 시작되었다고 한다.〈현지 안내문 참고〉

이제 혼인지 연못이 있는 곳으로 향한다. 가는 길에도 여전히 잘 조성된 주변 정원이 아름답다. 연못에 놓인 다리를 건너고 보니 혼인지 글이 새겨진 오래된 석탑 뒤로 보이는 연못은 신화에 걸맞게 오래된 무언가 사연이 있는 연못 같은 분위기다.

이제 혼인지를 뒤로하고, 올레길 리본 안내를 따라 온평리를 향해 걷는다.

온평리(열운이, 열혼포)마을은 평화로워 보인다. 혼인지에서 2코스 길을 따라 마을 안길을 걸어 바다 쪽으로 내려오다 보니 평평한 지형이고, 해안가가 있어서인지 농업과 어업이 병행되는 곳으로 보인다.

올레 2코스 종점인 온평포구에 도착 완주 인증 스탬프를 찍고 보니 아직 시간이 많이 남았다. 온평포구 주변과 해안가를 돌아본다. 곳곳에 안내문이 있어 이곳 온평(열운이)리를 알아 가는 데 많은 도움이 된다.

'농촌건강장수마을 용천수 공원쉼터'라는 입구의 나무로 세운 아취문에 크게 쓰여 있다. 가물어도 물이 마르지 않았다는 용천수인 솔베기물은 지금도 신비스런 물이라 한다. 용천공원 주변에는 돌을 이용한 조형물이 있고 공원으로 잘 가꾸어져 있었다. 온평은 온화하고 태평하다는 마을 이름이 이해된다. 쉴 수 있는 넓은 정자가 있는가 하면 삼을나(고.양.부.)와 벽랑국 세 공주가 각각 짝을 이뤄 서 있는 석상 조형물을 비롯하여 신화를 모티브로 꾸며놓아 이곳이 신화의 마을임을 나타내고 있다.

열운이 돈짓당은 바다에 나가 고기잡이로 생계를 이어나가는 사람들이 많으므로 거의 마을마다 굿당들이 있었다.

제주 굿당은 많은 곳이 소실되었지만 지금은 각각 잘 보존하고 있는 듯하다. 제대로 지어진 해신당에서부터 돈짓당, 굿당, 고목나무나 바위에 이르기까지 마음을 모아 뱃길 풍랑에 무사히 돌아오길 또는 많은 고기를 잡을 수 있기를 기원하는 곳이 바로 그런 곳이다. 이곳 열운이 돈짓당은 지금도 영등 굿을 크게 하는 곳으로 매년 당제를 지내고 봄에는 풍어제를 성대하게 지내는 곳이었다. 마을 이름이 열운이라 그리 부른다. 열운이 돈짓당을 화첩에 담아본다.

지도에서 보니 연혼포가 그리 멀지 않은 곳에 있어 가는 데까지 한번 가보자는 마음으로 온평포구에서 올레길이 아닌 해안가 길을 따라 거꾸로 성산읍 신양리쪽으로 걷다 보니 길옆 연혼포에 대한 안내판이 있어 해안가로 가 본다. '연혼포' 한자로 새겨진 커다란 표지석이 바닷가에 홀로 서 있다. 혼인지에서 보았던 개국설화의 세공주가 배를 타고 들어왔다는 바닷가이고, 이곳에서 고을나 양을나 부을라 세 신인과 만나 혼인을 하고 탐라국이 시작되었다. 이곳 연혼포 주변은 어느 해안이나 같은 모래밭에 풀이 있는 평범한 바닷가이다. 이곳이 도착지점이라는 신화를 알려주는 표지석 하나만 서 있는 연혼포 비석을 화첩에 담아본다. 모래풀밭이라 물감까지 칠할 현장이 아니어서 펜화로만 남긴다.

온평포구에서부터 계속 바라봐 주던 성산일출봉이 구름 속으로 어느새 숨어버렸다. 종일 흐린 날씨였지만 갑자기 금방 비가 올 것 같이 먹구름이 몰려오고, 순식간에 바람은 힘을 과시한다. 바다는 허연 물거품을 물고 달려들듯 위협하려 한다. 갑작스러워 당황하다가 서둘러 카카오택시를 불렀으나 금방 도착한다더니 한참을 기다리게 한다. 이런 돌발 상황도 올레여행자에게는 다반사가 되는 일상이지만 낯선 곳 인적도 없는 바닷가는 정말 무서웠다.

고성오일장과 빛의 벙커에서 만나는 명화
황홀한 명화의 세계로 들어가 하나가 되는 곳

1) **고성오일장**은 성산읍 고성에 있는 작은 오일장으로 장터에서의 훈훈한 정을 담아내는 곳으로 매달 4일, 9일 이렇게 5일마다 장이 열리고 있고, 다른 날에는 문이 닫혀 있는 곳이다. 장날 처음은 다른 곳을 들렀다 가느라고 2시경 도착하였더니 이미 오일장은 끝난 상태로 썰렁하였다.

두 번째는 아침 일찍 서둘러 갔더니 예전에 보았던 시골 장터 같은 분위기로 생활에 필요한 것은 다 있었다. 성산포가 가까워서인지 생선들이 아주 많고, 싼 것 같고, 그중 은갈치는 정말 빛이 나는 것이 싱싱하며 저렴하다. 뻥튀기, 그리고 호미, 낫, 같은 농기구를 파는 곳이 있어 자꾸만 눈길이 간다. 특히 탐나는전을 사용하다 보니 괜스레 득 보는 거 같은 기분에 이것저것 사게 되고, 옛 생각도 나고 재미있었다. 드라마 〈우리들의 블루스〉 촬영지도 되고 더욱 활성화가 되었으면 하는 바람이다.

2) 제주 빛의 벙커에서 만나는 명화

성산읍 고성리 대수산봉 산자락에 철근 콘크리트 건축 구조물로 되어 있고, 그 위를 흙으로 덮고, 나무를 심어, 알 수 없도록 위장이 되어 있는 숨겨진 옛 국가기관 통신시설이었던 벙커를 문화예술 공간으로 재탄생시킨 곳으로 몰입형 미디어아트 전시관으로 이용하고 있다.

빛의 벙커는 몰입형 미디어아트 형식으로 수십 대의 빔프로젝터와 스피커들로 구성되어 있고, 마치 뮤지컬처럼 음악에 맞춰 화면이 계속해서 바뀌어 관객들이 미디어아트에 완전히 몰입할 수 있도록 한다.

예술에 익숙하지 않아도 누구나 편안하게 관람을 즐길 수 있는 대중성까지 있고, 자유롭게 전시실 바닥에 앉아서나 돌아다니며 유명 화가들의 작품세계를 생생한 미디어 아트로 볼 수 있게 되어 시간 가는 줄 모르고 관람을 한다. 약 30분 ~40분 정도 소요되는 미디어아트를 다 본 이후에도 금방 다시 반복해서 보여주므로 시간을 정하지 않고, 언제라도 입장하면 된다. 한 번 보고 좀 이해가 안 되거나 아쉬움이 남는다면, 몇 번이고 주저앉아 차분히 보면 또 다른 감동과 환희를 느낄 수 있으리라 본다. 제주 빛의 벙커에서 몰입형 미디어 전시를 전시내용이 바뀔 때마다 3년여에 걸쳐 세 번의 관람을 하였다.

　2회 전시 빈센트 반 고흐, 고갱전(2019)은 고흐가 살았던 아를지방을 비롯해 활동했던 여러 지역을 보여주었는데, 직접 다녀온 곳들이라 더욱 생생했다. 3회 모네, 르누아르, 샤갈, 지중해의 화가전(2021)은 500여 점의 작품을 선보였던 전시로 모네의 화실과 정원 속을 산책했던 추억이 계속 미소 짓게 하였다. 4회 때는 세잔, 프로방스의 빛(2022 ~2023)으로 추상화의 창시자 칸딘스키의 작품들과 세잔 작품들이 크고 색채감이 강렬하여 선명하게 볼 수 있어 더욱 인상적이었다. 5회 전시는(2023.12.1.~) 국내 이왈종 작가의 '중도의 섬 제주'를 주제로 전시된다고 하니 어떤 몰입형 전시가 펼쳐질지 기대가 된다.

　몇 년 전 화우들 6명이 〈예술인의 발자취를 찾아서〉 기획여행으로, 프랑스 곳곳에 있는 여러 유명한 미술관은 물론이고, 명화의 거장들의 생가, 살고 있던 집, 아틀리에, 전시 공간, 활동했던 도시들을 찾아가는 프랑스 일주여행을 여러 날 다녀온 적이 있었다.

　프랑스 여행 중 들렀던 레보드프로방스에 있는 '빛의 채석장'은 돌산으로 석회암을 캐던 규모가 아주 큰 사용하지 않는 채석장을 예술 공간으로 만든 곳으로, 예술작품을 멀티미디어 쇼로 보여주는 세계적으로 유명한 곳이다.

　난생 처음 보는 그 어마어마했던 규모의 웅장하고, 몽환적인 전시장에서의 느꼈던 전율을 잊지 못하고 해마다 제주 빛의 벙커를 찾는 것도 같다. 우리 일행이 갔을 때 주제는 〈피카소와 스페인의 대가들〉을 전시 상영하고 있었다.

　거장들의 원작품을 고루고루 접했던 터라 미디어 아트로 보는 작품들이 그리 마음에 와닿지는 않았지만 제주 벙커의 웅장함과 입체적으로 생동감 있게 화면이 바뀌는 등 바닥과 천장, 그리고 벽의 한계가 없이 율동적으로 흐르는 화면들이 좋아서 제주에 오면 꼭 들르는 필수 코스가 되었다.

바움 커피박물관

3) 바움 커피 박물관

　빛의 벙커에서 나가는 길목에 커피 박물관이 있어 들어가 본다. 익숙한 커피향이 카페 안에 그윽하다. 커피 박물관답게 커피에 관한 모든 것이 전시되어 있어 보는 재미를 더 한다.

제주 올레길 3-B코스 (온평포구~표선해수욕장 14.6km)

제주라서 볼 수 있는 광활한 초원의 바다목장을 꿈속인양 걷는다.

올레 3코스는 시작점과 끝점은 같은 A, B 두 개의 경로가 있는데 올레 3A코스는 밭담 길로 중산간을 지나는 길이고 올레 3B코스는 해안 바당길로 3B코스를 택한다.

온평포구 시작점은 2코스를 걸으며 종점이라 돌아본 곳이므로 3코스 시작점 인증도장만 찍고 바로 출발한다. 온평포구 방파제에 있는 혼인지에 대한 전설을 이야기하듯 조형물 여러 개가 나란히 세워져 있는 것을 살펴보며 걷는다.

옛 도대불이 첨성대를 닮은 채로 한편에 서 있다. 의아한 건 한쪽 뒷면에 문이 있고, 들어갈 수도 있어 다른 곳에서 보지 못한 특이한 도대불이었다. 지나쳐 가다가 되돌아와 화첩을 꺼내 빠르게 잠깐 어반스케치다. 도대불은 현무암으로 쌓아올린 제주의 전통등대로 해 질 무렵 뱃일 나가는 어부들이 생선기름등을 이용해 불을 밝히고, 아침에 돌아오면 그 불을 껐다 한다. 온평포구를 지나 3코스 올레길을 따라 걷는다.

포구 한편 길가에는 많은 사연을 품은 듯한 작은 어선이 올라와 있어 바다를 배경으로 그림이 되어준다. 해안 곳곳에는 인동덩굴꽃이 피어 있고 제멋대로인 바윗돌과 돌멩이가 있는 길은

매우 험하다.

신산포구에는 알록달록 작은 배들이 나란히 줄 서 있고, 평화로워 보이는 신산 어촌마을 다시 철썩이는 파도 소리를 벗 삼아 바당길로 접어든다.

신산리 마을카페는 올레길 3코스 중간 스탬 프 찍는 곳으로 간세가 기다리고 있다. 신산리 주민들이 운영한다는 마을카페에 잠시 다리도 쉴 겸 안으로 들어간다. 규모도 크고 바다가 시원하게 보인다. 참 이상도 하다. 종일 바다

를 보며 걷는데도 잠시 차 마시는 짧은 시간에도 바다가 보이는 곳이 좋다.

신산리포구를 지나 해 안 길은 이어지고 주어동 포구를 지난다. 이름이 예쁜 주어동 포구는 마을 안쪽으로 깊숙이 들어와 있다. 이곳은 삼달리해 변 언덕에 테우가 해변을 바라보며 쉬고 있다. 낡은 깃발을 펄럭이며 손짓한다. 세월이 보이는 테우의 외로 움이 안쓰러워 잠시 앉아 테우를 스케치한다. 테우는 바다를 그리워하겠지?

올레길을 걷다가 눈에 익은 정겨운 하얀 표지석을 만난다. 4H 초록색 네잎클 로버 문양이다. 너무 오랜만에 봐서일까 반갑다. 잠깐 선 채로 마카를 꺼내 문양

을 화첩에 옮겨본다. 이곳을 지나면 어디서든 볼 수 없을 것 같
다. 그 옛날 농어촌에 불던 개혁의 4H 바람이 마을마다 젊은이
들 중심으로 확산되며 많은 노력을 했었고 그 후에 새마을운동
으로 이어져 농어촌은 크게 개선 발전되었다.

신풍포구 역시 작은 포
구다. 화산도인 제주도
의 해변은 큰 굴곡이 없
고, 암초가 많은 지형이
므로 자유롭게 배가 드
나들 수 있는 포구를 만
들기가 쉽지 않은 특수
성 때문에 제주도는 작은 포구가 마을마다 여건에 맞게 흩어져 조성되어 있다.

신풍리, 신천리, 바다목장. 이곳은 올레길 3코스 A길과 B길이 합류되는 지점이다.

신천리와 신풍리 마을 그 중간에 길 하나를 두고 양쪽으로 드넓게 펼쳐진 10만
평 규모의 유일한 바다목장의 광활한 초지는 색이 바래 가고 있었고, 이 끝없이
광활한 벌판에는 인적도 없고, 가끔 한두 명씩 올레여행자들만 묵묵히 제각각 지
나간다. 주변을 둘러보니 워싱턴야자 뒤로 선명하게 한라산이 보이고, 발 아래는
누런색으로 물들어가는 초원에 지천으로 피어 있는 갯쑥부쟁이가 덮여 있다. 바
다목장 길은 망망한 바다의 물빛과 너른 목장의 풀빛이 어우러져 신비롭게 보인
다. 한쪽에는 광활한 초원, 한쪽엔 절벽, 그 아래 푸른 바다, 제주가 아니면 볼 수
없는 평화로운 풍경이다.

　바다목장 한가운데 서 있는 나, 오롯이 내 발자국 소리와 바람 소리만 들리는 호젓한 길, 설렘으로 나에게 보상을 주는 것 같은 아름다운 길이다. 바다목장에서 검푸른 바다 건너 성산일출봉이 바라본다. '잘 걷고 있다고…….' 바다목장을 지나고, 계속되는 해안가 바닷길은 온통 울퉁불퉁 제멋대로의 돌멩이와 자갈길, 기암괴석들이 어찌 보면 동물을 닮은 바위들이다. 이곳이 포토 존인가? 사람들이 사진을 저마다 찍고 있다. 소낭밭 숲길을 지나고 얼마를 걷다 보니 이곳에도 무더기로 피어 있는 야생화가 지쳐가는 올레여행자에게 응원이라도 하는 듯 한들거린다.

　파란 간세는 배고픈 다리라고, 안내문을 달고 있다. 바다와 맞닿은 천미천하구로 자갈로 뒤덮인 천미천을 시멘트가 좁은 신작로처럼 신천리와 하천리를 연결하고 있다. 배고픈 다리는 썰물 때만 지나갈 수 있고, 밀물 때는 우회하라는 안내문이 서 있다. 한라산에서부터 흘러

온 천미천은 표선면 하천리와 성산읍 신천리의 경계다. 천미천의 끝 부분에 다리가 있다. 밑으로 푹 꺼져 있다고 '배고픈 다리'라 불린다는 간세의 친절한 안내다.

소금을 생산했던 곳 소금막 해변을 지나고 드디어 올레길은 표선 고운모래 해안사구로 이어진다. 해안사구는 여러 곳에서 보았지만 이곳 또한 예사롭지 않다. 해안사구를 보니 생각나는 굴업도에서 만난 해안사구를 소환해 본다. 스케치여행으로 서해안 덕적도를 거쳐 굴업도에 갔을 때의 일이다.

[비가 차분히 오는 날, 화우와 셋이서 굴업도 북쪽 해안사구 양쪽엔 모두 바다이고, 한가운데 얕은 모래밭 즉 해안사구를 길도 없는데 걷는다. 발이 빠지지 않는 단단한 반월의 사구해안에 떠밀려온 홍합덩어리가 보여 신기하여 따다 보니 한 바가지다. 좋은 추억이 되어 그림으로 남긴다.]

사구해안이란 조류에 밀려오거나 바닷바람에 모래가 날아와 쌓이며 사빈과 모래펄을 만들고, 언덕이 만들어진 지형을 말한다.

드디어 **표선 해수욕장**에 다다른다. 표선해수욕장은 썰물 때에는 커다란 원형으로 고운모래의 너른 백사장이 펼쳐지는데, 밀물 때에는 바닷물이 둥그렇게 들어오면서 마치 호수처럼 보인다. 썰물이라 바닷물이 저 면 바다까지 소풍을 나가 있었고, 드넓은 하얀 모래사장이 펼쳐져 있는 곳엔 해거름인데도 많은 사람들이 나와 즐기고 있다.

하늘에 다양한 연들의 향연이 펼쳐지고 있다. 카이트서핑이다. 대형 연을 띄운 뒤 그 연줄을 잡고 바람을 이용하여 서핑을 즐기는 해양 레포츠로 바람만 불면 스포츠를 즐길 수 있는 것이다.

올레 3코스 종착지 표선 해비치 해변에 도착한다. 온평포구부터 14.6km를 걷고 걸어 완주했다. 올레길 코스마다 완주하는 자신이 대견하고, 뿌듯하고, 자신감이 생긴다.

김영갑갤러리 두모악
제주의 천의 얼굴을 귀한 사진으로 마주하다

제주와 사진을 사랑했던 김영갑 작가의 사진갤러리로 '두모악'이라는 말은 한라산의 옛 이름이다. 잘 조성된 정원에서 보이는 갤러리는 그 분위기만으로 향수를 느끼게 하는 학교라는 낯익은 공간에서 아이들이 재잘대는 소리가 들릴 듯한 그림 같은 풍경과 마주하게 된다. 반듯한 현대 갤러리와 다르게 그저 제주의 자연처럼 포근하고 평화롭다.

내부 전시장에 들어서니 은은한 조명은 작품을 감상하기에 포근한 분위기이다. 벽에 걸린 작품 안에는 제주로 가득하다. 눈에 익은 제주 풍경도 있고, 아주 생소한 장면들도 보인다. 두모악관에는 하늘과 구름을 담은 사진이 주를 이루고, 하늘이 순간순간 움직이며 보여주는 다양한 천의 얼굴들을 어찌 그리도 잘 포착하였을까? 놀라울 뿐이다. 다음으로 보이는 하늘오름관에는 바람과 오름을 주로 표현한 작품들이다. 그의 사진 속에는 자연이 숨 쉬고 있는 듯 부드러운 바람이 금방이라도 불어 올 것 같아 옷깃을 여미게 한다.

김영갑 작가가 작업했던 작업실은 '유품전시실'로 공개하고 있다. 책상과 의자 책과 카메라가 놓여 있고, 그의 생전 인터뷰 영상물도 만날 수 있어 한참을 자세히 본다. 손이 떨려 더는 카메라 셔터를 누를 수 없는 순간에 이르기까지 이 공간에 영혼을 불어넣었던 작가의 의지를 고스란히 느낄 수 있어 큰 울림으로 남는다.

그가 에세이에서 회고하듯이, '우리가 보고 있는 작품들은 단 한 순간에 떡하니 나타난 풍광이 아니다. 악천후 속 기다림과의 사투, 배고픔과 외로움을 견뎌낸 작가에게 발견된 자연의 선물이었다.'라는 말에서 뭉클하였다. 얼마나 힘들었을까?

'그가 사진으로 찍지 않은 것은 제주도에 없는 것이다.'라는 말에서 작가의 활동이 어떠했을지 짐작이 간다. 20여 년간 그가 제주에서 남긴 사진은 무려 20만 장이 넘는다고 한다. 17회의 개인전을 열었고 『그 섬에 내가 있었네』, 『섬에 홀려 필름에 미쳐』 등등 많은 자전 에세이집과 여러 권의 사진집도 펴냈다. 루게릭병으로 투병 중에도 운동장에 나무를 심고 꽃을 심어 정원과 야외 전시장으로 손수 가꾸었다. 결국 죽음을 맞이한 김영갑 작가는 이곳 정원 감나무 아래 수목장으로 흙으로 돌아갔다. 자신이 가꾼 정원의 품에 안긴 것이다.

김영갑 작가는 1957년 충남 부여에서 태어났고, 제주도의 순수한 자연에 매료되어 1985년 섬에 들어와 제주도 온 섬을 누비며 자연에 심취해 제주의 들과 구름, 산과 바다, 나무와 억새 등의 자연풍경을 소재로 사진을 찍은 필름만 약 30만 컷에 달할 정도

로 열정적으로 사진작품 활동을 하였다. 폐교였던 삼달분교를 직접 다듬고, 손질
하여 2002년 갤러리를 열고, 2005년 5월 투병 중이던 루게릭병으로 세상을 떠나
기 전까지 사진에 대한 열정으로 제주의 자연을 카메라에 담는 데 영혼과 열정을
바쳤다. 정원 한편 카메라를 맨 돌조각상이 돌에 걸터앉아 있다. 그의 모습이 겹
쳐 보인다. 제주의 바람 속에 그가 있다. '제주는 그 이름만으로 낭만을 품는다. 나
(제주)다움을 지키지 못한다면 꿈은, 영원히 꿈에 머문다. 먼저 행동으로 실천할
때 꿈은 반드시 이루어진다.' 김영갑 사진작가가 남긴 말이다.

제주 올레길 4코스(표선해수욕장~남원포구 19km)
윤슬이 반짝이는 검푸른 바다 해녀들의 숨비소리가 들린다.

올레 4코스 시작점을 알리는 표선해수욕장 앞에서 인증도장을 찍고 출발, 이내
하늘거리는 억새밭이다.

간세가 알려주는 당케포구, 잠시 돌아보고 가자. 잠
시 올레길을 이탈하여 가다 보니 등대에는 벌써 사람
들이 와 있다. **당케포구 등대**에서 바라보는 표선 해수
욕장은 호수처럼 넓고 아름답다. 폭풍우가 몰아칠 때
마다 마을을 덮쳤는데 설문대항망이 포구를 만들어
주었다는 전설이 있는 곳이다. 다시 올레길로 돌아와
걷는다. 바닷가에는 온통 까만 돌로 뒤덮여 있다. 바
다와 민물이 만나는 곳, 갯늪을 지나는데 왜가리들이 모여 먹잇감을 찾느라 분주
하다. 해양수산연구원을 지나니 야자수가 있는 모퉁이가 나온다. 저 모퉁이를 지

나면 어떤 풍경이 펼쳐질까? 이런 호기심, 기대감 때문에 발걸음이 즐겁다.

세화항으로 이어지는 가마리천은 물은 거의 없고 까만 돌덩이들만 수북하게 널려 있다. 이제 운치 있는 대나무 숲 터널을 지나니 농협 제주수련원 정원 안으로 올레길을 내주었다. 사유지이니 고마운 마음이다. 야자수 나무에 매달린 기다란 그넷줄마저 이국적이다. 잠시 그네를 타보니 별것도 아닌데 기분이 좋다.

이제 숲이 우거진 해병대길을 지나니 모두 자갈길이고, 멀리 소노캄이 보인다. 소노캄 해변에서 의자가 있어 잠시 앉아본다. 바다 멍하기 참 좋은 휴식처다. 작은 건물 안에는 고래에 대한 영상물이 계속 돌아간다. 아마도 이곳 해변에 고래가 나타나는가 보다. 혹여 고래가 지나가려나?

토산리 포구가 보이고, 알토산 마을 제방둑에 새겨진 모자이크가 눈길을 끈다. 이제는 해변 길이 아닌 토산리 마을 안 내륙으로 들어간다. 옛 이름이 알토산이었음을 알게 해주는 알토산 고팡에 다다른다. 고팡은 곡식 등을 넣어두는 움막, 창고, 같은 것을 말하는 거였다. 이곳에 4코스길 중간 스탬프가 있어 찾아 찍는다.

비닐하우스가 대부분인 밭길을 지나니 송천이고, 이어 계속되는 농촌마을 밭길이다. 얼마를 지났을까 농작물을 보는 것도 지루할 즈음 올레길 옆에 이름도 외관도 예쁜 '알맞은 시간' 카페가 보여 들어가

보니 〈새마을 농특사업저장고〉 간판이 그대로 있는 창고 건물을 이용한 예쁜 카페었다.

기분 좋은 발걸음으로 해안 쪽으로 나오니 확성기 소리가 요란하다. 트럭이 지나가면서 "자리삽셔 자리~~ 멜삽셔 멜~~." 계속이다. 아니 자리라는 말은 자리돔일 것 같은데 멜은 뭐지? 궁금했다. 듣다 듣다 휴대폰을 꺼내 검색해본다. 멜은 큰 생멸치를 뜻하는 말이었다. 혼자 웃는다. 그러다 보니 해안가 자그마한 신흥포구에 다다른다.

덕돌포구를 지나서는 바닷가에서 낚시하는 사람들이 풍경과 함께 그림이 되어준다.

대흥3리 포구에 다다르고, 이어 대흥2리 포구다. 이곳은 옥돔이 특산물인가보

제주 대흥리 옥돔 역 카페

다. 포구 옆에 대형 분홍색 옥돔조형물이 시선을 사로잡는다. 야자수 나무가 있는 태흥2리체육공원을 지나니 간이옥돔역이라는 간판과 함께 철길에서나 보던 멈춤 표지판이 서 있다. 이상하다 제주도에 기차역이? 궁금하여 들어가 보니 쉼이 있는 공간 카페였다. 휴무일인지, 문이 잠겨 있다. 독특한 분위기의 외관이 예쁘니 어반스케치를 한다.

태흥리의 야자수 숲을 지난다. 역시 제주스러운 풍경, 아름다워 한참을 바라본다. **태흥리** 마을은 크기도 하다. 이곳은 태흥1리 포구다. 벌포연대와 태흥 환해장성 주변의 돌무더기 사이로 자기들 자람터인양 군락으로 있는 해국이 웃으며 한들거린다.

얼마를 걸었을까? 우암수산을 지났을 때 갑작스럽게 앰뷸런스가 경적을 울리며 다급히 지나간다. 경찰차도 함께였다. 무슨 일일까? 큰 사고인가? 괜스레 길을 걸으면서도 걱정이 된다.

마음을 진정 시키며 올레길 안내리본을 따라 가고 있는데 해바라기 꽃들이 한 가족인 양 주변풍경과 너무도 정겹게 잘 어울린다. 흔히 시골 어느 곳에서도 있을 듯한 풍경을 이곳 제주에서 만날 줄이야, 괜스레 반가웠다. 몇 발자국 걷다가 다시 돌아가 내 화첩에 담아 본다.

계속되는 아스팔트길이라 지루할 수도 있는데 까만 돌들이 널려 있는 바다 쪽 갯바위에서는 낚시하는 사람들이 꾸준히 보인다. 보현사 입구를 지나가고, 이제 남원시내의 집들이 보인다. 올레길 4코스 종점인 남원포구를 거의 다 온 것 같다. 조금만 더 힘내자. 얼마 안 가서 공원과 함께 용암해수풀장 건물이 보이고, 이어 4코스 종점 남원포구 올레안내소에 도착, 인증 스탬프를 찍는다. 힘들게 걸었기에 가장 기쁘다.

올레안내소에 들어가 올레여행자들을 위한 물건들을 구경하다가 올레길 스카프를 하나를 구입한다. 오늘도 완주한 나에게 주는 선물이다.

이제 완주를 하고난 후의 쉼이 필요한 시간, **남원포구**로 발길을 옮긴다. 반월다리가 있는 작은 포구 너무 예쁘다. 몸은 쉬자고 하지만 마음은 어반스케치라고 한다. 스케치만이라도 하고 가자 싶어 수첩을 펼친다. 모여 있는 작은 어선들이 한층 그림을 돋보이게 해준다. 그리다 보니 어느새 채색까지 완성이다.

이젠 좀 쉴 겸 카페에 들어가 또 바다를 본다. 여행은 자신을 뒤돌아볼 수 있는 오롯이 혼자만의 자아로서 이런저런 세상을 경험할 수 있게 해준다. 자신의 본모습을 더욱 알아가도록 시간을 준다. 나에게 여행은 그래서 좋아하고 필요한 이유다.

표선면의 명소(보름왓, 성읍민속마을, 제주민속촌박물관)
하루 일정으로 돌아보는 표선읍의 가볼 만한 곳

오늘은 제주 한달살이 10일차 표선면에 있는 중산간마을 성읍리에 있는 보름왓을 시작으로 가볼 만한 곳을 선정하여 차량을 이용, 아침 일찍 길을 나선다. 표선면 면소재이지만 가볼 곳이 너무나 많다. 중산간마을이다 보니 조용한 숲속 길에 안개가 자욱하다 덩치 큰 곰이라도 불쑥 나타날 것 같은 긴장감이 감돈다.

1) 보름왓(표선면 번영로 2350-104 성읍리)

바람(보름)이 부는 들판(왓)이라는 뜻으로 서귀포 표선면 중산간 지역에 있는 보름왓은 약 10만평의 넓은 들판에 있는 꽃밭 정원농장이다. 보름왓은 카페와 농장으로 밭이라는 명칭이 있는 만큼 청보리밭, 메밀밭 등 밭 농작물을 볼 수 있으며, 봄부터 계절마다 유채꽃, 수국, 맨드라미 등 계절에 맞는 꽃들을 만날 수 있다. 일 년 내내 꽃의 향연이 펼쳐지는 바람의 언덕 보름왓은 tv 드라마 〈도깨비〉의 촬영지로도 알려진 곳이고 사진 찍기 좋은 곳으로 유명하다는 소문을 들었다.

농장관리비로 입장료는 오천 원. 출입구로 들어서니 양쪽으로 주욱 줄지어 늘어진 수염처럼 생긴 틸란드시아(공기정화 식물) 터널 길이 인상적이다. 식물원 안은 넓고, 벽에는 조화롭게 식물들이 매력을 발산하고 있고, 골목골목을 만들어 다양한 식물들이 구석구석 포토 존처럼 잘 배치되어 있다. 이곳엔 1년 내내 계절마다 다른 꽃이 핀다는 꽃 캘린더도 있는데 계절별로 어떤 꽃이 피는지 한눈에 볼 수 있어 좋았다.

야외농장으로 나가니 눈앞에 펼쳐진 탁 트인 끝도 없이 드넓은 꽃 정원 크기에 놀라고, 예뻐서 놀라고, 한참을 멍하니 바라본다. 어느 곳부터 봐야 하나 핑크뮬리, 초록색 메밀밭을 지나니 융단 같은 황홀함에 눈을 뗄 수가 없는 아름다운 풍경 메리골드와 촛불처럼 붉은색, 노란색의 맨드라미꽃이 줄 맞추어 벌판에 가득 펼쳐있는 광활한 꽃밭, 그 너머로는 높고 낮은 오름과 초록색 숲들이 숨을 멎게 할 만큼 장관이다.

농장 한편에 삼색버드나무 군락지, 특이한 나무 이름답게 설명서가 붙어 있다. 버드나무 잎이 5월엔 분홍색, 6월엔 하얀색, 그리고는 계속 초록색이어서 삼색버드나무라고 한다고 하니 신기해 보인다. 꽃밭 사이로 알록달록 앙증맞게 서 있는 재미있어 보이는 깡통열차, 뜻밖에 오리

가족들을 만나 즐거워하는 아이들. 그 또한 멋진 하나의 풍경이 되어준다.

2) 제주 성읍민속마을(표선면 성읍리 3294)

중산간마을 성읍에 있는 중요민속자료 제188호로 지정된 제주문화유산의 보고이다.

성 안과 성 밖으로 나누어져 있으며, 제주 성곽이나 초가집, 기와집, 돌담, 관청,

등등 옛 모습이 그대로 남아 있는 곳으로 지금도 사람들이 살고 있는 마을이다.

깃발을 펄럭이며 위풍당당한 남문 입구에 다다르니 돌하르방이 좌우에 각각 2개씩 수문장처럼 서 있다. 이 돌하르방은 주민들의 안전과 건강을 지켜주고, 주술적 종교적 의미가 있으며, 도읍지의 경계를 정확히 알려주는 역할을 한 것으로 추정된다고 한다. 남문 입구에 있는 안내문을 살펴본다.

[성읍민속마을은 정의 현의 읍치인데 성안에 관청건물을 비롯하여 객사, 정의향교, 느티나무와 팽나무(천연기념물 제161호), 돌하르방 마을의 민가 등이 잘 남아 있어서 제주도의 민속문화를 연구하는 데 귀중한 자료가 된다.]

정의향교(제주도 유형문화재5호)는 마을 아주 작은 옆 골목에 가파른 계단 몇 개 위에 그 문이 보인다. 처음엔 아닌 줄 알고 돌아 나오다가 안내문을 보고는 정의향교인 줄 알았다. 곳곳에 향교가 있지만 기와지붕에 빨간 기둥, 그리고 문이 세계로다 비슷했는데 제주 향교의 정문은 문은 세 개인데 조금은 낯설고, 지붕도 다른 구조다. 세 번에 걸쳐 옮겨졌다는 안내문에 궁금하여 안쪽을 살펴보았는데 문이 굳게 잠겨 있다. 궁금증을 뒤로하고 돌아 나온다. 성읍마을 안내 이정표가 잘 되어서 찾기는 어렵지 않다.

향교하면 떠오르는 곳이 서울 성균관대
학 가까이 있는 명륜당이다. 고목 은행나
무 두 그루가 가을이면 노랗게 물들어 온
명륜당 뜰 안을 물들이는 풍경을 화폭에
담는 걸 좋아해 왔기 때문일 것이다.

읍성마을의 골목길을 걷다가 만난 팽나무(폭낭)와 느티나무 고목이 나지막한
돌담 안으로 도열한 듯 군락을 이루고 있고, 또 하나의 고목나무는 보호수답게 장
대들로 떠 받쳐있다. 600년~1000년 정도의 수령이라는데 울퉁불퉁, 그 둘레가
대단히 크고 우람하다. 성읍리 느티나무 및 팽나무군락은 천연기념물 제 161호라
고 한다. 이곳이 옛날 관아 터인 것이다. 옆에 있는 터엔 비석들이 세워져 있어 관
아였음을 보여준다. 그늘에 잠시 앉아 있으려니 서늘한 바람에 눈이 감긴다.

돌담길을 군졸들이 창을 들고 뛰어가고, 흙먼지 날리며 다급한 말발굽 소리가
들린다. 상상속의 제주를 만나고 있는 것이다.

제주 성읍민속마을 근민헌

근민헌(국가민속문화
재 제188호)은 터는 아주
넓지만 정의현의 관청이
었다는데 건물이 기와집
한 채로 조촐하다. 2014
년에 복원한 것이다. 근
민헌 뒤쪽에는 관청할망

(안할망)이 자리 잡고 있음에 독특한 제주문화를 이해하게 된다.

정의현 객사로 가본다. 객사는 지방관이 임금에게 한 달에 2번씩 배례를 올리거나 중앙관리가 내려왔을 때 머무는 숙소로 사용하던 곳이며 때로는 경로잔치나 연회를 베풀기도 하였다 한다. 객사를 지나 실제로 주민이 살고 있는 마을 골목을 걷다 보니 돌담과 초가지붕, 그리고 까만 밭담 안의 초록 초록한 농작물들 돌담을 기어 올라간 호박넝쿨 사이로 빠끔히 내미는 호박꽃, 삐죽빼죽 서 있는 대파, 무엇 하나 사랑스럽지 않은 것이 없는 푸근한 풍경이다.

제주 성읍 민속마을
성안에서 서문으로 가는 골목.
2021. 10. 14.

돌로 쌓아올린 높고 웅장한 성벽, 그 위로 펄럭이는 깃발들, 저 멀리 보이는 서문의 아름다운 자태, 왼편으로는 누르스름한 초가지붕이 옹기종기 머리를 맞대고 있다. 스케치를 하고 싶어 돌담 아래 기대어 화첩을 꺼내 펜을 재빠르게 놀린다. 담장의 돌들과 성벽이 무너질 새라 단단히 쌓아놓고, 서문의 기둥을 세우는데 계속 강아지가 쳐다본다. 반갑고 귀여워서 "안녕." 화들짝 놀라 달아난다. "미안해. 가지 마!"

어반스케치를 마치고 서문을 나와 주차장으로 가는 길엔 흙벽돌로 쌓인 초가지붕을 한 상가골목이 나온다. 옛날 시골 장터 같은 분위기, 식당들이 있는 골목, 특색 있는 기념품들, 볼거리가 많다. 염색공방에서 제주색이 물씬 풍기는 모자와 천연염색 스카프도 구입. 보는 재미, 사는 재미 한껏 기분 좋아지는 소확행을 누린다.

민속마을을 뒤로하고 돌아가는 길목에 있는 옛날 팥죽집 앞에 차를 세운다. 지난번 다녀갔을 때 팥죽 맛이 어머니가 끓여주시던 그 맛처럼 두고두고 생각났었다. 옛날 팥죽을 먹어본다. 역시 최고의 맛, 밥알도 적당히 퍼졌고 팥물이 진하고, 새알심이 동동, 거기다 분위기도 예스럽고 다음 이곳에 오는 기회를 또 만들어 봐야겠다는 생각으로 일어선다.

소네향찻집에 빙떡체험이란 글씨가 보여 궁금했다. 빙떡이 뭐지? 우리가 아는 메밀전병이다. 찻집인데 수제비도 종류별로 주문가능, 나의 애정 음식 중 하나인 메밀전병. 그런데 익숙한 맛이 아닌 독특한 맛이 있다. 제주 맛인가?

3) 제주민속촌 박물관(서귀포시 표선면 민속해안로 631-34 표선리)

몇 년 전 한겨울에 다녀갔던 민속촌, 고즈넉한 분위기, 옛 고향집이 생각난다. 이곳 제주에는 초가지붕에 굵다란 새끼줄이 촘촘하게 얹혀 있어 강하게 보여 낯섦은 있으나 익숙한 초가집이다. 민속촌 곳곳에는 군락을 이룬 노란 코스모스가 한들거리는 돌담 골목길을 걸어 마을을 돌아본다. 그림에 담고 싶은 곳이 너무도 많다.

제주 관아를 지나다 보니 공교롭게도 무슨 사극 드라마 촬영이 있어 내부를 관람할 수 없는 상황이다. 아쉬웠지만 촬영에 몰입하고 있는 그 광경을 잠시 서서 본다. 사극이니 모두 옛 옷을 입고, 분장을 하고, 몇 번이고 같은 행동을 반복한다. 촬영감독이 곡예사처럼 장비를 타고 오르락내리락 하면서 촬영하는 모습이 진지하다.

이곳 민속촌에는 산촌, 중산간촌, 어촌 장터, 무속신앙촌, 무형문화의집 등으로 나누어 배치되어 있고 생활문화 및 풍속을 한곳에서 볼 수 있게 재현해 놓았다. 조선왕조 시대의 목사청, 작청, 향청 등의 지방 관아와 귀향 온 유배 죄인들의 배소가 있고, 무형문화의 집에는 민속놀이 공연장과 민요, 전설, 방언 등 대표적

 인 무형문화재를 보존, 전승하는 집으로 곳곳에 옛 멋 그대로 재현되고 있다. 이들은 모두 오랜 연구와 전문가의 고증을 거쳐 복원된 것이다. 이중에는 2~3백 년 전의 건물을 고스란히 옮겨놓은 것이 대부분이다. 곳곳에 옛 생활을 생생하게 체험하게 하는 민속품들도 가득 차 있는데 민속공예 장인들의 솜씨라고 한다.〈인투제주자료〉

 마을 중심에 오래된 나무가 서 있는데 주렁주렁 알록달록 천들이 길게 여러 개가 늘어져 있다. 이게 뭘까? 고목나무 아래는 친절하게도 나무 의자가 놓여 있다. 옆에는 초가집에 도자기공방, 참 잘 어울린다. 아마 도자기 만드는 체험도 하는가 보다. 난 그곳에 앉아 마주 보이는 도자기공방을 화첩에 담는다.

 미로동산을 거쳐 저잣거리로 간다. 아까 보았던 드라마 촬영장소가 바로 멀리 보이는 곳. 촬영은 안 끝났는지 촬영 팀들 차량이 그대로이다. 저잣거리는 마을 안 길보다는 넓은 길이고 상점들도 조금은 크고 나란히 붙어 있다. 민속촌을 나오는 길에 카페 '돗돗헌'이 있다. 조금은 쉼도 필요하고, 초가집의 고즈넉한 분위기가 좋아 차 한 잔을 마주한다. 격자무늬 창 밖으로 보이는 자연의 풍경이 아름답다.

제주 올레길 5코스(남원포구 ~ 쇠소깍다리 13.4km)

가장 아름다운 산책로 큰엉경승지를 지나 동백꽃마을로 간다.

올레길 5코스의 시작점인 **남원포구**(재산이개)를 출발한다. 남원포구는 반월다리와 함께 돌로 쌓은 모양을 그대로 간직해 아직까지는 포구의 옛 모습이 많이 남아 있다. 이 포구를 중심으로 염전이 형성되고, 여러 해산물을 생산하여 주민들이 재산을 모았다 하여 붙여진 이름이라 하니 활력이 넘치는 곳이었음을 짐작케 한다. 구름다리를 건너 설왓개에 다다른다. 오징어 말리는 줄이 늘어서 있는 곳으로 광지동 일대의 바닷가는 지금도 그리 부른다.

큰엉 산책로를 제주올레는 '우리나라에서 오감을 열고 걸을 수 있는 가장 아름다운 해안 길'로 소개하니 기대가 된다. 해병대의 도움으로 바당 올레길로 복원했다는 안내문을 본다. 큰엉은 서쪽으로 해안절벽을 따라 펼쳐진 2.2km의 산책길에 높이 10m~20m에 이르는 기암절벽이 성을 두르듯 서 있고, 큰 바위 언덕에 뚫린 동굴이 바다를 집어삼킬 듯이 입을 크게 벌리고 있어 붙여진 이름이다.

비경이라고 하는 만큼 오랜 세월 바다 바람과 파도가 빚어낸 기암괴석과 동굴이 있고, 오솔길로 이어지는 울창한 숲 터널도 있어, 아름다운 해안 길이다.

위미리 동백나무 군락지는 올레길 5코스 길목에 있다. 동백군락지 입구에 있는 5코스 중간지점 인증 스탬프를 찍는다. 동백꽃이 한창일 때 위미리의 환상적이었던 동백꽃 레드카페에 반해 온종일을 위미리에서 동백꽃과 함께 그림 그리며 머물렀던 순간이 있었다. 그때 어반스케치 했던 작품이 있어 소환해본다.

꽃이 없는 겨울에 생기를 불어 넣어주는 동백꽃, 사랑스러운 애기 동백과 짙붉은 토종 동백이 개화시기를 달리하며 제주 겨울을 황홀하게 물들인다. **위미리**에는 동백군락지와 동백수목원, 그리고 포토 존의 무인카페로 동화 속 같은 예쁜 분위기의 동박낭카페가 동백꽃 명소로 모두 위미리에서 서로 이웃하고 있어 돌아보기도 아주 수월하다. 토종 동백은 2월

말 경부터 만개하고, 꽃봉오리가 통째로 떨어지고, 애기동백은 꽃잎이 여러 장 겹쳐 있고, 11월부터 피었다가 질 때는 꽃잎이 낱장으로 떨어지는 것이 확연히 다르다.

위미리 904번지 일대에 100년도 훨씬 넘은 우리나라 고유의 사철 푸른 동백나무가 군락을 이루며 자라는 곳으로 키가 훌쩍 큰 동백나무는 방풍림으로 울타리처럼 마을을 두르고 있어 제주도의 정취를 느끼게 한다.

이젠 냇물을 따라 세천포구로 내려가고, 이어 해안 길로 조배머들코지에 다다른다.

마을로 들어서니 밀감 밭과 비닐하우스 농장이 많다. 위미리의 특별한 것은 밀감 특산지, 동백 군락지, 그리고 위미 항으로 널리 알려져 있다. 신우지코지는 위미항을 지나면 바로 해안가에 까만 돌무더기가 쌓여 있고, 그 주변엔 넓게 까만 돌들이 흩어져 시선이 간다. 가뭄이 계속되면 마을 사람들이 모여 기우제를 지냈다고 한다.

서연의 집은 위미리 포구를 지나 5코스 올레길 따라 해안 길로 가면 영화 〈건축학개론〉의 촬영지 서연이가 살던 집으로 지도에도 나와 있을 정도로 유명한 관광지가 되어 있고 지금은 카페로 운영되고 있어 관광객들의 발길은 꾸준히 이어지고 있었다.

넙빌레는 위미리에서는 조금 떨어진 해안가에 유난히 넓어 보이는 검은색 현무암이 널려 있는 돌밭을 말한다. 이 넙빌레 지역에 솟아나는 용천수는 용출하는 곳이 다섯 군데나 된다 하고 맑고 깨끗해서 위미리 주민들이 여름철 피서지로 즐겨 찾는 지역의 명소이다. 파란 바다를 배경으로 하얀 빈 액자 두 개로 포토 존을 만

들어 놓아 길가는 이들에게 쉼을 제공한다. 그 배려가 신선하다.

신례리 공천포는 조용하고, 아담한 예쁜 포구마을이다. 바다를 남쪽에 두고 반원형의 해안을 따라 빙 둘러가며 길게 형성되어 있는 제주스런 집들이 친근하게 다가온다.

마을을 들어서자마자 눈앞에 시원하게 펼쳐진 바다풍경이 걸음을 멈추게 한다. 하얀 몽돌을 붙여놓은 해안가 낮은 예쁜 돌담 너머로 바닷물이 찰싹거리며 몽돌을 스치는 소리가 여전하다. 조용한 마을 분위기 해변을 따라 유명한 맛집도 있고, 카페도 있지만 오가는 사람들이 없다. 이 좋은 풍경을 보며 걷기에 좋은 곳이지만 자동차만이 휙휙 지나간다.

제주 망장포

공천포를 지나 망장포로 향하는 올레길 5코스 가는 길목, 마침 물이 빠진 시간이라 해변 아래까지 내려가 망장포를 자세히 볼 수 있어 득본 기분이다. 몇 년 전 왔을 때는 물이 가득 찬 망장포였는데. 사뭇 다른 모습이었다. 이런 기회를 놓칠 수는 없지 라는 생각이 들어 얼른 화첩을 꺼낸다. 서둘러 어반스케치를 완성할 즈음 물이 점점 바윗돌과 자갈이 깔린 바닥을 적시며 들어오고 있다.

고려 말 제주도가 몽골의 직할지였을 당시 이 포구를 통하여 제주에서 세금이란 명목으로 거둬들인 물자와 말 등을 몽골로 수송했던 연유로 붙여진 이름이다.

망장포(어로유적지)는 예전에 조성된 제주도에 남아 있는 포구 가운데 온전한 돌담 형식 원형이 그대로 남아 있는 곳으로 이중삼중 시멘트로 만들어진 요즘 포구와는 전혀 다른 정감이 있는 그런 곳이다. 가까이 하례항 방파제 등대가 있고, 그 아래로 요즘 사용하는 망장포구(하례항)가 있다.

이제 숲길을 지나간다. 너무 호젓하여 조금은 신경이 쓰이는 산길을 지나니 마을로 들어선다. 감귤농장 돌담 위에 길게 누워 있는 나무기둥에 쓰여 있다. '**꼬닥 꼬닥 5코스를 걷고 있는 당신. 산물이 멀지 않아요. 조금만 더 힘을 내 봐요.**' 괜스레 기분이 좋아진다. 이 힘겨운 걷기를 누군가 내 편이 되어 알아주는 거 같다.

하례리는 이곳저곳 밭마다 모두 감귤나무다. 농가 앞에도, 돌담길에도, 가도 가도 끝이 없는 감귤밭, 그리고 농막인지, 창고인지가 귤밭과 어우러져 목가적인 풍경이 인상적이고 참 좋다. 마침 해가 뉘엿뉘엿 넘어가고 있고, 낭만이라는 단어는 이럴 때 어울리는구나 싶다. 보는 것만으로도 마음이 넉넉해짐으로 괜스레 기분이 좋아진다. '그래 올레꾼이길 참 잘했어.' 나에게 토닥토닥 위로를 해주는 것 같은 아름다운 자연의 조화로움에 흠뻑 취한다.

드디어 쇠소깍다리를 건너 종점에 도착, 어느새 해는 지고, 주변엔 아무도 없다. 힘들게 걸었으니 5코스 종점 완주 인증 스탬프를 찍고 사진을 남긴다.

낯선 길 위에 피곤함이 갑자기 몰려온다. 도로에 자동차는 휙휙 지나가지만 방향감각이 없다. 허기진 배 온몸은 무겁고, 으슬으슬 추워지는 바람이 옷 속을 파고든다. 대략난감이다. 이럴 땐 카카오택시를 부르는 게 정답, 곧 도착이라는 알림음이 오고, 참 좋은 세상에 살고 있구나 싶다.

제주 올레길 6코스(쇠소깍다리-서귀포올레여행자센터 11km)
아름다운 서귀포문화와 생활상을 접하며 도심을 걷는 길

제주 올레 6코스를 걷기 위해 남원읍 하례1리에 도착하니 하늘은 검은 구름이 몰려다니고 있다. 비가 올까? 걱정이 되지만 우비를 챙겼으니 맘 편하게 가기로 한다. 이곳에 오니 지난번 봄 벚꽃이 예뻤던 효돈리의 벚꽃 길을 소환해 본다.

제주 효돈리의 봄.

쇠소깍다리 옆 출발점을 찾아가 6코스 시작점 도장을 찍고, 효돈 마을 둑방 아래 효돈천 갓길을 따라 쇠소깍을 향해 걷는다. 쇠소깍은 소나무에 둘러싸인 기암괴석의 절벽아래는 수심이 깊어 보이는 초록빛깔의 물이 흐르고 있고, 수려한 자연경관에 새삼 감탄하지 않을 수 없다. 절경에 취해 데크를 따라 걷다 보면 바다와 맞닿아 효돈천이 끝나고, 바다로 이어지는 지점에 닿는다. 보트를 탈 수 있는 곳엔 이른 아침인데도 사람들은 차례를 기다리며 줄을 서 있다. 쇠소깍은 관광지로 사계절 모두 수상레저, 보트놀이 등 다양한 물놀이를 즐기는 사람들로 북적이는 곳이다.

쇠소깍은 효돈천 끝 지점에 위치한 깊은 소이다. 제주어로 쇠는 효돈을 의미하고, 깍은 끝 지점을 나타낸다. 쇠소에는 용이 살고 있다하여 용소라고 전해진다. 가뭄이 들 때 기우제를 지내면 반드시 비가 내린다는 전설이 있다.

쇠소깍의 민물이 바다와 만나는 곳부터는 검은 돌들이 널려 있어 검은 모래사
장이 펼쳐지는 검은모래 해수욕장이 있다.

소금막포구는 소금을 굽던 막사가 있어 붙여진 이름이라고 한다. 다른 포구와
는 달리 아기자기하다. 이곳에서 소금 생산을 하였다니 그 시절 북적였을 포구를
상상해본다. 소금막포구를 지나 언덕을 넘어가니 도로 양쪽으로 도열해 있는 야
자수와 잘 자란 열대식물이 있는 멋진 풍광이 펼쳐진다. '그래 이런 맛이지.' 절로
발걸음이 가볍다.

생이 돌을 지나는데 철새가 쉬는 장소라는 커다란 두 개의 암석이 서 있다. 그
리고 알수물 옆에는 게우지코지가 있다. 휴식을 할 수 있는 장소로 주변이 잘 조
성되어 있고, 탁 트인 전망이 아름다운 곳이다. 게우지코지를 지나 모퉁이를 돌아
간다.

제지기오름이 보인다. 그런데 길을 잘못 들었나? 한참을 돌아 반대편으로 오른다. 유래로는 굴이 있는 곳에 절이 있어 절지기가 오르내리는 길이라 하여 절지기 오름으로 불리다가 제지기오름이 되었다 한다. 수풀 가득한 나지막한 오름 올레길 안내리본이 정상임을 알려주는데 주변엔 넓고, 펑퍼짐하니 여러 개의 운동기구와 의자들이 있다. 주민들을 위해 조성되어 있는 듯하다. 정상에서는 나무들로 가려 조망이 안 되고, 한쪽에 전망대가 있어 보니 섶섬은 가깝게 문섬과 범섬은 멀리 가물가물 보인다. 바로 오름 발아래로는 보목포구가 자리하고 있다. 그곳으로 내려가야 하는데 하산길이 가파르고 만만치가 않다. 하산 길을 힘겨워 하고 있을 때 올레리본이 펄럭인다. '조금만 더 힘내.' 응원을 해준다.

보목동 마을로 내려오니 [스쿠버교육. 다이빙. 바다 속 체험하기] 여기저기 간판이다. 보목포구 정면에는 섶섬이 코앞에 있고, 포구 뒤는 제지기 오름이 있는 작은 포구다. 포구에는 아담한 도대불이 자리를 지키고 있다. 중간에 고친 흔적은 있으나 돌 색깔이 재미있는 아주 오래된 도대불로 보이고, 주변에 돌로 쌓은 방파제와 어우러져 고즈넉하기에 잠깐 어반스케치를 한다. 갑자기 사람들의 왁자지껄 소리에 포구를 바라보니 방금 해상관광으로 스쿠버다이빙을 하고 돌아온 일행이 배에서 내리며 상기된 얼굴로 들떠 있는 모습들이다.

이곳 보목동은 제주의 향토음식인 자리물회가 유명한 곳으로 자리돔이 제철인 5월이 되면 보목포구에서는 '자리돔 축제'가 열렸다고 한다. 그걸 말해주듯 포구 한편에는 '자리물회' 한가필 시인의 시비까지 있다.

포구 주변에는 자리물회 맛집이 많았고, 그중 한 곳에 들어가 자리물회를 주문한다. 뼈까지 먹을 수 있는 자리물회, 식초를 듬뿍 쳐서 먹는 맛은 최고였다. 제주에서는 자리돔을 '자리'라고 하며 제주 전역에서 잡히긴 하지만 보목 자리는 특히 살이 부드럽다고 한다.

지귀도는 길쭉하고, 아주 납작하고, 평평한 형태이다. 바다멀리 수평선에 작은 실금처럼 보이는 지귀도가 이곳 보목마을 에서는 아주 가깝게 잘 보인다. 어느 사이 구름이 저만치 가 있고, 햇빛에 반짝이는 윤슬이 무척 아름답다. 지귀도는 무인도이고, 사유지로 〈정글의 법칙〉 촬영장소로 알려진 곳이다.

올레 6코스길인 보목 해안도로를 걷다 보면 계속 동행해주는 섶섬이 있어 그와 묵언의 교감을 하며 기분 좋게 걷다가 보니 섶섬(삼도)이 손에 잡힐 듯 가까이 와 있다. 서귀포 앞바다 4개의 섬(섶섬, 문섬, 새섬, 범섬) 중 가장 동쪽에 있고 무인도로 깎아지른 듯한 벼랑으로 둘러싸인 섶섬은 짙푸른 상록수림으로 덮여 있어 거의 검은색으로 보이며 국내유일의 파초일엽(일명 넙고사리)의 자생지로 1962년부터 천연기념물로 보호되고 있는 아열대식물이 자라고 있다.

구두미포구는 주로 작은 배들이 이용하는 포구로 규모가 작지만 포구 안에는 옹기종기 모여 나란히 정박해 있는 작은 배들과 가까이 있는 섶섬이 어우러져 아름답다.

때마침 구두미포구에서 '추억 찾기' 가을음악회 공연이 열리고 있어 발길을 멈춘다. 파란바다와 섶섬을 배경으로 제방을 무대 삼아 연주와 노래를 선사하는데 감동적이다. 이런 낭만적인 음악회는 처음  보는 거 같다. 오래전 예정된 공연인 듯 포구에는 지나던 길손인지 마을 분들인지 많은 사람들이 관람하고 있고 바로 옆에는 '섶섬지기' 카페가 있어 따뜻한 커피와 빵을 앞에 두고, 공연에 심취한다. 1부가 끝나고 마음을 담아 박수갈채를 보낸다. 올레길 걷다가 공연을 볼 수 있었던 운 좋은 날로 기억될 것이다.

구두미포구를 뒤로 하고, 올레길로 들어서서 작은 언덕에 오르면 바다를 내려다 볼 수 있는 구두미포구 전망대와 작은 쉼터공원이다. 이 전망대 벽면은 사람들이 제각각 소망을 적은 나무토막으로 장식을 하여 참 멋스럽고, 의미가 있어 보인다.

다시 울퉁불퉁 숲길로 얼마를 걷다 보니 소나무 숲속 오솔길에 소천지 정자각이 보인다. **소천지**는 백두산 천지를 축소해 놓은 모습과 비슷하여 소천지라 이름 붙여진 곳으로 바람이 안 불고 맑은 날에는 소천지에 투영된 한라산의 모습을 촬영할 수 있는 곳이라는 안내 표지판이 서 있다.

정자각에서 바닷가 소천지가 보이는 언덕길로 내려가 본다. 수년 전 가 봤던 백두산 천지를 적은 규모이긴 하나 정말 닮았다. 연못처럼 바닷물이 고여 있는 곳 밖으로 각기 다른 형상의 까만 바윗돌들이 울타리처럼 높고 낮음으로 빙 둘러쳐져 있고, 서 있는 바위들은 물에 그림자를 드리운다. 소천지 밖으로 펼쳐진 바다와 함께 환상적이다. 흐린 날씨임에도 이러한데 맑은 날에는 대단할 거 같은 짐작이 간다.

소천지 주변은 모두 오래된 소나무들이 빼곡하여 주변이 컴컴하다. 올레 리본 따라 걷는 나무숲 터널 길은 계속되고, 숲 때문에 바다는 안 보여도 바닷가 언덕길이기에 파도 소리를 들으며 어둑한 길을 걷는다.

숲속 길을 빠져나와 보니 국궁장이 나온다. 서귀포 궁도협회에서 활용하는 듯 전통무예인 활을 쏘는 곳으로 동그라미를 그린 과녁표 나무판이 세 개가 나란히 서 있다. 국궁장 바닷가에는 돌탑들이 널려 있고, 안내판에는 '**가시는 길에 돌멩이 하나 얹혀 놓고 가시면 언젠가는 기쁨이 배가 되지요.**' 이 글을 읽고 어찌 그냥 갈까? 나도 예쁜 돌멩이 골라 올려놓는다. 마음이 좋다.

둥그런 해변가 검은여쉼터는 작은 공원에 정자각이 있어 잠시 쉬기로 한다. 노란 집게발이 열 개가 달린 다리에 빨간 눈까지 동그랗게 튀어나온 나무로 만든 '게' 모양의 조형물이 보인다. 앙증맞아 다가가 보니 우체통이었다. '느리게 가는 편지' 겡이우체통. 웃음이 나온다.

검은여 해변 겡이우체국.

이런 것도 지쳐가는 올레여행자에게는 큰 위로가 된다. '겡이'란 말은 '게'를 일컫는 말이겠지? 그래 어반스케치도 하고 가자. 화첩을 꺼낸다. 찰싹거리는 파도 소리를 들으며 스케치를 하고, 물감을 풀어 붓으로 쓰윽 바닷물이 차오르고, 검은 바위가 하나둘씩 늘어가고, 문섬이 내 화첩에 쏘옥 들어와 자리 잡는다.

'검은 여'에서 '여'라는 말은 썰물일 때는 드러나고, 밀물일 때는 물에 잠기는 바위, 또는 물속에 잠겨 보이지 않는 바위 등을 일컫는다.

도로변에는 자전거 타는 단체 일행들이 쉬고 있다. 그들에게선 에너지가 느껴진다. 참 좋아 보인다.

6코스 올레길은 서귀포 칼호텔 안 정원을 지나도록 안내하고 있다. 이곳은 칼호텔 사유지를 올레여행자에게 내어준 길이니 감사한 마음으로 조심히 들어간다. 칼호텔을 바라보며, 지난날 이곳에서의 추억을 돌아본다.

잘 조성된 연못가에는 길 양옆으로 도열해 있는 멋진 야자수길이 있다. 두 팔 벌리고 심호흡을 하며 걸어가 본다. 참 좋다. 예전 그대로다.

다시 걷는 올레길은 한쪽은 낭떠러지 숲길로 얼마 가지 않아 사람소리가 웅성웅성 들리고, 오른쪽 언덕 위로 멋진 건물은 허니문하우스 카페다.

시원한 차 한 잔이 그리워지는 시간, 정원이 멋진 야외 테이블에 자리를 잡고, 오밀조밀 아름다운 허니문하우스, 그냥 잠시 끄적끄적 흔적만이라도 남긴다.

소정방폭포에서 요란한 물소리가 들린다. 물이 떨어지는 낙폭은 짧지만 시원하게 떨어지는 소정방폭포를 보고 있으니 힐링이 되는 듯 맑아지는 느낌이다.

소라의성은 소정방폭포에서 몇 계단 올라오면 뒷문이 나오고, 오솔길을 돌아가니 올레길 6코스 중간지점 인증 스탬프를 가진 파란 간세가 서 있다. 반가워 스탬프를 먼저 찍고는 주변을 보니 야자수가 서 있는 예쁜 정원에 둥글게 모자이크 벽으로 지어진 소라의 성 아름다운 건물이 있다. 이제 서귀포 종점까지는 얼마 남지 않은 거리. 얼른 화첩에 야자수도 그리고, 멋진 소
라의 성 건물도, 그리고 창문도, 그려 넣는다. 잘 가
꾸어진 정원 한편에 앉아 어반스케치를 다 마치도
록 사람 인기척이 없다. 빈집인가? 오늘 휴무인가?
궁금하여 가까이 가니 1층은 관광안내소이고, 2층은
시민북카페이다.

붉게 핀 파초군락지가 있는 올레길 따라 골목길을 조금 나오니 드
디어 빗방울이 떨어진다. 다행히 얼마 안 가서 정방폭포 입구 건물
들이 보이는데 그사이 빗방울은 점점 굵어지고, 슈퍼에서 비닐우산
을 구입한다. 이제는 올레길 따라 그냥 종점까지 직진이다. 칠십 리 음식 특화거
리를 지나 빗속을 걸으며 복잡한 도심에서 올레길 안내 리본에 집중하며 걷는다.
이제 불빛이 환한 비에 젖어 있는 이중섭거리다. 이 거리는 몇 번을 와 봤는지 셀
수도 없다. 서귀포 매일올레 시장 앞을 지나 한참을 걸어 올라가니 올레 6코스 종
점인 서귀포 올레여행자센터가 나온다. 센터 안에는 불빛이 환하다. 건물 입구에
비를 흠뻑 맞고, 불빛 아래 서 있는 올레 간세 '어서 와, 수고했어.'라고 분명하게
들리는 듯하다. 간세 머리를 쓰담쓰담, 올레길 6코스 완주 인증 마무리로 스탬프
를 찍는다. 비는 맞았지만 어느 때보다 가볍고 뿌듯하다.

춥고 피로감이 몰려온다. 숙소 가기 전에 서귀포 올
때마다 한두 번씩은 들리는 올레시장 단골 흑돼지 집으
로 간다. 오랜만에 소주잔을 기울여 본다. 완주 후의 성
취감을 마신다.

제2장

제주스러움을 담고 있는 비경 속의 설렘

(서귀포시~대정읍 사이 올레길과 명소)

제주 올레길 7코스(서귀포올레여행자센터-월평아왜낭목쉼터 17.6km)
빼어난 절경과 명소들을 감상하는 호사스런 해안 길

이른 아침 **서귀포 여행자센터 정문**에서 7코스 시작점 스탬프를 찍고, 즐거운 마음으로 가볍게 출발. 지도를 꼼꼼히 보면서 정방향으로 파란 리본을 따라 걷는다. 이곳은 6코스 종점이고 7코스와 7-1코스도 같이 시작점이고, 무엇보다 복잡한 시내라

올레 안내 리본을 잘 보면서 가야 한다. 서귀교 다리만 건너가면 곧바로 칠십리공원이 나오고, 이 길은 곧 작가의 산책길과 하영올레길까지 겹치는 구간이다. 잘 조성된 아름다운 칠십리공원엔 산책하는 사람들이 많이 보인다. 저만큼 숲속에서 떨어지는 물줄기는 천지연 폭포다.

천지연폭포

천지연폭포(국가지질공원)는 몇 번을 왔지만 아래에서만 봐 왔었다. 지금 공원 언덕 위에서 봄날 연둣빛 새순이 나온 빼곡한 나뭇가지 사이로 내려다보이는 풍경은 무지개까지 입체적으

로 보이며 또 다른 매력을 발산하고 있다. 이름대로 하늘과 땅이 만나는 연못이다. 평평한 공원이 조성되어 있는 암석지대가 한쪽만 푹 꺼져서 깊은 계곡이 되고, 그 절벽을 타고 내리는 물줄기는 폭포가 되어 불과 몇 백 미터 흘러 서귀포항 바다로

들어간다. 계곡 전체가 천연보호구역으로 지정, 보호되고 있다. 한참을 넋을 잃고, 폭포를 보다가 발길을 재촉한다.

삼매봉은 조금은 가파른 길로 올라가니 정상에는 남성정이라는 팔각정이 날렵하게 서있고, KBS서귀포방송센터, 삼매봉중계소도 있다. 삼매봉을 내려가는 길은 나무계단으로 잘 조성되어 황우지해안으로 연결되어 있다. 입구에 까만 오석에 새겨진 전적비 이곳이 전쟁터였나? 의아해서 살펴보니 1968년 남파간첩을 북한으로 복귀시키기 위해 침투하던 중 서귀포경찰서 작전부대와 우리 군이 간첩선을 격침시키고, 간첩을 섬멸하였다는 내용이었다. 황우지해안의 너럭바위 마당 폭풍의 언덕에서의 어반스케치를 한다. 바람은 불었지만 육안으로 또렷이 보이는 새연교 섶섬 문섬을 신선바위(너럭바위)에 앉아 화첩에 담는다.

외돌개는 올레길 7코스 길목으로 이곳은 관광지라 사람들이 아주 많다. 한편에서 만년필로 서서 재빠르게 스케치한다. 화산이 폭발하여 분출된 용암지대에 파도의 침식작용으로 형성된 돌기둥이 홀로 서 있어서 외돌개라 부르게 되었다고 한다.

소나무 숲길로 이어지는 오솔길은 울
창한 나무숲의 바람소리, 새소리도 들
리는 고즈넉함에 고목나무 사이로 보
는 문섬이 더없이 아름답게 보여 벤치
에 앉아 스케치 없이 물감으로 휘리릭
어반스케치를 하고는 일어선다.

멀리 보이는 **수모루공원**의 아름다운
야자수는 여전히 키 자랑을 하고 있다.
나무다리로 연결된 속골을 지나간다.

수모루공원(수봉공원)은 자연생태길
로 올레 코스 개척 시기인 2007년 길을
찾아 헤매던 올레지기 '김수봉'님이 엮

소가 지나가는 것을 보고, 삽과 곡괭이만으로 이 길을 만들었다 하여 일명 이름을 따서 수봉로라고도 부른다. 빼곡한 야자수 깊은 숲속이 비밀스럽고 신비스럽다.

수봉로 할망 라면집이 지금도 있을까? 7코스 길을 걷기 전부터 가끔 떠오르던 그곳이 멀리 보인다. 예전에는 쓰러질 듯 허름한 판잣집이었는데 말끔히 정리된 포차 같다. 조개와 문어, 홍합 등 해산물을 잔뜩 넣고 끓인 라면 맛이 일품이었다. 문 앞에 가보니 "컵라면과 해산물만 팔아요." 해물 라면은 못 끓여준단다. 그저 옛 맛을 먹고 싶던 것, 그렇지만 싱싱한 멍게, 전복, 소라 등등 먹을 수 있어 만족한다. 할머니가 건강하시길 바라는 마음으로 일어선다.

'좋아하는 길이라면 울퉁불퉁한 길이라도 걸어갈 수 있어.' 늘 외우던 시바다요 일본 할머니의 시 한 구절이 생각나게 하는 돌밭 길이 연속이다. 돌 밟는 소리에 소스라치게 놀라 순식간에 돌 사이로 숨어버리는 작은 게들. '미안 이제는 조심조심 갈게.' 동물이 엎드려 있고, 꼬리(의탈도)까지 달고서 문섬이 바닷물에 샤워를 했는지 구석구석 다 보이는 선명한 자태로 눈앞에 가까이 다가온다.

법환 포구(막숙개)는 고려 말 최영장군이 이곳에 막사를 쳐 적군을 물리쳤다 하여 막숙개라고도 하는데 바다가 마을 안으로 쏘옥 들어와 있어 아늑하다. 최영장군 전승비 앞 도로 최영로는 구부러진 야자수길과 범섬이 어우러져 아름답다.

법환동은 좀녀마을로 제주에서 해녀가 제일 많은 어촌으로 해녀들의 삶과 전통 생활문화가 생생하게 보존 유지되고 있다. 법환 포구와 가까이에 있는 **해녀체험센터**는 해녀를 체험해 볼 수 있는 곳으로 현지에 있는 해녀 분들이 체험센터 앞바다 얕은 곳에서 직접 해녀체험을 지도해준다.

해녀마켓은 체험장 건물 앞 바닷가에 있어 자

세히 볼 수 있었다. 7코스길 처음 걸을 때는 해녀마켓이 있는 줄도 모르고 지나쳤었다. 두 번째 갔을 때는 물이 차 올라와 있고 코로나로 인해 마켓이 열리지 않은지 오래되어 주변이 모두 썰렁하니 마켓 열린다는 이야기가 상상이 안 갔다. 마켓이 열리는 동안 저녁에는 버스킹도 열린다고 하니 바다 한가운데에서 얼마나 낭만적일까? 이런 생각도 해본다. 물위에는 작은 무대가 설치되어 있다. 언젠가는 보고 싶은 곳이다.

배염줄이는 법환동 앞바다로 길게 뻗은 여를 말한다. 여는 바다 밑에서 솟아오른 바위를 나타내는 말로 고려 말 '묵호의 난'을 진압하기 위해 가까이 보이는 범섬까지 뗏목을 이었다 하고, 처음엔 '배+연+줄+이'로 불렸다는 현지 안내문이 있다.

'올레요 이레 7쉼터' 올레 7코스 중간 스탬프 찍는 곳에 도착, 인증도장을 찍고, 주변을 보니 가건물로 사람은 살지 않고, 올레 여행자를 위한 쉼터로 화장실도 있고, 주변엔 꽃밭도 예쁘게 꾸며 놓았다. 이곳에서 물 빠진 서건도가 가깝게 보인다.

서건도(썩은 섬)는 하루에 두 번, 썰물과 밀물 때마다 바다에 떠 있는 섬이 되었다가 육지가 되었다 하는 신비의 바닷길로 알려져 있는 무인도이다. 썰물 때는 3~5시간 정도는 바닷가에서 조개와 게, 보말 등을 잡을 수 있어 가족단위 여행객

들에게 인기가 좋단다.

켄싱턴 리조트 정원 끝자락 해변, 눈에 익숙한 느린
우체통이 있는 정자각에 올랐다. 모든 게 그대로였다.
편지를 써서 우체통에 넣으면 1년 뒤 배달된다. 이곳에
는 여러 번 이용했던 곳이라 이런저런 추억이 많다. 캔
싱턴 리조트를 돌아가는 공원길로 접어든다. 울창한 고목에서부터 조형물, 예쁜
벤치, 진귀한 괴암석의 절벽이 있다. 리조트 옆으로 흐르는 은어 서식지인 강정천
을 따라 조성된 공원이다.

강정마을에는 신호등이 있는 넓은 대로변이 생겼고, 건물들이 들어서 있다. 한
동안 현수막으로 혼탁했던 옛 모습은 찾아볼 수 없었다. 이젠 강정항으로 곧게 뻗
어 있는 끝이 안 보이는 해안 길이다. 아스팔트 도로 옆에 풀밭길이 있어 다행이
다. 검은 바위가 넓게 덮여 있는 선녀코지를 보며 월평포구로 향한다.

이곳에서는 안 좋았던 기억이 있다.
5~6년 전 올레길을 걷고 있을 때 이 지점
에서 삐끗한 것이 그만 발목 골절로 깁스
를 하게 되어 남은 여행일정을 포기하고,
서울로 돌아갔었다. 그때 아시아나 항공
사의 친절한 배려로 기다림도 없이 휠체어로 이동, 공항 내에서 단독 승용차, 그
리고 사다리차까지 동원해 주어 아주 편하게 비행기 수속 및 탑승 등등 집으로 가
는 택시까지 세심하게 케어를 해주었다. 당시 항공사의 친절한 시스템이 놀라웠
고, 말할 수 없도록 고마웠다. 그런저런 옛 생각을 하며 걷는다.

월평포구(동물개)는 어선 5~6척만 정박해도 꽉 차 보일만큼 조그마한 곳이다. 천연적으로 포구가 형성된 입구가 자연스레 좁아지는 지형으로 쇠코바위라 불리는 특이한 형상의 기암괴석이 포구를 끼고 있어 해안 절경이 아름답다.

해안 길에서 조금 올라오면 야자수가 줄지어 서 있고, 좁은 길을 벗어나니 정자가 보이는 이곳은 아왜낭목 종점인 것이다. 올레 7코스의 종점이자 8코스의 시작점인 월평아왜낭목쉼터에서 종점 인증 스탬프를 찍는다.

자연과 풍경을 만나고, 느끼고, 화첩에 그림으로 담아 남기는 이 시간이 참으로 귀하게 여겨진다. 그림쟁이어서, 올레꾼이어서 행복하다.

완주 후라 많이 힘들었지만 천천히 월평마을을 돌아본다. 아왜낭 목은 마을사람들의 공덕비가 있고, 소나무 밭이 있는 작은 동산을 말하는데, 마을 안내표지판에 이곳은 해안과 가까운 곳으로 마을(달)의 기운이 바다로 빠져나가는 것을 막으려고, 사랑의 열매, 모티브가 된 아왜나무를 심었다 한다.

마을 안길은 길고, 구불구불 돌담이 낮으니 가옥 안의 주민들 삶도 엿보게 되

고, 호젓하게 돌담이 둘러 있는 월평교회는 6·25전쟁 당시에 피난민들이 지은 이 지역의 최초 교회로 종교시설이지만 야학도 하고, 결혼식, 그리고 주민들의 소통이 이루어졌던 곳이라는 안내문을 본다. 버스정류장 노란 의자는 포근하니 쉼을 제공해준다. 버스 기다리는 동안 이곳 이야기를 메모하며 이제 7코스 길을 마무리한다.

제주올레 7코스는 올레길 중에 가장 아름답다고들 한다. 7코스는 시작점에서 중간까지는 볼거리도 사람들도 많은 관광지를 걷고, 서귀포 앞바다의 파란 바다, 그리고 가는 길을 계속 동행해주는 섶섬, 문섬, 범섬이 있어 낭만적인 시간을 즐길 수 있고, 변화가 많은 아름다운 길이다.

서귀포 도심의 명소와 이중섭거리
서귀포의 곳곳을 돌아보는 기분 좋은 시간

기당미술관은 제주도가 고향인 재일교포 사업가 기당 강구범 님이 1987년에 기당미술관을 지어 시에 기증하였고, 우리나라 최초로 시립미술관이 되었다.

서귀포 기당미술관

나선형으로 올라가며 전시작품을 볼 수 있는 전시실이 돋보이며 한국의 전통가옥의 특징인 서까래를 천장에 이용, 곡선을 살려 자연친화적이며 우리 고유의 전통미를 살려 지어졌다. 기당미술관은 기획전시실과 상설전시실, 2개의 전시실로 나뉘어 있고, 유명 작가들의 회화, 조각, 공예, 서예, 작품들을 소장하고 있다. 소박하고, 친근하고, 정겨운 가장 제주스러운 미술관이라는 생각을 하였다.

변시지화백(1926~2013) 상설전시실에서 만나 본 작품 속에 자주 등장하는 것은 거센 바람과 휘어진 나무, 말, 사람, 초가집, 그리고 외로움과 고독함이다. 제주의 자연이 배어 있는 작품들 속에는 돌, 바람, 구름, 물, 절벽, 나무, 풀 등을 거침없이 표현하여 생동감이 그대로 느껴지며 제주의 냄새가 풍겨 나오는 아름다운 작품들이다. 제주라는 '섬'을 주제로 육지와는 다른 공간에서 살아가는 제주인을 그려냄으로써 '제주화'라는 독창적인 화풍을 보여준다.

이중섭미술관에는 서귀포에서 머물며 그린 그의 은지화를 포함한 작품뿐만 아니라 오랫동안 일본에 있는 아내와 주고받은 손 편지와 만화와 그의 일상까지 엿볼 수 있는 전시물이 많이 전시되어 있다. 이중섭은 황소그림으로 잘 알려져 있으나 서귀포에서는 자연과 아이, 가족도 그림소재로 많이 다루었고, 제주의 바다와 게, 아이들이 주인공인 그림은 당시 그의 삶을 반영한다. 가족들을 향한 이중섭의 애틋한 마음을 느낄 수 있다. 서귀포에서 일 년 남짓한 생활을 접고 부산으로 이

주해 작품 활동을 하였으나 생활고에 어쩔 수 없이 부인과 두 아들을 일본 외가로 보내고, 외로움을 달래며 은지화를 계속 그렸다.

이중섭 거주지로 알려진 초가집은 '가족과 함께 가장 행복한 시절을 보낸 곳이 바로 서귀포에서 일 년 정도의 생활이다.'라고 하는 초가집이 그대로 있으며 초가집 한편에는 이중섭 사진이 걸려 있는 작은 쪽방도 공개하고 있다.

이중섭거리는 서귀포에 관광 필수 코스가 되고 있는 명소거리이다. 거리 중간쯤에는 이중섭에 관한 테마 전시도 하고 있고, 거리 전봇대와 이정표에도 중간중간 있는 조형물도 이중섭을 대표하는 이중섭 그림 중에서 상징성을 넣어 꾸며져 있다. 도로 양쪽으로는 대물림으로 내려오는 '섭공방'을 비롯하여 특색 있는 아기자기한 기념품과 소품 가게들이 많이 있어서 천천히 둘러보는 즐거움이 있는 거리다.

작가의 산책길도 조성되어 있는데 서귀포에 머물며 빛나는 명작들을 남긴 예술가들의 삶과 발자취를 더듬어 볼 수 있는 도보탐방 프로그램도 있다. 기당미술관, 이중섭거리, 자구리해안, 소암기념관을 잇는 4.9km의 길이다.

서귀포 도심에서 내려다보이는 아름다운 서귀포 앞바다는 많은 사람들에게 때로는 위로를 주고, 때로는 희망을 주는 넉넉한 품으로 안아주는 것 같은 곳이다.

서귀포극장은 1963년 서귀포 최초로 개관할 당시 옛 모습 그대로 자리하고 있는데 지금은 서귀포 관광극장으로 지역주민협의회에 위탁운영하고 있다. 오래전 화

재로 인해 지붕이 손실되어 극장 내부는 지붕이 없는 채 하늘이 보이는 특별한 공간으로 음악회 등 지역문화 활동에 이용하고 있는 곳이다. 전면은 예전모습 그대로인데 내부는 지붕은 없어도 무대가 있는 극장모습이고, 벽면은 싱그러운 초록의 담쟁이 넝쿨이 감싸고 있어 운치를 더해준다.

왈종미술관은 서귀포 정방폭포 입구 맞은편에 있으며, 이왈종화백의 작품을 전시하는 특이한 외형의 3층 건물로 개인 미술관이다. 동양화가로 1990년부터 제주에 이주

해서 살면서 제주의 자연과 생활을 담은 〈제주생활의 중도〉라는 이름으로 여러 작품을 전시하고 있는 작품들은 회화를 중심으로 조각, 그리고 도자기 작품들이다. 특히 나무조각들을 원통형으로 표현한 화려한 컬러 작품들과 아기자기한 작품도 있다. 작가의 개성이랄까, 예술성이랄까, 본인의 작품세계를 거침없이 표현해 나가는 열정에 깊은 울림이 있었다.

정방폭포는 국내에서 유일하게 폭포수가 바로 바다 위로 힘차게 떨어지는 폭포이다. 폭포를 보기 위해서는 계단 아래로 내려가고, 돌멩이와 바위들로만 깔려 있

어서 미끄럽고 불편하지만 폭포를 보는 순간 황홀경에 빠져들고, 높은 기암괴석 절벽에서 바다로 하얀 물줄기가 힘차게 떨어지는 폭포 물소리를 듣노라면, 마음

이 맑아지는 것 같은 청량감으로 힐링이 되는 곳으로, 물안개와 무지개도 피어나는 환상적인 장관을 보여준다.

서귀포 항은 이른 아침 하얀 물살을 꼬리로 달고 조업하러 힘차게 바다를 향해 나가는 작은 배들이 많이 보인다. 그들의 소리에 잠을 깨는지 빼곡하게 항구에 정박해 있던 다른 크고 작은 배들도 활기 있어 보인다.

새연교는 특이하게도 테우를 형상화한 배 모양을 하고 있고, 다리구조가 이층으로 되어 있어 서귀포항의 명소로 아름답다. 새연교는 낮에도 좋지만, 야경도 좋다. 야경 불빛이 시시각각으로 변하는 새연교의 매혹적인 야경 속 다리 위를 산책하는 것 또한 특별함이 있어 좋다.

새섬은 서귀포 앞바다에 자리하고 있는 작은 무인도로 서귀포 항과 새연교라는 다리를 통해 연결되어 있는 아름다운 곳으로 새연교를 지나면 잘 조성된 새섬 둘레길로 접어들고, 해변에는 찔레꽃 군락지로 하얀 꽃들이 만발하고, 달콤한 꽃향기가 은은하다. 이내 역광으로 까맣게 보이는 문섬이 크게 다가온다. 검푸른 바다, 찰싹대는 파도 소리를 들으며 걷는 호사스런 산책길을 걷다보면 마음이 바다에 물들어 푸르고 푸르다. 문섬이 손에 잡힐 듯 가까이 보이고, 하영올레길 붉은 간세가 있는 지점에는 벤치가 있어 새섬에서 바라보는 문섬을 어반스케치 한다. 서귀포에 올 때마다 아침 산책삼아 들리던 새섬은 걸어서 30분이면 한 바퀴 돌아볼 수 있다.

자구리공원은 서귀포 앞바다를 보며 산책할 수 있는 아름다운 공원이다. 자구리공원에서는 섶섬과 문섬, 새섬 그리고 서귀포 항이 가까이 시원스레 보이고, 공원 안에는 여러 조형물이 있어 즐거움을 더하는 시민들의 휴식처로 잘 조성되어 있다.

서귀포매일올레시장은 서귀포관광의 명소로 서귀포 중심지에 자리하고 있는데

  1960년대 초반부터 자연스럽게 생긴 상설 재래시장으로 60여 년 전통으로 서귀포 경제 활성화에 큰 역할을 하고 있는 곳이다. 시장 내부가 王자형으로 형성되어 있어 길 찾기도 수월하다. 제주의 특산물 등을 만나볼 수 있고, 다양한 볼거리 먹거리가 있어 시간가는 줄 모르고 구경하는 재미에 푹 빠진다.

서귀다원은 제주에서 516도로를 타고 서귀포로 오다 보면 한적하게 평화로워 보이고, 정갈하게 잘 가꾸어진 녹차밭이 눈에 들어온다. 탁 트인 녹차밭 전경에 마음부터 청량해지는 느낌으로 눈길이 가는 곳마다 초록초록. 보는 이 마음도 초록으로 물들여진다. 다원에서 귀한 녹차와 황차 두 가지 찻잔을 앞에 놓고, 녹차밭을 내려다보노라면 천상에서 노닐고 있는 듯 최고의 쉼으로 여유를 즐길 수 있는 곳이다.

제주 올레길 8코스 (월평아왜낭목쉼터~대평포구 19.6km)
파도 소리 벗 삼아 흥얼거리며 바당길을 가다 마주하는 주상절리

올레길 8코스 시작점인 월평아왜낭목에서 인증 스탬프를 수첩에 꾸욱 눌러 찍는다. 시작점에서 부터는 아스팔트길이다. 이른 아침이라 길가엔 아무도 없다. 발자국 소리에 놀라서일까? 아님 외로워서일까? 길가 돌담집 대문 안에서 덩치가 큰 검정개가 끙끙거리다가 짖어대다가 앞발을 들었다 놨다 난리다. 갑자기 튀어나올까 봐 공포심이 들어 얼른 그 자리를 벗어나려 걸음을 재촉한다. 아침부터 혼쭐이 나 조금은 안정이 되니 올레길 옆으로 모두 감귤밭이 있는 것이 보인다.

약천사 가는 길은 야자나무가 있는 아름다운 길이다. 올레길 리본이 약천사 경내 입구 건물 기둥에 매달려 있어 사찰 내를 통과 하라는 표시로 보인다. 경내에는 마침 부처님 탄신일이 가까워 오는 시기라 알록달록 소원등이 가득 매달려 있다. 사찰이 현대적이라 하더니 일반건물 10층 수준의 30m 높이로 웅장하여 위압감이 든다. 단일 사찰로서는 동양 최대의 규모를 자랑한다고 한다. 조선 초기 불교건축 양식으로 지어진 약천사 한편에는 오랜 세월이 보이는 굴 안에 부처님을 모셔놓은 굴법당이 있다.

올레길을 따라 바닷길을 걷다 보니 아름다운 야자수길이 나오고, 평화로운 모습의 작은 규모 대포포구에 다다른다. 작은 어선들이 해안가에 옹기종기 모여 있다.

구명조끼를 입은 사람들이 많이 있는 포구 쪽으로 가본다. 여기서는 해상스포츠를 즐길 수 있는 곳이었고, 선착장에는 연신 제트보트와 제트스키 등이 들락날락 사람들을 내려놓고 태워나가고 분주하다. 즐거워하는 사람들로 선착장은 활기가 넘친다.

대포주상절리에 도착하니 상가가 있는 넓은 마당에는 커다란 소라 조형물이 한가운데 서 있다. 놀이터인양 아이들은 좋아하며 소라 안에 들어갔다, 나왔다, 놀기 바쁘다. 이곳에 있는 올레길 8코스 중간지점 인증 스탬프부터 찍는다.

제주 대포
주상절리대 2022.

주상절리대를 보려고 올레길은 잠시 미루고 입구로 들어간다. 입구부터 예전과 다르게 공원도 있어서 돌고래 등 여러 가지 조형물들도 있다. 드디어 만난 아름다운 주상절리 예전에 봤던 그대로다. 사람들은 너무도 많았지만 데크길로 관람길이 정리되어 있어 불편함 없이 기분 좋게 감상할 수가 있었다. 마침 파도가 센 편이라 물보라를 일으키며 철썩이는 파도 소리에 관람객들은 숨죽이며 본다. 한편으로는 아름답고, 한편으로는 일렁이는 파도에 위협을 느낀다.

서귀포 중문에 다다른다. 지난 해 꽃잎이
휘날리는 벚꽃이 한창이던 봄날 황홀한 벚꽃
길에서 들떠서 어반스케치를 하였던 곳으로
혼자서도 말없이 걷고 싶은 환상적인 길이다.

중문컨벤션센터를 지나 씨에스호텔을
지난다. 호텔 앞 바다풍경은 야자수와 한
가로이 바다 위에 떠 있는 요트들이 평화
롭고 아름답다. 중문을 지나 해안 길이다.
뒤로는 언덕을 병풍처럼 두르고, 해변은
활처럼 휘어진 하얀 모래사장과 쪽빛 바다, 아름다운 중문 색달해수욕장이다. 바
다에서는 서핑을 즐기는 사람들도, 바다를 보며 햇살을 즐기는 젊은이들의 뒷모
습마저도 그림으로 보인다.

올레길은 대추야자수가 가로수길인 관광단지가 나오고, 여미지식물원을 지나
중문관광안내소를 거쳐 리조트 사잇길을 지나면 천제연로 키가 아주 큰 나무숲
터널 길을 지난다. 마을 전체가 관광자원인 예래동은 중문 관광단지의 대부분이
예래동 지번 안에 들어 있으며 색달마을, 상예마을, 하예마을을 통합하여 만든 서
귀포 예래동이다.

이제 해안로를 걷는다. 이곳은 용천수가 10개나 된다는 예레생태공원이 보이

고, 대왕수천, 그리고 예레생태공원으로 이어지는 산책로로 올레길은 접어든다. 대왕수천 냇가 대왕수1교 다리 아래서 쉬어가기로 한다. 이곳엔 공연무대도 있고, 피곤한 발도 담가 볼 수 있는 그야말로 최상의 쉼터이다.

공원에서 해안 길로 내려오니 도대불처럼 쌓은 돌
탑이 두 개나 있는 논짓물 해변공원에 다다른다. 비
릿하니 미역 냄새가 강하게 진동한다. 누군가의 손
길에 미역이 줄에 널려 있어 바람 따라 춤을 춘다.

논짓물이라는 안내판
과 올레길 간세를 만난
다. 여름철이 아니면 논
짓물 수영장이 있는 줄
을 알지 못할 수도 있다.
논짓물 유원지는 휴게시
설과 논짓물을 이용한
서귀포 하예동 논짓물 천연수영장

수영장과 노천탕이 조성되어 있다. 용천수가 유명한 해안마을에서 바닷가 너무 가까이 용천수가 올라와 식수로는 사용하기 힘들 경우 바다로 그냥 흘러가는 것을 그냥 버린다, 놀린다, 이런 뜻에서 논짓물이라 불렀다고 한다. 바다로 흘러가는 물을 막기 위해 둑을 쌓아 바다에서 짠물이 아니라 민물 수영을 할 수 있게 버려지는 용천수를 막아서 만든 담수 수영장이다.

이제 다시 발걸음을 돌려 예래해안로 올레길을 걷는다. 자그마한 예래포구(하예포구)는 서귀포시 끝자락으로 이곳만 지나면 안덕면이다. 난드르 삼거리를 지나니 대평해녀탈의장, 이제 올레길 8코스 종점 대평리다. 조금만 더 힘내자! 그러다 보니 **대평포구**에 도착하는데 신비롭게 보이는 박수기정이 먼 길 오느라 고생했다며 박수를 쳐주는 것 같다. 올레길 8코스 완주 스탬프를 찍을 때의 기분은 최고의 기쁨이다.

이곳은 일몰로 유명한 곳이지만 아쉽게도 맑았던 하늘은 찌푸리고 심술을 부린다. 조금만 쉬었다 가자. 박수기정이 보이는 멋진 카페에서 의자에 앉아 내려다보이는 두 발, 많이 지쳐 보인다. '너무 혹사시켜 미안하고 잘 버텨 주어서 고맙다.' 맛난 음식으로 지친 나에게 보상이랄까 위로라는 말이 더 어울린다. 쉼도 필요하고, 일몰을 기다려 보기로 한다.

혹시나 하면서 넓은 창밖으로 보이는 풍경을 화첩 속으로 데리고 온다.

제주 올레길 9코스(대평포구~화순금모래해변 11.8km)
박수기정에 반하고 군산에서 놀다 보면 암반의 안덕계곡이네

9코스는 화순금해변 올레 안내소에서 걷기 시작하여 대평포구까지 역방향으로 걷기로 한다. 다른 코스에 비해 짧은 거리이지만 모두 산길로 난이도 최상급이다. 역방향이든 정방향이든 여행자의 편리대로 걸으면 된다.

이른 아침 **화순금해변** 올레안내소에서 출발하니 마을길로 해서 내륙으로 들어가는 올레길이다. 걷다 보니 창고천 옆으로는 산이 이어지는데 월라봉(다래 오름)으로

안덕계곡 가는 올레 9코스길은 월라봉 기슭을 계속 지나간다.

진모르동산으로 올라가는 올레 길목에 넓은 비탈 잔디밭이 있고, 누런 소들이 방목되어 여러 마리가 이곳저곳 길을 막고 있다. 소들이 있는 옆을 지나가야 하는데 고삐도 없고, 매어놓지도 않아서 달려들까 봐 무서워 쫄보가 된다. 한참을 기다리니 느릿느릿 움직여주는 그들을 피해 간신히 두근거리며 지나가야 했던 진모르동산은 긴 능선을 이룬 야트막한 지형이라는 의미에서 붙여진 이름이다. 이곳을 지나면서는 깊은 산속처럼 빽빽이 들어차 있는 험한 원시림 숲속 길을 걷는 올레길이다. 창고천은 산속에서도 상류로 향해 계속 이어져 간간히 나타났다가 없어지고를 반복하고, 길은 깎아지른 듯한 괴암석과 절벽이 있는 깊은 계곡이 이어지는데 아름다운 풍광을 다양하게 보여주니 따라가는 산속 길은 즐거웠다.

창고 천과 이어지는 안덕계곡에 드디어 다다르고, 입구에 수문장처럼 하르방이

서 있다. 주변엔 모두 우
람한 고목들로 예사롭지
않음을 짐작케 한다.

입구에서 얼마 안 가
니 이곳 역시 산을 깎아
지른 듯 90도 각도의 주
상절리모양으로 웅장한
바위들이 나란히 있다.

몇 걸음 안 가 동굴이 보인다. 바위그늘집터라는 안내
문이 있다. 안덕계곡에는 사람이 살던 동굴이 몇 개가
있는데 그 동굴은 바위그늘집이라고 부르며 탐라시대
후기 정착 주거지로 사람이 살았다는 곳이다. 동굴입구
가 크다.

안덕계곡은 직접 들어가 봐야 그 멋을 알 수 있다. 이곳엔 천연기념물 제377호
로 지정된 상록수림지대가 있어 구실잣밤나무, 후박나무 등이 우거진 숲속에 수
십 길의 기암절벽이 병풍처럼 둘러 있는데 그 깊이는 가늠조차 어려웠다. 폭포까
지 들어가는 길도 운치 있고, 돌아 나와 아래쪽으로 내려가면서 웅장한 바위 터널
처럼 높은 기암괴석이 위압감을 주고, 너럭바위로 깔린 바닥 사이로 물이 흐르는
데 창고천 상류이다. 겨울에는 따스한 물이 여름에는 차가운 물이 흐르고 있어 사
계절 모두 관광객이 있으나 특히 여름철에는 인기 있는 곳이라 한다.

안덕계곡 안에서도 창고천이 기암절벽을 끼고 돌아 나오는 지점이 가장 수려하게 보이고, 웨딩촬영을 하는 한복 입은 예비 신혼부부들이 주위 풍경과 잘 어우러져 멋진 그림이 되어준다. 추사 김정희를 비롯하여 서귀포로 유배당한 선비들도 즐겨 찾아 글을 읽고 시를 읊었다고 한다. 얼마 동안 안덕계곡에서 스케치를 하느라 마음이 바쁘다. 이제 다시 올레길로 찾아 나선다. 군산 가는 길은 안덕계곡에서 산길을 따라 조금은 구불거리고, 경사진 흙길로, 올라가는 밭담 길과 임도로 힘든 길을 계속 걷다가 오르막 산길을 숨차게 올라간다.

군산오름(굴메오름)은 안덕면에 위치한 해발 334.5m의 원추형 기생화산으로 생긴 모양새가 군막을 친 것 같다고 해서 군산오름이라 한다.

용의 머리에 쌍봉이 솟았다고 하는 상상의 뿔  바위는 막상 정상에서는 찾기가 어려웠지만 쉬어가라는 듯 올레여행자들에게 반가운 간세가 다른 모습으로 형상화한 몸통이 길게 늘어진 파란색 나무 의자로 변신해 눈에 확 들어온다. 이곳이 올레 9코스 중간 스탬프를 찍는 곳, 낯선 모양이지만 어쨌든 올레 안내를 하는 간세이니 반갑다.

식물들의 푸르름이 더해가는 5월의 쾌청한 날씨, 바람은 좀 불지만 선명한 시야가 확 트인 해변, 아름다운 풍경은 선물 같이 펼쳐진다. 가까이 산방산과 용머리해안, 사계해안도로. 멀리 아스라이 보이는 형제 섬과 송악산, 가파도, 마라도까지 왼쪽으로는 멀리 한라산도 깨끗하게 보인다. 정신이 돌아오며 쉬어갈 겸 느긋하게 특이한 파란의자 간세도 잠깐 화첩에 담고 일어선다.

역방향으로 걷고 있는 대평리포구 9코스 올레길 종점으로 향해 군산을 내려가는 길은 가파른 길이 많다. 약천암 돌담에 군락을 이룬 다육이가 생글생글 웃는다. 농가 집들이 드문드문 있는 감산리 마을의 밭둑길 지나, 임도도 걷고, 컴컴한 숲길, 산길, 그러다가 목가적인 풍경으로 돌담 안 유채꽃이 만발한 아름다운 밭길도 지난다.

이제 한밭 소낭길이 나오고, 지루한 원시림 산속 길로 이어지다가 말이 다니던 길이라는 **몰질** 입구에 다다른다. 고려 시대 제주 서부 중산간 지역에서 키우던 말들을 대평포구에서 몽골로 싣고 가기 위해 이 길을 만들었다고 한다. 숲 터널도 있는 제주에서나 볼 수 있는 정말 특별한 길이다. 제주 올레 코스 중 짧은 거리였으나 바다 해안 길은 없고 월라봉 주변과 군산을 올라갔다 내려오고, 나무와 풀이 무성하고, 돌이 박힌 산길, 밭길, 꼬불꼬불 많이 힘든 길이었다. 드디어 9코스 시작점이고 8코스 종점인 대평포구에 도착 9코스 완주 인증 스탬프부터 찍는다. 대평리 마을을 둘러보고 가기로 한다.

대평포구가 바로 앞에 있다. 정박해 있는 어선이 몇 척이 있고, 주변이 아기자기하다. 포구와 가까이 있는 박수기정의 해안절경과 더불어 잔잔하고, 포근한 대평포구, 바다가 파노라마처럼 펼쳐진다. 오래전 탐라국의 바닷길로 당나라와 몽골에 말과 소를 상납하는 세공선과 교역선이 내왕한 사연이 깊은 포구였다.

대평포구 빨간 등대 박수기정이 병풍처럼 주변을 감싸고 있는 대평포구에는 방파제에 서 있는 빨간 등대가 주변 풍경과 잘 어울린다. 이 등대는 빨간 모자를 쓴 빨간 소녀상이 등대 중간쯤 난간에서 먼 바다를 바라보고 서 있는 조형물이 감성 가득한 풍경을 만들어 내서 많은 사람들이 찾아오는 곳이다. 빨간 등대 속 소녀상은 유리섬유강화 플라스틱으로 제작하였다 한다. 소녀상의 정교함에 사람들마다 감탄을 자아내게 한다.

박수기정(펑망동산)은 해안가에 솟은 융기 절벽이 웅장하게 여러 겹 병풍을 둘러 세운 듯한 기암절벽과 울창한 나무와 함께 바다를 향해 이어져 있는 해안 절경이 넋을 잃게 한다. **박수기정**은 '바가지로 마실 수 있는 깨끗한 샘물이 솟아나는 절벽'이라는 뜻을 가지고 있다. 대평포구에서 바라보는 풍경이 최고로 아름답다. 그리고 수평선 너머로 지는 해와 바다에 비친 노을은 절벽과 어우러져 신비한 아름다움을 선사한다. 인근에는 박수기정과 바다를 바라볼 수 있는 예쁜 카페들이 많아 여유롭게 노을을 감상할 수 있는 곳으로 각광 받고 있다.

대평리는 원래 지명은 용왕난드르 마을로 넓은 평야라는 뜻으로 대평리가 되었다. 작은 어촌 마을이지만 뒤로는 군산이 있고, 평평하고, 넓은 들녘과 바다가 있으며 명소로 알려진 박수기정이 가까이에 있다. 마을 곳곳에는 아기자기하고 정겨운 벽화들이 있어 마음이 편안해지고 올레여행자 걸음걸이가 여유로워진다.

대평리는 전통테마마을 프로그램이 진행되고 있어 테우체험
및 소라잡기 등의 제주 전통문화 체험이 가능하다는 안내판
이 있다. 난드르 올레 좀녀 해상공연장이 있는데 여름동안에
만 대평리마을 해녀들이 해녀노래를 전수받아 공연하는 곳이
라 한다. 마침 재능기부로 보이는 색소폰 연주자의 솔로 연주
가 있어 발걸음을 멈추게 하여 담아본다.

군산이 보이는 대평리

군산 정상에서는 보이지 않는 쌍봉이 대평리 해변으로 나가니 멀리서 뚜렷한 쌍
봉을 볼 수가 있었다. 숙제를 푼 듯 개운한 마음으로 올레길 9코스를 마무리한다.

대평리가 박수기정의 관광지로 각광을
받으며, 대규모의 카페들이 점차 늘어나
고, 숙박시설, 그리고 맛집들이 생겨 관광
지로 활기를 띠고 있다. 대형카페 루시아
에서 차 한 잔을 마시며 별관을 그려본다.

제주 올레길 10코스(화순금모래해변~하모체육공원 15.6km)
걸어야만 볼 수 있는 사계리 설쿰바당과 다크투어리즘

바람이 살랑대는 5월, 가벼운 옷차림으로 올레 10코스를 걷는다. 오늘은 정방향이 아닌 역방향으로 주홍색 리본을 따라 간다. 모슬포 하모체육관을 시작점으로 하모해수욕장을 지나는데, 어제 가파도 가는 여객선을 탔던 운진항이 멀리 보인다. **하모해수욕장**은 운진항 옆에 있는데 해변에 예쁜 포토존이 이채롭다.

올레길 안내 리본을 따라 가다 보니 넓은 평야가 나오는데 농부들의 손길이 보이는 농작물을 보며 밭둑길을 따라 걷는다. 얼마나 걸었을까? 사람들이 모여 있는 곳이 보인다. 아 지하벙커 안내, 이제부터 **다크투어리즘**이 시작되는구나.

[다크투어리즘-전쟁, 학살 등 비극적 역사의 현장이나, 엄청난 재난과 재해가 일어났던 곳을 돌아보며, 교훈을 얻기 위하여 떠나는 여행을 말한다.]

오늘 올레길 걸으며 둘러볼 알뜨르비행장이 대표적인 다크투어리즘의 장소라고 할 수 있다. 알뜨르비행장 지하벙커는 멀리서 보면 작은 언덕처럼 흙으로 덮고 나무를 심어 알 수가 없도록 위장을 해놓았다. 안내판 따라 지하벙커 입구를 들어가 본다.

좁은 입구를 통과하면 제법 넓은 공간이 나오는데 비행대 지휘소 또는 통신시설로 쓰였을 거라는 추측을 하고 있다 한다. 활주로와 격납고 사이에 위치한 이 지하벙커는 길이 약 30m 너비 약 20m 장방형 구조를 하고 있었고, 한쪽 편에는 칸을 막아 따로 작은 공간도 있다. 이곳에 숨어서 얼마나 잔인한 짓을 많이 저질렀을까 싶어지니 몸이 오싹하고 분노가 치밀었다. 지하벙커를 나오는데 저절로 한숨이 나오고, 먹먹해진다. 마음을 가다듬으며 올레길을 걷는다. 조금 지나니 사진에서 보았던 관제탑 구조물이 외롭게 서 있다. **관제탑**이 왜 이리 작아? 계단이

있어 올라가보니 사방이 평평한 들판 지금은 농작물이 자라고 있지만 확 트인 게 관제탑 역할이 충분하겠다 싶다. 한참을 주변을 내려다보니 이곳 활주로에 일제 군용기가 활개 쳤을 모습이 상상되면서 마음이 무겁다.

제주도에 비행장장이 3군데가 있는데, 지금의 제주공항, 정석비행장(항공대학교의 비행훈련장으로 사용함) 그리고 이곳 남쪽에 다크투어리즘의 장소로 보존하고 있는 알뜨르비행장이다.

이제 넓은 밭에 점점이 박혀 있는 **비행기 격납고**, 한두 군데가 아닌 20기를 만들었다고 하는데 지금도 19개는 원형 그대로 있다 한다. 불편한 마음으로 좀 더 걷다 보니 올레 10코스 중간 스탬프를 찍는 곳이 있고, 격납고가 있다고 하여 가본다. 정말 위장된 나무와 풀숲으로 뒤덮인 언덕 속에 격납고가 있고, 그 안에 모형이긴 하지만 비행기가 들어가 있다. 비행

기 날개에는 사람들이 하고 싶은 말을 적은 하얀 리본이 빼곡히 매달려 있는 것을 바라보는 순간 할 말을 잊었다. 울컥 진정이 안 된다. 이런 사연을 아는지 모르는지 격납고 주변의 드넓은 감자밭에는 하얀 감자 꽃들이 바람에 살랑거리며 배시시 웃는다. 멀리 보이는 산방산 저 자리에서 일제의 만행을 하나하나 바라보았겠지. 그런 아픔을 어찌 견디어 냈을까?

알뜨르비행장은 '아래 뜰'이라는 뜻으로 일제강점기 일본이 대정읍 상모리 아래쪽의 넓은 들녘에 군사목적인 군용비행장을 제주 도민들을 강제 동원하여 건설한 곳으로 1938년 일본군이 상하이를 점령할 때까지 이곳에서 비행기를 출격하여 중국의 난징(남경)을 침략하였다 한다. 곳곳에 안내문이 있어 이해하는 데 많은 도움이 된다.

제주의 아름다운 자연환경에 일제만행의 흔적들이 곳곳에 새겨져 있다는게 너무나 가슴 아픈 일이다. 올레 10 코스 길목엔 또 하나의 4 · 3 사건의 아픈 현장이 있었다.

섯알오름 예비검속 학살터이다. 섯일오름 기슭에 움푹 팬 두 개의 구덩이는 차마 자세히 바라볼 수가 없었다. 6 · 25전쟁 시기인 1950년 8월 20일 공산주의와 관련이 있다는 이름으로 이곳저곳 주변에 수감되었던 사람들을 대정 상모리 섯알오름으로 끌고 와 211명 모두 집단학살을 하였다. 이곳에 모두 방치 상태로 두고, 주민들의 출입을 막은 채로 있다가 6년이나 지난 후에야 유족들은 상모리에 시신을 합동 안장하고, '백 할아버지의 한 자손'이라며 '백조일손 지지'라 명명한 추모 비석과 함께 합동 묘를 조성하였다는 기록이다. 마음을 진정시키며 올레길을 걷는다.

섯알오름을 넘어오니 산자락에서 내려다보이는 사계해안은 너무나도 아름다워 숨이 멎는다. 가까이 보이는 바다위에 나란히 서 있는 형제 섬과, 반원형으로 검푸른 바닷물이 하얀 포말을 줄 세워서 밀려오고, 우뚝 솟아 있는 산방산, 그 아래로 용머리해안, 그 뒤로 아스라이 한라산, 그 아래로 월라봉과 군산, 이런 아름다운 풍경을 볼수 있어 벅차고 행복하다.

송악산 둘레길로 간다. 송악산은 제주 올레 10코스가 지나는데 둘레길이 있어 관광객들이 더 많은 이름난 명소이다. 이젠 송악산 둘레를 한 바퀴 돌 수 있는 산책길이 개통되었다 하여 돌아보기로 한다. 오르락내리락 데크길도 잘 정비되어 있고, 울창한 나무들과 바다 냄새가 함께 어우러진 송악산 둘레길은 바다와 같이 걷는 느낌으로 즐길 수 있다.

부남코지와 주상절리가 보여주는 아찔한 높이의 해안절벽에 부딪치는 파도의 포말과 수심이 깊어 보이는 검푸른 바닷물이 어우러져 멋진 풍경을 만들며 신비롭게 보인다.

　반대편인 산쪽을 바라보면 제주 말들이 한가로이 풀을 뜯고 있는 목가적인 풍경이 절벽과는 대비되는 풍경을 만날 수 있다. 조금 더 돌아가면 아스라이 보이는 마라도 그리고 지척으로 건물까지 보이는 가파도가 따라온다. 소리를 지르면 들릴 것 같은 가파도, 바로 어제 다녀온 곳이라 더욱 반가웠다. 송악산 둘레길은 약 2.8km 구간으로 40분 남짓 걸린다. 해발 104m 송악산 솔숲길에 접어들면 바다 향기와 뒤섞인 솔향기를 느낄 수 있다. 잠시 쉬노라면 마음을 씻어주는 듯 편안해진다.

　송악산을 다 내려와서 뒤돌아보면 해안가 절벽에 검게 보이는 일본의 만행인 진지동굴이다. 이곳에는 14개나 있다고 한다. 이 또한 우리의 아픈 역사의 현장이다.

　더 내려오면 마라도 가는 여객선을 탈수 있는 산이수동항(송악산항)이 있고 바다 위에 우뚝 서 있는 산방산이 다른 느낌으로 보인다.

형제의 섬은 사계리해변에서 가장 가까이 보이며 이곳 서남쪽 지역에서는 어디를 가도 친구처럼 따라오며 바라보는 장소에 따라 다른 모습으로 아름답게 보인다.

사계리는 남쪽으로는 형제 섬과 송악산이 있고, 마을 앞에는 2.7km 아름다운 사계해변이 있으며 용머리해안과 산방산등 천연관광 자원을 품고 있는 마을이다.

이름도 예쁜 사계리에서 일주일을 살면서 설쿰바당을 자주 찾았다. 밀물 때와 썰물 때 완전히 다른 모습을 보여주는 설쿰바당, 80만년의 세월과 제주의 바람과 파도가 만들어낸 독특한 풍경의 해안가 암반지대 사계리해안을 이르는 '설쿰바당' 이다.

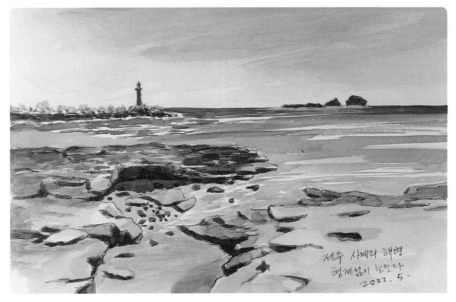

이곳은 제주에서 흔히 볼 수 있는 까만 돌. 즉 현무암이 아니고, 여러 색이 섞였 다고나 할까? 좀 독특한 지질로 형성되어 있다. 지질탐방 여행자들의 발길이 이 어지는 곳으로 썰물이 되어 물이 빠져나가면 바닷물이 바람과 노닐다 간 흔적이 선을 그으며 그림이 되어 고스란히 남아 있고, 검은 모래 하고는 좀 다른 독특하 게 검은색과 이런저런 모래가 뒤섞여 반짝이는 모래 해변, 신비로울 만큼 붉은빛 을 띤 넓은 암반바위가 천태만상의 모습으로 아름답게 드러난다. 광치기해변과는 또 다른 색깔과 모양의 암반들이다.

사계리 포구를 지나면 잠수함을 탈 수 있는 곳이 나오고, 산방산이 가까이 보이며, 이어 용머리해안 길이다. 용머리해안은 마침 만조 때라 물이 차올라와 있어 둘레 해안 길을 돌아보고 싶지만 예전에 몇 번 가 본 곳이라 아쉬움은 없다.

미국에서 방학을 맞아 한국에 온 손녀들과 가족여행을 갔을 때 하멜상선과 용머리해안을 한 바퀴 돌아보며 아이들이 신기해하면서 웃음소리가 끊이지 않았던 그곳에서의 추억은 달달하다.

용머리해안은 산방산 앞자락에 있는 바닷가에 있는 해안으로 천연기념물 제526호로 지정된 수려한 해안절경의 해안을 말한다. 사암층이 수천만 년 동안 쌓이고, 쌓여 이루어진 해안 절벽을 파도가 오랫동안 침식되며 만들어진 해안 절경이다.

용머리라는 이름은 언덕의 모양이 용이 머리를 들고 바다로 들어가는 모습을 닮았다 하여 붙여졌고, 작은 방처럼 움푹 들어간 굴방이나 침식된 드넓은 암벽이 펼쳐져 장관을 이루고 있어 오래전부터 제주의 유명한 관광지이다. 파도가 하얗게 부서지는 바닷가 옆으로 산책길이 있어 한 바퀴 돌아보는 데 30분 정도 소요된다.

사계리 하멜상선전시관

하멜상선전시관은 용머리해안 들어가는 입구에 있었으며 지금은 철거된 상태다. 네덜란드 선인 하멜의 선박이 난파되어 이곳에 표착한 350주년을 기념해 지상 3층 규모로 하멜이 타고 온 선박모양으로 재현해 지어진 기념관이었다.

이곳에 있던 기념관은 내부관람이 가능했고, 네덜란드풍으로 그 시대상에 맞게 꾸미고 밀랍으로 선원들까지 재현되어 있음으로 이곳을 찾는 관광객들에게는 색다른 관광지로 각광을 받고 있었다. 해수와 해풍에 의해 부식이 심화하면서 몇 번의 보수공사도 하였으나 감당이 어려워 관광객들의 안전사고 문제로 많은 검토 끝에 개관 19년 만에 철거되어 역사 속으로 사라졌다. 아쉬움에 지난해 왔을 때 스케치했던 전시관 그림이다.

하멜표류기는 하멜이 13년 동안 조선에서 억류생활을 하며 보고 겪었던 조선의 모든 것을 기록했던 책이다. 네덜란드로 돌아간 뒤 처음으로 서구사회에 조선이라는 나라를 알린 인물이다. 억류생활 중 제주에서 여수로 가서 한동안 여수에서 노동자로 일하다가 탈출에 성공하여 고향인 네덜란드로 돌아갔다고 하는 여수 여행 중에 안내표지판을 보고 알았었다. 여수에도 하멜전시관과 하멜등대가 있다.

용머리해안을 뒤로 하고, 올레길 따라서 화순리로 넘어가는 언덕을 향한다. 가는 방향 앞에는 산방산이 바로 코앞에 우뚝 서 있다. 가장 가까운 거리에서 산방산 전경을 볼 수 있는 지점이다. 멀리서 보던 삼각모양의 산방산이 아니고, 깎아지른 절벽의 굴곡진 암석이 다양한 색을 띠며 병풍처럼 아주 길게 거대하게 둘러쳐져 있고, 그 병풍 위로 나무가 빼곡하게 서 있는 모습은 웅장하면서 아름다워 한참을 바라본다.

하멜기념비가 언덕 중턱쯤 올라갔을 때 용머리해안을 내려다보며 서 있다. 간단히 스케치만으로 기록한다.

산방산은 제주 서남부 지역의 평탄한 지형 위에 우뚝 솟은 제주에선 유일한 종상화산으로 위풍당당하게 보인다. 구름이 주위를 감싸 안으면 비가 내린다는 신비스런 분위기의 영산으로, 옥황상제가 한라산의 봉우리를 뽑아 던져 만들었다는 전설이 있다. 산방산 서남쪽 중턱에 암벽 속으로 깊이 파인 산방굴이 있는데 100여 평쯤 되는 동굴 안에 부처를 모시고 있어 '산방굴사'라고도 칭한다. 굴 내부 천장의 암벽 사이에서 떨어지는 물은 산방산을 지키는 여신 산방덕이 흘리는 눈물이라는 전설도 있다.

언덕에 잠시 앉고 보니 눈앞에 펼쳐지는 또 다른 아름다운 풍경 용머리해안이다. 이곳에서 보이는 풍경은 용머리해안의 등줄기에 해당되는 부분이 보이고, 그 앞 바다에는 멀리 형제 섬이 자리하고 있다. 부드럽고 시원한 바람을 맞으며 쉼을 갖는다.

언덕 위에서 올레리본이 가리키는 방향으로는 아름다운 비취색 바다가 있는 하얀 황우치해안이 펼쳐져 있다. 산방산을 길 옆으로 보며 언덕을 내려가니 항망대(황우치해안)에 도착한다. 정말 용머리를 닮았나? 이곳에서 용머리와 가장 비슷하게 보인다.

황우치해안 길을 따라가니 대형카페가 나온다. '원.앤.온리' 웅장한 산방산을 뒤로 두고 앞에는 황우치해변 낮은 돌담 안에 야자나무와 고목이 된 소철 등 열대 숲 정원, 한가롭게 놓여 있는 벤치들, 그사이에 현대적인 하얀 건물의 카페. 커피를 마시며 분위기에 잠시 심취한다.

이제 바닷가에 소나무가 있는 작은 돌밭 숲 언덕길을 가며 나무 사이로 보이는

황우치해변을 지나 울창한 숲속 길을 걸어 썩은 다리 전망대로 올라간다. 올레는 아름다운 화순금해변의 풍경을 보여주고 싶었나보다.

화순금해변이라 는 말은 예전에 모래 밭에서 정말로 사금 이 나왔던 곳이라 해 서 화순 금모래가 되 었다는 안내문이다.

화순마을 해안의 용천수와 바닷물이 만나는 주변에 제법 규모가 큰 해수가 아 닌 야외 담수풀장이 있고, 다양한 시설과 함께 제주 해양레저체험 파크도 조성되 어 있다. 해수욕장 배후에는 소나무 숲이 병풍처럼 들어서 있다. 공원에는 텐트를 칠 수 있는 곳도 있어 여기저기 텐트들이 보인다. 아이들과 함께 놀러오기도 좋은 곳 같다.

드디어 긴 여정 끝에 올레길 10코스 마지막 끝 지점 화순금모래해변에 도착한다. 원래는 이곳이 9코스 종점이고, 10코스 시작점이지
만 나는 역주행으로 걸었기 때문에 이곳이 10코스 종점
이 된 것이다. 10코스 올레 공식안내소의 직원이 사무
실에서 나와 고맙게도 올레수첩에 10코스 완주 인증 스
탬프 찍는 걸 지켜봐 준다. 그분의 친절에 고단했던 피로감이 싸악 날아가고, 기
분 좋게 10코스길을 마무리한다.

　올레길을 걷는다는 것은 재미난 TV 드라마를 보는 것과 같다고 하면 억측일까?
오늘은 정말 그렇더라는 생각이 든다. 올레길을 걷다가 만나는 아름다운 제주만
의 독특한 자연 그 속에서 살고 있는 사람들이 만든 신화와 전설, 그리고 역사, 순
수함을 담고 있는 제주어와 감성이 넘치는 우리말 간판들, 또한 눈으로 확인되는
다크투어리즘의 가슴 아픈 현장, 지루할 틈이 없이 드라마틱한 내용인 것이다.

추사 김정희 유배지 흔적을 찾아서
세한도를 그렸던 고난의 세월을 보낸 유배지

바다가 없고 산방산이
보이는 작은 마을 안성
리에 추사 김정희의 유
배지가 있었다. 교과서
에 실린 세한도와 추사
김정희의 흔적을 보러

가는 길은 내 마음을 살짝 설레게 한다.

　유배지에 도착, 동문 안으로 들어서면 바로 나타나는 박공지붕의 추사관은 창고처럼 단출하고 창이 동그란 모양은 '세한도'에 나오는 집과 닮은 느낌이다. 추사관은 추사 김정희와 관련한 역사자료와 소장품들이 전시되어 있다. 김정희는 유배생활 동안 많은 제자들을 길러냈고, 수많은 업적을 남겼다. 전시실은 지하로 내린 구조다. 기념관 입구에서 지하 전시실로 내려가는 계단이 아주 길다. 추사 김정희의 고난의 세월을 보낸 유배생활을 표현한 것일까?

　추사의 작품들이 대형 영상으로 보인다. 눈에 익은 세한도가 채색되어 나오니 다른 느낌이다. 물론 진본은 모두 국립박물관 소장이지만 나름대로 작품마다의 감흥은 느낄 수가 있었다. 절해고도인 유배지에서 본가에 보낸 편지엔 오랫동안 멀리 떨어져 있어 편지 한 통으로 기운이 생기기도 하고, 사그라지기도 한다는 내용이 마음에 와 닿는다.

　추사 기념관은 이곳 말고도 전국에 세 군데에 각각 있다. 출생지인 충남 예산, 노년을 보낸 경기도 과천, 유배지였던 제주 대정, 이렇게 있다.

추사 유배지 거소 대문 안 마당에는 초가집 3채가 있는데, 안채와 모커리, 밧거리(밖거리)로 구성되어 있다. 안거리는 주인 강도순의 살림집이었고, 모커리는 추사가 머물렀으며, 밧거리는 찾아오는 사람들에게 학문과 서예를 가르치던 공간이었고, 1984년 강도순의 증손 고증에 따라 거처했던 곳으로 이곳에서 추사 김정

희는 그 유명한 세한도
도 그렸고, 독창적인 추
사체도 완성하였다. 복
원되었다. 〈현장 안내문〉

추사 김정희는 시(詩),
서(書), 화(畵) 분야에서
독창적이며 뛰어난 업적
을 남긴 조선시대의 대표적인 학자이자 예술가로 헌종 6년 55세 되던 해에 정치
적으로 억울한 누명을 쓰고 제주도로 유배되어 헌종 14년까지 약 9년 간 이곳에
서 살면서 지방유생들에게 학문과 서예를 가르쳤으며 제주 지역의 학문발전에 크
게 이바지하였다.

세한도의 이야기는 추사 김정희 나이 59세 되던 해
제주도 유배 온 지 5년이 되었을 때 추사 생애 최고의
명작으로 꼽히는 세한도를 그려 제자인 이상직에게 주
었다. 역관 이상직은 스승 추사가 귀양살이하는 동안
연경에서 구해온 귀중한 책을 정성으로 보내주었다. 그 고마운 마음의 표시로 세
한도를 그려준 것이다. 나도 모작으로 그려본다.

제주 올레길10-1코스(상동포구~가파도치안센터4.2km)
봄바람에 일렁이는 청보리밭의 향연 속으로 들어가는 평화로운 곳

코로나가 3년차로 접어드는 봄, 가족이 수월하게 코로나를 이겨냈기에 가벼운

마음으로 제주도로 향했다. 성산에서 한달살이하고 집에 돌아온 지 5개월만이다.

가파도 청보리밭이 왜그리도 보고 싶던지~~ 보리가 노랗게 익기 전에 청보리를 보러 가자 겨우내 마음에 담고 있었다.

사계리로 숙소를 정하고 이번 20일여행중 일주일은 사계리에서 살아보자 하며 사계리에 도착한 다음날 첫 배를 타고 가파도로 간다.

모슬포 남쪽으로 약 5.5km 떨어진 가파도는 모슬 포항 바로 옆 운진항 승선장에서 10여 분이면 가파도 선착장에 다다른다. 가파도 지도를 살펴본다. 간절하게 오고 싶었던 곳 가파도였다. 가파도는 처음이지만 지도는 이미 내 머리속에 다 저장되어 있었다. 날아갈 듯 기분이 최고다.

여객선에서 하선하자 그림에서 많이 보았던 가파도 손님맞이 조형물이 반긴다. "안녕! 내가 너무 늦게 왔지? " 쓰담쓰담 많이 반가웠다. 우선은 가파도 올레길 10-1코스길 시작점 확인 스탬프를 찍고 걷기 시작한다.

올레길 10-1코스(5.4 km)길은 가파도 섬 입구 오른쪽 길로 접어들면 바다를 오른쪽에 두고 왼쪽은 상가건물들이 야트막한 지붕을 이고 단출하게 이어져 있다. 올레길을 두고 사람들이 몰려있는 골목으로 잠깐 이탈해 들어가 본다. 좁은 골목에 나란히 있는 예쁘고  특이하게 꾸민 상점들 인터넷에서 사진으로 본 것보다 더 예뻐 보인다. 이집 저집 모두 시선을 끄는 작은 상점들이 모여 있고 하나같이 어디 에서도 볼 수 없는 특이한 분위기가 있는 골목이다.

 얼마 안 가서 그리도 보고 싶었던 청보리밭이 펼쳐져 있다. 상상했던 것 보다는 감흥이 덜했으나 어쨌든 좋았다. 그래도 보리가 노랗게 익어가고는 있었으나 아직은 푸르름이 많이 남아 있다. 일주일만 일찍 왔었어도 하는 살짝 아쉬움이 있었지만 지금이라도 왔으니 감사하다는 생각으로 위안을 삼는다. 많은 사람들이 여기저기서 사진 찍는 모습들을 보며 나도 덩달아 기분이 좋아진다.

 다시 해안가로 내려와 잠시 이탈했던 해변 올레길을 걷는다. 철썩이는 바다를 오른쪽으로 두고 걷다 보니 상동마을 할망당이라는 해신당이 나오고 조금 더 가면 큰 바윗돌을 볼 수 있는데 큰 '바람(보름)'을 일으키는 바위라 하여 '보름바위'

또는 큰왕돌이라 한다. 누구라도 바위에 올라가면 태풍이 온다고 믿으며 주민들은 태풍이나 강풍이 불면 할망당에서 치성을 드리는 곳이라는 안내문을 본다. 성난 파도가 위협을 하는 작은 섬마을에서 재해를 이겨내려는 처절한 생존 의지가 담겨 숙연해진다.

해안 길을 따라가는 길은 구불구불 너무나 아름다운 풍경에 취해 걷는다. 철썩대며 잔잔하게 연신 밀려오는 파도 소리 맑고 파란 하늘 부드러운 봄바람도 좋다. 바닷물은 햇살에 유난히 반짝이는 윤슬을 뿌려주고 멀지만 등대까지 또렷이 보이는 마라도 그리고 천천히 돌아가는 하얀 바람개비, 무슨 말이 필요하랴. 난 길가 돌덩이에 앉아 이 아름다운 풍경을 재빨리 화첩에 담는다. 아니 가파도를 담는다. 아스라이 보이는 마라도에서의 추억을 꺼내보듯 작은 점으로 표현되지만 등대까지 그려 넣고는 만족해 자리를 털고 일어난다.

가파도 청보리 밭
에서 보이는 마라도
2022. 5.

올레길은 멀리 보이는 마라도를 벗 삼아 시원한 바다를 보며 해안도로를 따라 굽이굽이 이어지다가 풍력발전기가 돌아가는 지점에서 올레길 안내 리본을 따라 섬을 가로질러 오솔길로 올라서면 봄바람이 키워낸 푸른 보리밭 가운데 사잇길로 들어선다. 얼마를 걷다가 뒤돌아보는 풍경에 숨이 멎는 것 같다. 파란 하늘아래 물감을 풀어놓은 듯 드넓은 청보리밭이 바람에 출렁이고 눈이 시원한 파란 바다가 자리한다. 이곳까지 따라와 가까이 보여주는 마라도 서로서로 어울리며 마법 같은 풍경을 빚어내고 있었다. 이런 곳을 그냥 갈 수가 없어 화첩을 꺼내 그 자리에 앉아 어반스케치를 한다. 빨라지는 손놀림 따라 내 마음은 풍선처럼 부풀어 오른다.

가파도 10-1코스길은 섬을 한 바퀴 빙 도는 게 아니고 중간지점에서는 섬 중앙을 관통하기도 한다.

다시 보리밭 사이 올레길을 걸어가면 동화 속 나라처럼 예쁜 초등학교가 보이고 이내 나지막한 언덕의 나무계단 몇 개 올라 가파도에서는 가장 높은 20.5m의 **소망전망대**에 올라서니 구불구불 언뜻언뜻 보이는 돌담과 원색의 청보리밭의 드넓은 들판이 있고 푸른 바다 건너에는 송악산 산방산 아스라이 보이는 한라산까지 파노라마가 펼쳐진다. 전망대를 내려와 다시 해안올레길 가파도에서 가장 눈부신 보리밭 사잇길을 흥얼거리며 춤을 추듯 걸어간다. 얼마나 걸었을까, 고냉이 돌을 지나 가파도 주민들이 해마다 마을 제사를 모시는 제단을 지나. 해안 길을 돌아서고 보니 저만치 하동마을이 보인다. 단물이 나오는 돈물깍, 그리고 불턱을 지나 가파치안센터 앞 올레길10-1코스 종점에서 가파도 완주 스탬프를 찍는다. 올레10-1코스는 5.5km로 아이들도 충분히 걸을 수 있는 평탄하고 짧은 코스이다.

올레길 완주를 한 후의 여유시간이 많아 마을을 좀 더 자세히 돌아보기로 한다. 하동마을에서 상동마을 선착장을 향해 걸어가는 중앙골목길에는 외관이 예쁜 작은 소품가게들도 많고 글들이 쓰여 있는 담벼락이 눈에 들어온다. '가고싶은 가파도' 내 마음을 눈치 챘나? 순간 멈칫 웃음이 나온다.

자그마한 소품가게 주인장에게 허락을 받고 옥탑을 올라갈 수가 있어 가파리를 내려다본다. 나지막한 알록달록한 고만고만한 집들이 한눈에 들어온다. 아름답다. 푸른 바다가 마을을 품고 있어서일까? 나도 모르게 바닥에 주저앉아 화첩을 꺼낸다. 얼마나 흘렀을까? 주인장이 빨래 때문에 올라왔다가 깜짝 놀란다. 아직도 안 갔느냐고? 나는 멋쩍어하며 그림 그린 것을 보여준다. 더 놀라워하더니 잠시만요 하고는 뛰어 내려간다. 난 죄 지은 사람처럼 주섬주섬 화구를 챙기고 있었는데 다시 올라온 주인장이 핸드폰을 급히 가지고 와서 내 그림 사진을 찍어도 되냐고 웃으면서 말한다. 그제야 난 마음이 놓였다. 덕분에 높은 곳에서 마을을 일부지만 화첩에 담을 수 있어 날아가는 기분이다.

사람들의 정겨운 일상이 있는 가파도에서 온몸으로 느껴지는 감성에 젖어 많은 이야기를 간직한 아름다운 가파도 풍경을 마음에 꾸욱꾸욱 눌러 담으며 골목을 걷는다. 가파도는 대부분 사람들이 바다에 나가 고기를 잡고 물질을 하다 보니 척박한 땅에서도 청보리 재배는 씨만 뿌려 놓으면 자라므로 식량과 땔감과 소의 먹이로 유용했으며 근래에는 청보리축제로 널리 알려져 여행 명소가 되었다.

그러나 왜구들의 약탈로 인하여 해상 방위 목적으로 아예 섬을 비우는 공도정책을 실시했다는 가파도 단절의 역사도 전해진다. 70–80년대 남북대치가 극에 달하던 시절에는, 인구가 아주 작은 섬들은 간첩들의 잦은 출몰로 인한 피해 때문에 이를 방지하기 위해 주민들을 육지나 큰 섬으로 이주시킨 사례가 적지 않았다고

하니 섬 생활이 얼마나 고달팠을까 싶다.

마지막배로 나오는 여유로운 시간이므로 햇살이 엷어지기 전에 구석구석 살펴보고 그림도 몇 장 그릴 수 있는 시간을 가질 수 있어서 행복한 가파도 여행이 되었다. 이제 제주 본섬으로 돌아갈 여객선  터미널에서 탑선 시간을 기다리며 잠깐 펜으로만 가파도 여객선터미널을 스케치 해본다.

마라도의 파도 소리
파도 소리로 아침을 여는 아름다운 바람의 섬

오랫만에 다시 찾은 마라도는 많은 것이 변해 있었다. 전에는 자장면집도 한 군데, 그리고 집들도 몇 채 안 되었었는데 지금은 작지 않은 마을이 형성되어 있다. 아들과 함께 가족여행길이었던 그때를 회상하며 돌아본다. 그때는 한겨울이라 찬 바람이 아주 심하고 주변이 황량해서 곳곳 해안을 자세하게 살펴볼 수가 없었다. 마을길로 접어드니 소방서와 하수처리장 학교. 종교시설로 교회와 성당, 절이 있다. 그리고 마라도는 '자장면 시키신 분?'이 유행어가 될 정도로 자장면이 유명해서 일까? 중국요리점이 많이 생겼고 민박과 편의점까지도 있다.

가파초등학교 마라분교가 동화 속에서나 볼 수 있을 것 같은 붉은 지붕을 이고 예쁜 모습이다. 넓은 운동장은 텅 비어 있지만 예쁘게 가꾼 꽃밭이 있고 따스함이 보인다.

익숙한 119 빨간글씨가 보이는 건물, 마라도 **소방서**다. 건물 앞에 서 있는 119 빨간 소방차까지 있는 것을 보니 괜스레 안심이 된다.

마라도 안내문에 동서길이 500m 남북길이가 1300m밖에 안 되고 주민이 100여명 남짓 살고 있다 한다. 이곳에 사는 주민들은 아침이면 먼저 마주하는 바다와 인사로 하루를 시작할 것 같고, 밤이면 파도 소리를 자장가 삼아 잠을 잘 것 같은 그런 곳이다.

5월 초의 날씨에도 아직 누런색이 남아 있는 초원, 따스한 햇살, 부드러운 바람, 눈이 시원한 바다, 자연스런 길을 따라 걸어가며 한없이 부푸는 감성에 취하는 황홀한 낭만이 있다. 이 멋진 산책길을 내려다보며 화첩에 담아보기로 한다. 어디에도 이런 풍경은 없을 것 같은 마음으로 빠르게 기분 좋은 붓질을 한다.

해안은 새까만 현무암으로 이루어져 있고 파도와 침식에 의하여 높은 절벽으로 되어 있으며 등대가 있는 부분이 높고 전체적으로 평탄한 지형으로 섬 전체가 완만한 경사를 가진 넓은 초원을 이루고 있어 산책하기 아주 좋은 곳으로 보인다.

마라도 남쪽 해안에 있는 '대한민국 **국토 최남단**' 표지석을 보니 예전 그대로의 모습에 반가웠다. 마라도 여행자에게는 이곳이 최고의 인기지점으로 누구나 이 표지석 앞에서는 기념사진을 남겼던 곳으로 예전의 일들이 또렷하게 떠오른다.

마라도 최남단 해변 벤치에 앉아 철썩이는 파도 소리를 듣고 있으려니 제주도를 사랑한 이생진 시인이 60여 편을 썼다는 마라도에 관한 시 일부분이 생각난다.

「마라도1」 이생진

하루 종일 바닷가에서 놀다가 돌아온 날 밤

귀에서 파도 소리가 끊이지 않아 잠을 못 잤다

"거짓말"

"그래 나는 그렇게 거짓말 같은 데서 살고 있다"

마음을 파고드는 시 한 구절 한 구절이 바다와 겹쳐지며 또렷이 떠오른다. 무슨 말이 필요하랴. 난 눈을 지그시 감는다. 파도는 연신 철썩거린다.

마라도는 뱃길이 거칠고 변덕스러워 예전에는 쉽게 들어갈 수 없는 섬이었고 생태보전이 잘되어 있어 섬 전체가 천연기념물 제423호로 보호받고 있다.

마라도 가는 배편은 두 곳이 있다. 산이수동항(송악산항)에서 마라도 가는 여객선을 이용하거나 운진항(모슬포 남항)에서 가파도를 거쳐 가는 배를 타고 30분 정도 간다. 마라도는 서귀포시 대정읍 마라리에 속하는 대한민국 최남단의 섬으로, 대정읍 모슬 포항에서 남쪽으로 11km, 가파도에서 남쪽으로 5.5km 떨어진 해상

에 있다. 독립적으로 화산이 분화하여 이루어진 섬으로 추정된다.〈위키백과 참조〉

한참을 바다와 노닐다가 성당이 있는 언덕으로 올라간다. 가파르진 않지만 제법 경사도가 있는 비탈에는 바람에 흔들거리는 야생초들이 한껏 신이 나 보인다. 오른쪽은 낭떠러지 같은 절벽이다. 파도 소리는 계속 따라오고 멀리서 드문드문 보이는 탐방객들이 자연과 어우러져 그림이 되어 준다.

마라도성당(경당) 건물 외관이 멀리서부터 시선을 사로잡는다. 건물 형태가 독특하여 어떤 의미를 담고 있는것 같은 생각이 들었다. 2000년에 세워졌다 한다.

마라도등대 등대의 주 업무는 안전 항해에 필요한 항로표지 정보제공으로 항해 선박의 안전을 확보하고 국민의 생명과 재산을 보호하는 데 있다고 한다. 등대 앞에는 세계의 주요 등대들의 미니어처 즉 축소모형들이 있고 거꾸로 보는 대형 대리석 세계지도가 전시되어 있어 글로벌 해양문화를 보는 재미가 있다.

'생명의 빛'이라는 등대 불빛 모양의 조형물에 담긴 타임캡슐도 있다. 마라도 등대는 1915년 3월 최초로 건립되었고 제주

도 남부해역을 오가는 선박들에겐 육지를 알리는 이정표로 삼아 희망봉 등대로 알려졌었다. 2021년 노후된 기존 등대가 철거되고 새로운 등대가 2022년 10월에 완공되었다는 안내문이 있다. 마라도는 바다의 푸른빛을 닮아가는 청아한 자연환경의 고즈넉함은 오랫동안 마음속에 남아 있을 것이다.

제주 올레길 11코스 (하모체육공원~무릉외갓집 17.3km)
근대역사가 녹아 있는 숨어 있는 숲길로 힐링의 발자국 소리

올레 11코스 시작점인 하모체육공원에서 출발하여 **모슬포항**을 거처간다. 모슬포항은 이쪽 지역에서는 가장 규모가 큰 포구로 태풍과 바람이 거셀 때에는 인근 포구에 있던 배들이 이곳으로 피양을 하는 중심적인 항구이고, 각 지역으로 정기여객선들이 오가는 곳이다. 모슬포항 멀리 있는 방파제에 나가서 모슬포 시내를 바라보는 풍경이 좋았다.

반듯하게 우뚝 솟아 있는 모슬봉이 품어 안은 듯 높고, 낮게 알록달록 시가지가 있고, 그 앞에 작은 두어 개 포구를 중심으로 옹기종기 나란히 들어서 있는 횟집들, 앞에는 바다가 있고, 형형색색의 깃발을 달고 있는 어선들이 나란히 줄지어

쉬고 있는 곳, 지난 번 이런 풍경에 매료되어 방파제 바람을 몸으로 막으며 어반 스케치를 했던 곳을 바라보고 또 바라보며 걷는다.

걷다가 도착한 곳은 서산사라는 절인데 육지에 있는 절하고는 분위기와 외관이 많이 다르다. 제주의 특색을 담은 돌 법당이 잘 보전되어 있다고 한다. 너무 조용해서 밖에서 사진만 찍고 나왔다. 올레 11코스는 대정여고를 지나게 되어 조용히 들어가 본다.

육군98병원병동이 6·25전쟁의 유적지라 궁금하였다. 육군 최초의 병원이었다는데 대정여자고등학교 내에 있다. 사진에서 보던 대로 학교 한쪽에 옛날 건물임이 확연히 드러나는 모습으로 자리하고 있었다. 얼마나 많은 젊은이들이 이곳을 거쳐 갔을까?

50여 병동이 있었으나 다른 병동들은 다 철거되고, 유일하게 이 병동만 남아 있다는 안내문이 문 앞에 있어 알 수 있었다. 지금은 대정여고에서 실습실로 사용하고 있었고, 주말이라 학교내는 조용하였다. 6·25전쟁 당시 훈련소가 있던 모슬포다.

이제 멀리서 바라만 보았던 모슬봉이 가까이 보이고 오르려 하니 살짝 설렌다.

모슬봉(181m) 정상부로 올라가는 '잊혀진 옛길'을 산불감시원이 조언을 해줘서 복원했다는

길을 걷는다. 아쉽게도 정상엔 군사기지가 있어 비껴가는 길, 그리고 공동 묘지가 많이 있지만 삶과 죽음이 공존하는 길은 잘 조성되어 있었고, 자동차로도 올라갈 수도 있었다. 이곳은 주민들의 운동코스이기도 한데, 바람에 흔들리는 풀밭 사이로 드넓게 펼쳐진 제주 남서부 일대의 한라산, 산방산, 단산과 바다를 한눈에 볼 수 있는 감동의 아름다운 풍경을 선사하고 있어 카메라 셔터를 계속 누른다.

오늘은 바람이 심하게 불고 있어 지체할 수가 없다. 간세가 11코스 중간지점 스템프를 품고 있는 곳으로 인증 스템프를 찍는다. 이어서 올레길은 햇살에 푸르른 나뭇잎이 싱그러운, 한 사람이 겨우 지나갈 만한 좁고 예쁜 숲길로 안내한다. 걸어야만 만날 수 있는 보물 같은 숲길이다. 신이 나서 얼마를 가다 보니 그 끝에는 올레길 표지판과 내려가는 길이라는 화살표가 있다. 내려가는 길 역시 붉은 흙길에 숲이 우거져 있어 청량감에 기분이 좋다.

그렇게 모슬봉을 내려오니 아스팔트길에 이어서 마을길이다. 한적한 농촌마을로 옹기종기 정이 넘치는 마을인 거 같다. 올레길 리본을 따라 가다 보니 **정난주마리아** 묘가 있는 성지에 다다른다. 대정성지로 조성된 이곳은 하늘 높이 우뚝 솟아 도열해있는 야자수가 이색적인 아름다운 풍경을 자아내어 잠시 발길을 멈추게 한다.

정난주는 조선후기 천주교 황사영백서사건으로 순교한 황사영의 부인이고, 정약용의 조카로 대정현에 유배되어 살면서도 추자도에 홀로 두고 온 아들 황경한을 그리워 하며 관노로 살았고, (올레길 18-1코스 예초리에 두 모자의 이야기가 있다.) 제주도 첫 번째 천주교신자로 기록되어 훗날에 천주교에서 성지로 조성되었다. 정난주마리아 성지는 올레 11코스길과 천주교성지순례길, 추사김정희의 유배길인 근대역사의 길이다.

얼마를 걸었을까 들판에 나오니 다시 바람은 불고, 이곳에는 벌써 보리가 누렇게 익어가고 있다. 넓게 고만고만한 밭들이 계속 이어지는 농촌밭길을 따라가며 목가적인 평화로운 풍경에 심취한다.

신평리 마을길을 걷는데 누구를 위한 배려일까? 길가에 가지런히 놓여 있는 알록달록 의자의 모습이 정스럽다. 식당들이 보여 점심을 먹고 가기로 한다. 굴짬뽕은 탁월한 선택이었다.

**신평무릉곶자왈**은 올레길이 조성되면서 알려지기 시작한곳으로 인공적인 꾸밈 없이 자연 그대로의 숨어 있는 숲을 볼 수 있는 곳이었다. 올레길 11코스는 신평곶자왈과 **무릉곶자왈**이 연결되어 있고 길이 크게 험하지 않아 누구나 걷기좋은 길이었다. 하지만 어둡고 울창한 숲터널길도 울퉁불퉁 돌이 박힌길도 있다. 그러나 무엇보다 바람이 거센 날이었는데도 이곳에 들어오니 아늑하니 잠잠하다. 나무숲이 다 막아주는 것이다.

정개왓(정씨의밭) 광장에 다다른다. 신평곶자왈에서 무릉곶자왈로 넘어가는 중간 부분쯤 숲속에 평평한 광장 중간에 간세도 있고, 큰 나무 아래에 의자도 빙 둘러 있어 앉아서 쉼을 갖는다. 지붕을 잇는 데 쓰는 띠(새)를 경작했다는 곳이다. 올레길 숲길은 무릉곶자왈이라는 표지판이 보여 읽어본다. '제9회 아름다운숲 전국대회'에서 숲길부문 우수상을 수상하였다는 내용이다. 또한 제주에서도 가장 긴 곶자왈지대이고, 지역주민들에게 생명길과도 같은 중요한 길이라 한다. 사람과 숲의 조화로운 공존을 통해  이 아름다운 숲이 변함없이 보전되는 것이다. 그렇구나 지루하다고 불평해서는 안 되는 소중한 길이었다.

고랫머들을 지나 인항동마을로 접어드니 제주스런 집들이 보여 자꾸만 시선 속에 머무른다. 마을회관을 지나치게 되면 이 마을의 당산나무인 커다란 팽나무가

시원한 그늘과 쉼의 공간을 제공
하여 잠시 쉼을 갖는다. 멀리서 보
면 마치 잔디밭처럼 보이는 녹색
의 연못은 제법 큰데 구담물(구나
물)이다. 가뭄에도 연못은 마르지
않아 인근마을에서도 물을 길러 갈 정도로 소중한 수자원이다.

연못가 의자에 등산복
차림으로 앉아 있는 다
른 일행의 수다 삼매경
이 보기 좋아 화첩에 옮
겨 담아 보는데 완성 할
때까지 고맙게도 그들의
수다는 계속 이어진다.

이제 무릉리가 보이고 넓은 운동장 무릉외갓집이다. 잔디밭 운동장 한쪽에 키
가 훌쩍 큰 키다리 간세조형물이 다섯가지 옷을 각각 나누어 입고, 나란히 모여
서 다정하게 서 있다. 무릉외갓집은 12코스 시작점이고 11코스 종점이다. 완주했
다는 인증도장을 찍고는 하늘을 바라본다. 해냈다는 기쁨으로 가슴 벅차다. 11코
스길은 길은 비교적 힐링하는듯 평탄하였지만 끝도 없이 길게 이어지는 곶자왈의
무성한 숲터널이 인적도 없이 너무 호젓해서 걷는 내내 긴장이 되었었다.

무릉외갓집은 폐교를 이용한 복합문화공간으로 무릉마을 51개 농가가 공동운영하는 곳으로 지역에서 생산되는 다양한 제철 식재료를 회원제로 전국에 택배로 판매를 하는 곳이다.

또한 마늘농사 주생산지로 전국 마늘생산량 12%를 이 무릉리에서 생산하고 있었고, 다양한 체험프로그램도 운영하고 있었다. 내부에 들어가서 보니 훈훈한 분위기에 깔끔하니 카페도 있고, 기념품 판매도 하고, 복도  는 그림이 걸려있는 작은 갤러리가 되어 있었다. 완주한 후라 바쁠 거 없으니 카페에서 따뜻한 차 한잔으로 여유롭게 스케치를 하며 쉼을 갖는다.

제3장

환상의 물빛 바다 사랑이어라
(대정읍~제주 원도심 사이 올레길과 명소)

제주 올레길 12코스 (무릉외갓집~용수포구 17.91km)
차귀도를 눈에 담으며 생이기정 바당길의 낭만을 걷는 길

택시를 이용 11코스 종점이자 12코스 시작점인 무릉외갓집에 도착하여 올레길을 찾아 나선다. **무릉외갓집**은 폐교를 이용 복합문화농장으로 서귀포시 대정읍 무릉리 마을주민들이 2009년부터 외갓집의 마음으로 지역 농특산품 감귤, 메밀, 마늘, 고사리 등을 꾸러미로 공급하는 마을기업으로 회원제로 운영되고 있는 곳이다.

양배추와 마늘밭이 있는 신작로 흙길을 따라 가고, 얼마를 걸었을까? 돌담 벽과 황토벽에 초가지붕을 얹은 정갈한 새 건물이 보인다. 제주어교실로 무릉2리 좌기동에 있는 **무릉도원 학당**이다. 육지와의 왕래가 드물던 섬 지역의 특성상 나름대로의 독특한 토속 언어가 전해 내려오는 제주어는 우리가 보존해야 할 소중한 문화유산이다.

신도리 저수지를 지나고, 나지막한 뒷동산 같은 녹남봉(100m) 숲길을 따라 황토흙길을 오르니 나무로 만든 전망대다. 그래도 오름이니 땀이 난다. 정상에는 조

그만 밭 같은 것도 보이고, 비교적 평평하고 넓다. 녹남봉 아래로 내려간다.

산경도예는 신도초등학교 폐교에 세워
진 곳이다. 작업실(공방), 전시실, 판매장,
교육장, 그리고 전통가마를 갖추고 있고,
앞마당에는 다양한 조형작품들이 있다.
이곳에 올레길 중간 인증 스탬프가 있는
데 이곳저곳 구경하느라 하마터면 지나칠 뻔했다.

농작물들이 자라고 있는 넓은 밭들이 있는 아스팔트 길을 걷고 또 걷는다. 길옆
의 밭에는 노랗고 푸릇푸릇 색깔이 각양각색 다른 농작물들이다. 나는 시골에서
자랐건만 이곳은 무슨 작물인지 가늠할 수가 없다.

이곳은 고산리라는 마을로 1만 년 전 신석기시대의 역사를 간직하고 있는 오래
된 마을로 1987년 발견된 국내에서 가장 오래된 선사유적지로 고산리유적 전시관
이 있다. 올레길을 걷는다. 고산리 한장동 마을 구경하는 재미로 걷는데 하얀 둥
그런 기상대가 멀리 보인다. 갈대숲이 아름다운 비탈길을 숨차게 오르니 고산기
상대의 멋진 모습을 아주 가까이서 마주한다.

고산기상대가 있는 수월봉은 제주도에서도 가장 바람이 세게 부는 곳이다. 고
산기상대는 우리나라에 영향을 미치는 태풍이나 장마전선이 반드시 거치는 기상
재해의 길목에 위치하고 있고, 우리나라 남서해안 최서단에 있는 기상대로서 거
의 모든 기상 관측이 이루어지는 곳이다. 이어 수월봉에 오르니 전망대인 정자각
이 쉬어 가란다.

한경면에 있는 수월봉
언덕의 고산기상대
2021.11.

수월봉(77m) 정상에 있는 기우제를 지내던 육각형 수월정 정자각에서 내려다보면 옆으로는 고산기상대가 우뚝 서 있는가 하면, 앞에는 푸른 바다에 하얀 등대까지 보이는 차귀도가 아름답게 떠 있고, 시원스레 엉알 해변이 구불구불 멋진 풍경으로 다가오는가 하면 그 해안 끝 자구내포구와 멀리 용수포구와 신창리 풍력발전단지까지 그림처럼 보이는 정말 아름다운 곳이다.

수월봉 화산쇄설층은 2010년 유네스코 세계지질공원으로 지정되었다. 수월봉 아래 해안가에 해안선을 따라 지질 트레일이 있는데, 절벽은 세계적인 수준이며 학술 가치도 매우 클 뿐만 아니라 화석층이 뚜렷하여 자연의 신기함을 더하는 곳이다. 수월봉 해안절벽의 원형이 잘 보존된 다양한 지층은 시루떡처럼 화산재와 화산탄이 뒤섞이며 쌓인 여러 지층이 다양한 문양과 색깔로 단단히 절벽을 이루며 기왓장처럼 차곡차곡 쌓여 있고, 다양한 크기의 화산암 괴석들이 박혀 있다. 표면에는 육각형으로 갈라진 절리가 거북등 모양을 하고 있다.

수월봉은 '물위에 뜬 달'과 같고 '석양에 물든 반달'과 같은 모양이라는 이야기가 전해온다. 벼랑 곳곳에는 샘물이 솟아올라 '녹고물'이라는 전설이 있는 약수터도 있다.〈현지 안내문 참고〉

'엉알'이란 깎아지른 듯한 절벽을 뜻하며 주상절리와 지질트레일로 화산 지형이 2km나 엉알해안 길로 이어져 자구내 포구까지 올레길 12코스와 겹쳐져 이어지

는 사랑받는 산책로로도 인기가 높다. 엉알 해안가 길을 따라가면 차귀도 포구다.

차귀도 포구에서 마을을 지나 조금 걸으면 당산봉(148m)이다. 당오름으로 불리었고, 산기슭에 뱀을 신으로 모시는 신당이 있었던 터라 그리 부르게 되었단다. 당산봉에서 서쪽 능선을 따라 용수포구로 가는 길에 역광으로 보이는 차귀도가 짙푸른 바다 위에 떠 있어 더욱 아름다운 모습으로 한껏 마음을 사로잡는다.

생이기정 바당길은 넓적한 돌을 깔아 놓은 오솔길로 새가 살고 있는 절벽 바닷길이다. 갈매기들이 떼 지어 사는 곳으로 겨울철새의 낙원이라 할 수 있다. 모퉁이를 돌면 옹기종기 모여 있는 용수리의 형형색색 집들과 우뚝 솟아 있는 풍력발전기의 하얀 날개가 멀리 보이고 계속 오솔길을 걷는다.

용수성지에 드디어 도착한다. 이번 올레길 12코스가 지나는 길목에 있는 김대건 신부 표착 기념관과 용수성당(공소)을 둘러본다.

김대건 신부 표착기념관은 배 모양의 건물형태로 세워졌고, 기념관에는 김대건 신부님의 발자취와 천주교가 들어오기까지의 험난한 과정을 소개하고 있고, 억압받던 당시 사용되었던 도구 등도 함께 전시되어 있다. 기념관 성지 한편에 자리한 라파엘호 모형과 김대건 신부 동상, 성모상이 있다.

다시 올레길로 접어드니 바로 용수리 포구이고, 용수리 방사탑 2호기를 지나니 올레 13코스길 용수 포구 종점이다. 12코스를 완주하고 나니 해 질 녘이다.

용수리포구와 마을을 잠시 돌아본다. 용수리는 해녀 없는 집이 없었다는 마을이고, 지금도 여러 명의 해녀 분들이 작업을 한다는 얘기를 들었던 기억이 난다. 오래된 마을임이 보이는 포구의 아기자기한 방사탑, 이곳 마을에선 앞바다엔 차귀도와 와도가 손에 잡힐 듯 떠 있고, 남쪽엔 유명한 수월봉이, 북쪽에는 용수포구 그리고 넓은 곡창 지대인 고산평야가 있어 아름다운 풍치를 더해준다.

세월이 보이는 보기 드문 목선 한척이 땅위로 올라와 있어 더욱 포근하고 평화로움을 느끼게 한다. 작고 아담한 용수포구에는 방사탑이 두 개나 있었다. 마을의 허술한 방향으로 사악한 기운이 침범하는 것을 막기 위해 둥글게 쌓아 올린 액막이 돌탑이다. 거욱대라고도 부르는 돌탑 위에 새의 부리 모양을 한 길쭉한 돌이 서쪽의 바다를 지켜보고 있다. 해넘이로 붉게 물들어가는 하늘 그 아래 엎드려 있는 차귀도, 참으로 아름다운 풍경에 잠시 해안 길가에 앉아 펜을 꺼내고 화첩을 펼쳐든다. 이 황홀한 일몰을 어찌 표현할 수 있을까?

차귀도와 신창리, 판포리를 가던 날(제주 서남쪽 명소)
풍력발전기가 바다에 줄서서 돌고 있는 곳

1) 차귀도의 아름다운 등대

판포리 숙소에서 아침 일찍 차로 달려 찾아간 **자구내 포구**다. 이곳에서 차귀도 가는 여객선을 탑선할 수 있는 것이다. 시간이 남아 얼른 이른 아침햇살에 붉게 물들어 있는 와도와 차귀도를 화첩에 담아본다.

낮에는 볼 수 없는 아름다운 풍경, 살짝 다급하다. 햇살이 더 퍼지기 전에 재빨리 그려야 하기 때문에 마음이 바쁘지만 다행인 것은 바다는 오밀조밀 스케치하지 않아도 된다. 나도 놀랄 정도로 단시간 안에 채색까지 마무리한다. 흡족하다.

자리에서 일어나 선착장 쪽으로 가니 아직 조금은 시간이 남았다. 세월이 지났음을 보여주는 멋진 도대불을 그리기 시작하는데 차귀도와 가까이 보이는 와도가 배

경이 되어준다. 이제 여객선을 타러 가야 할 시간, 승선장으로 들어간다.

차귀도포구(자구내)에서 유람선을 타고 누워 있다는 섬 와도를 지나 10분 만에 도착. 먼저 보이는 것은 화산 흔적들이 쌓여 있는 절벽언덕 차귀도는 동서로 길게 뻗은 지질공원으로 2000년에 천연기념물로 지정된 곳이다.

차귀도는 여러 개의 섬(죽도, 와도, 지실이섬)을 합쳐 모두 차귀도라 칭하므로 배에서 내린 섬은 대나무가 많아 대섬 또는 죽도로 불려왔다고 하는데 내리자마자 사람 키를 넘는 대나무가 무성한 대숲 사잇길로 좁고 가파른 돌계단을 올라간다.

1970년대 말까지 7가 구가 이 섬에서 농사를 지으며 살았던 집터와 연자방아 등이 남아 있 다는 안내문을 보고 둘 러보니 잡초에 파묻히 긴 했어도 담벼락 등 분

명한 흔적들이 있었다. 11월 초순 하얀 억새와 함께 푸른 초원이 아닌 누런 초원이 산비탈을 이루며 저 멀리 점으로 보이는 하얀 등대까지 구불구불 실낱같은 오솔 길이 있는 드넓은 산등성이 펼쳐진다. 너무나 아름답다. 이런 고요함은 무인도에 서만 느낄 수 있을 듯 우리 발자국 소리밖에 안 들린다.

한참을 올라가니 등대가 보이기 시작한다. 이 언덕은 '볼레기 동산'이라고 불리는데 차귀도 주민들이 자재를 하나하나 지고 들고 이 언덕을 오르며 제주어로 볼락볼락 숨을 몰아쉬었다 해서 붙여진 이름이고, 주민들이 힘을 모아 등대를 세운 무인등대라고 한다. 섬에는 곳곳에 안내문이 있어서 차귀도에 대해 이해하는 데 많은 도움이 되었다.

제주도 섬속의 섬
유람선을 타러가는 차귀도
무인도로 아름다운 능선의 볼래기언덕을
올라가면 멋진 등대가 있다 2021.01

하얀 등대가 있는 정상에 올라가니 사방으로 가린 것 하나 없이 기막힌 아름다운 바다 풍경이 펼쳐진다. 시원하고 부드러운 바람이 고생했다는 듯 뺨을 어루만진다. 나도 모르게 두 팔을 번쩍 들어본다. "그래 바로 이거야. 이래서 오는 거지…….

정상에서 내려다보니 올라오던 길이 까마득히 보이는 아름다운 누런 평원이다. 정상에서 올라오던 길 반대편 길로 내려가면서 보이는 풍경은 파란 바다를 배경으로 또 다른 모습으로 수려하고 평화롭다.

차귀도(죽도)를 돌아보고 내려오니 유람선이 우리를 태우러 들어오는 것이 보인다. 모두 다시 타고 차귀도를 돌며 선상투어를 시작한다. 선상투어는 유람선 선장이 귀에 쏙쏙 들어오도록 입담 좋게 자세히 설명해주니 더욱 보는 재미가 있다.

독수리바위(지실이섬)로 불리우는 차귀도의 세 개 섬 중에 하나인 곳은 그 이름대로 독수리 형상이 정확하다. 장군바위, 병풍바위, 쌍둥이바위, 생김새대로 이름을 잘도 지었다.

차귀도 투어는 훼손되지 않은 평화롭고 아름다웠던 곳이었다. 유람선을 그림으로 남겨보며 차귀도의 가을을 고스란히 마음 한편에 곱게 채워 담을 수 있었다.

자구내포구로 돌아와 아침 어반스케치 하느라 보질 못했던 포구마을을 천천히 돌아본다. 관광객들도 많고, 낚시가게와 식당, 민박집 등등 활기가 넘친다. 이곳 자구리포구는 한치가 많이 잡히는가 보다. 포구주변 바닷가는 모두 한치 말리는 줄이 겹겹이 걸려 있다. 이른 아침에는 없던 정겨운 어촌풍경이다.

2) 신창리 풍력발전단지의 장엄한 풍경

판포리 숙소에서 멀리 보이던, 바다 위에 줄지어 서 있던 바람개비 풍차가 궁금했었다. 차로 한경해안로를 따라 달리니 **풍력발전단지**에 금방 도착한다. 차에서 내리니 위압감으로 바람개비는 다가오고 윙윙 소리가 바닷바람에 실려 온다. 입구를 찾아 들어가긴 했는데 너무나도 넓어 깜짝 놀랐다. 바람개비 날개가 흰색을 번쩍이며 느릿느릿 돌아가는 풍력 발전기, 바다에 줄지어 서서 그 긴 날갯짓을 하는 엄청난 규모의 장엄한 풍광은 압도적이다. 바다에도 투영되어 내려앉아 웅장하고 길게 그림자를 늘어뜨리고, 무심한 듯 바람개비의 길쭉한 날개는 빙글빙글 돌아간다. 바다 위 투영된 그림자도 빙글빙글, 나도 덩달아 빙글빙글 돈다.

하얀 바람개비가 보이는 온 바다목장은 사방 어느 곳을 보아도 가슴을 뻥 뚫어주는 풍경이 좋아 하얀 종이 위에 남기고 싶어 한적한 등대 앞에 자리 잡는다. 빠른 손놀림으로 그려나가는 어반스케치, 어느 곳을 바라보아도 그림이 되는 멋진 풍경이다. 포근한 날씨 살랑살랑 부는 바람이 이보다 더 좋을 수는 없는 최고의 순간, 나는 이런 분위기를 좋아하는 어반스케처다.

제주 서쪽 한경에 있는 신창 풍력 발전단지
바다에 하얀 풍력발전기들의 모습이
아름답다. 2021. 11. 6.

풍력발전기를 여러 곳에서 봐 왔지만 이곳은 바다와 바다 사이 방파제를 따라 걸으며 보이는 낯선 환경의 이색적인 풍경에 잠시 혼미해진다. 하얀 구름이 떠가는 파란 하늘, 끝없이 드넓은 바다에 줄 서서 키 재기를 하는 바람개비를 바라보며 바다 한가운데로 길게 이어지는 나지막한 데크 길로 바다 위를 걸어가니 신선 놀음이다.

이곳이 튜물러스 해변 신창 풍력발전단지다. 해안가에 용암이 바닷물에 식으면서 굳어진 화산 활동의 흔적으로 튜물러스가 있고, 밀물 때 잠겼다가 썰물 때면 드러나는 조간대 그 사이로 용천수가 흘러들어 염생식물도 서식하는 곳이다.

싱게물(신개물)공원은 바다목장에서 나오면서 보이는 싱게물공원 용천수(민물)가 솟는 곳으로 예전에는 목욕탕으로 남

탕과 여탕으로 나누어 돌담으로 잘 만들어져 있다.

공원언덕으로 올라가니 조형물도 있고, 수평선이 보이는 넓은 바다 위에서 줄을 서서 돌아가는 풍력발전기가 바람결에 실어 속삭여 주는 듯하다. '반가워요.' 이곳에서 세 시간 넘게 머물며 어반스케치를 즐길 수 있었음에 행복했고, 모든 게 다 감사한 마음이다.

신창리 골목길을 여유롭게 걸어본다. 이 마을은 유난히 오래된 돌담이 많이 보인다.

조심스레 길을 가다 파란 깃발이 꽂혀 있는 작은 가게가 보인다. '책은 선물'이 책방 이름이다. 그냥 봐도 책은 선물처럼 소중하게 여기는 곳임이 보인다. 이곳 책방은 선물 같은 신선함을 주었다.

3) 판포리에 강풍이 불던 날

강풍예보가 있어 쉼을 갖기로 한 날. 숙소가 있는 판포리 포구에 나가 보았다. 멀리 바다 한가운데 줄 서 있는 신창 풍력발전기가 위태로워 보이고, 포구엔 심한 바람과 물살이 거세게 요동치며, 포구 방파제를 무섭게 때리고 할퀴고를 반복하며, 넘나들고 밀려드는 괴력의 파도는 집채만한 채로 금방 달려들듯 해안 길가를 덮치며 위협적이다. 걷기를 포기하고, 바닷가 카페에 들어가 유리 창문으로 성난 바다를 내려다본다. 따스한 커피를 마셔보지만 이런 풍경을 바라보고 있자니 뭔지 모를 불안감이 밀려온다.

얼마쯤 후에 포구 방파제 및 길가로 떠밀려 온 쓰레기가 여기저기 한가득이다. 어디서 나타났는지 미화원들이 순식간에 그 쓰레기를 치우고 청소차에 담아 가는 것이 아닌가? 정말 순식간에 그 많은 쓰레기들을 말끔히 치우고는 아무 일도 아닌 듯 홀연히 가버린다. 우리나라 참 좋은 나라구나 마음이 훈훈해진다.

이렇게 멀리 바다 한가운데에 나란히 줄 서 있는 신창 풍력발전기단지의 아름다운 바다풍경을 판포 숙소 창문에서 매일 볼 수 있던 것이 좋았었는데 돌변하니 낯설었다.

판포항 방파제 등대

판포포구와 **엄수개**(포구) 판포리는 작지만 두 개의 포구가 있고, 그 중 하나는 물놀이 시설로 스노클링과 카약, 패들보드 등을 즐길 수 있도록 되어 있어서 여름철엔 핫한 곳이다. 또 한 개는 바로 옆에 어선들이 이용하는 엄수개포구가 있다.

판포리 해거름 전망대에서는 바다로 가라앉는 일몰을 보는 낭만도 즐길 수 있고, 주변엔 농구장 등 여러 체육시설이 있어 사람들이 즐겨 찾는 곳으로 해 질 녘 산책길로도 좋은 곳이다.

제주 한림의 해거름길 전망대

제주 올레길 13코스(용수포구~저지리 15.98km)
중산간 낙천리 의자마을에서 감성 가득 채우기

13코스길은 바다와 해변 길이 없는 중산간을 걷는 힘들 수도 있는 올레길이다. 공식적인 소요시간보다 항상 3시간을 더 늘려 잡는다. 볼 것이 너무 많기도 하지만 중간에 어반스케치도 하기 때문이다. 올레 13코스 시작점인 용수리포구에서 걷기 시작하여 절부암을 지나 13코스를 걷다 보면 만날 수 있는 작고 예쁜 순례자의 교회가 나온다. 이곳은 누구나 들어가 기도할 수 있는 **순례자의교회**는, 올레여행자에게는 마음의 휴식을 느낄 수 있는 곳이었다. 교회 건물에 크게 쓰여 있는 '길 위에서 묻다'는 누구나 나름대로 해석하겠지만 숲길을 걸으며 계속 맴맴 돌았다.

저수지를 지나 얼마를 걸었을까? 반갑게 맞이하는 파란 간세는 특전사숲길이라고 안내를 해준다. 특전사 50여 명이 수풀을 쳐내고 만들었다는 길, 고마운 마음이다. 조금 더 걷다 보니 이번엔 고목숲길, 그리고 고사리숲길이 나온다. 인적도 없는 수풀 길을 파란 간세는 잘도 알려준다. 오름으로 둘러싸인 마을 낙천리가 나온다.

낙천리아홉굿마을은 올레길 13코스 중간 스탬프 지점이다. 낙천리를 들어서는데 우선 눈에 들어오는 것은 아주 많은 의자들이었다. 곳곳에 각양각색의 모양으로 놓여 있었지만 분명한 건 모두 의자라는 것. 아홉굿이라는 곳곳에 작은 연못들이 있는데 누군가의 기발한 창의성이 돋보이는 커다란 의자가 연못 안에 조형물로 서 있어 시선을 사로잡는다. 이곳은 제주올레 13코스의 중간 스탬프도 찍는 곳이라 올레여행자이면 꼭 들려가는 길목으로 편안한 쉼터처럼 좋았다.

낙천 잣길 전망대에 오르면 드넓게 펼쳐진 마을과 의자의 모습을 볼 수 있어 좋았고, 이곳은 중산간 외진 시골마을로 3년에 걸쳐 주민들이 뜻을 모아 손수 목재를 자르고, 다듬어가며 1000개의 의자를 만들고, 각각 예쁘게 단장시켜 마을 곳곳을 꾸미고, 의자공원까지 만들어 어디에서도 볼 수 없는 특이한 의자마을로 거듭나고 있기까지 이곳에 대한 주민들의 노력과 애정을 느낄 수 있었다.

이 낙천리야말로 올레길을 걷지 않았다면 볼 수 없었던 마을, 이런 이유로도 기꺼이 올레꾼이 된다.

이제 다시 올레길 간세를 만나고, 리본을 따라 13코스의 종점인 저지리를 향해 낙천리의 잣길로 발걸음을 내딛는다. 잣길이라 함은 밭과 길의 경계가 되는 구불구불한 나지막한 돌담 밭담을 말한다. 같은 돌담이라도 마을마다 부르는 이름이 각각이다.

지루하게 구불구불 오르막 숲길이다. 팽나무를 지나 그렇게 힘이 드는 길을 가다보니 '뒷동산아리랑길'이라는 이름표를 달고 간세가 올레길을 가리킨다. 저지오름에 올라가는 길인가 보다. 저지오름은 13코스 중 가장 난코스다. 이제는 지치고 발걸음이 천근만근 '저 오름을 어찌 올라갈까?' 싶다. 그렇게 힘들게 드디어 저지 오름에 올랐다. **저지 오름** 정상(240m) 전망대에서는 한라산을 중심으로 사방의 오름이 파노라마처럼 펼쳐지는데 맑은 날이라 한라산이 이곳으로 달려오는 듯하다. 왼쪽부터 느지리오름, 금오름, 당오름, 이시돌오름에 남쪽으로 산방산까지 우뚝하니 보인다. 안내판이 있어 이해하는 데 많은 도움이 된다.

저지 오름 분화구를 중심으로 정상둘레길이 있는데 거리는 0.8km. 어느 쪽으로든 경사와 거리가 비슷하게 둥그렇다. 정상에서 분화구까지 62m를 계단으로 내려가서 볼 수는 있는데 체력이 바닥이라 내려갈 수가 없다.

이제 저지마을로 내려가는 길, 이곳은 야자멍석을 깔아 놓은 길이지만 발가락 아픈 데는 더 안 좋다. 저지예술정보화마을 건물에 도착해 13코스 종점 완주 인증 스탬프를 찍는다. 날아갈 것만 같다. 지친 하루 오늘은 에너지 고갈로 힘겨웠지만 기분은 최고 웃음도 나온다. 뒤뚱뒤뚱 걸음으로 올레길 13코스 완주는 해냈으니까. 하하하!!!

저지리 예술인마을의 새소리
오롯이 선물 받는 듯한 감성을 느낄 수 있는 힐링의 시간

한경면 저지리에 있는 예술인마을을 찾았다. 화창한 날씨 숲이 많은 중산간마을의 조용한 이른 아침은 새소리가 요란하다. 전국 예술인들이 모여 살고 있는 곳으로 잘 조성된 공원처럼 이국적인 풍경을 자아내는 울창한 나무와 숲길과 새소리가 들리는 오솔길 산책도 즐길 수 있는 곳이다. 여러 개의 공공미술관과 예술인 마을답게 다양한 작가들의 개인 뮤지엄, 갤러리나 작업실, 공방, 복합문화공간, 창작교육을 하는 공간, 예술인들의 주거 공간 등등이 띄엄띄엄 자리 잡고 있는 곳이고, 도보로 여유롭게 찾아다닐 수도 있다.

제주현대미술관
제주시 현대미술관은 공립으로 예술인마을 활성화와 다양한 문화예술 수요를

충족시키기 위해 2007년에 개관하였다. 미술관 입구를 지나 전시실로 들어가는 공간부터 미술품이다.

제주 문화예술을 장르 불문 다양하게 만날 수 있는 곳이다. 실내 전시실 작품들은 물론이고 넓은 정원예술로 기발한 아이디어의 개성 있는 실외작품들이 웃음을 주면서 마음을 즐겁게 해준다. 김흥수 특별전시관이 있어 그가 기증한 대표작도 볼 수 있었고 2027년까지 전시가 이어진다.

제주현대미술관 분관

현대미술관에서 조금 나오면 분관이 단출하게 자리 잡고 있다. 1층과 2층에 전시장이 있고, 미술관에 갔을 때의 전시는 '자연의 소리' 주제로 유채꽃과 억새를 소재로

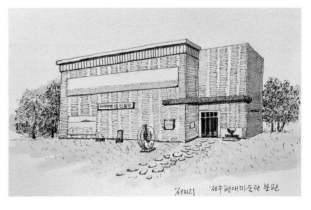

한 작품들이 전시되고 있었다. 현대미술관이 지어질 때 김흥수 작가는 20점의 작품을 기증했고, 박광진 작가는 149점을 기증하였다는 안내문이다. 제주의 자연에 반해 50년간 제주 풍경화에 매달려 왔다는 박광진 작품이 전시되고 있는 중이라

볼 수 있어 참 좋았다.

제주문화예술 공공수장고

현대미술관 본관 건너편에 있는 문화예술 공공수장고에선 미디어아트를 접하게 된다. 넓고 높은 공간에서 울리는 음악은 전시하는 영상에 대한 기대감을 더 끌어올리기에 충분하다. 나로서는 미디어 아트를 엄청난 규모의 프랑스 레보드르프로방스 채석장에서도, 성산 빛의벙커에서도 여러 번 접했기 때문에 크게 감흥은 없었지만 이곳 수장고에서는 우리나라 문화와 자연을 그린 그림으로 현대미술관에 전시된 작품들이 나오기 때문에 정겨움이 느껴지고, 규모가 작아서 나름 예술의 세계 안에 내가 들어온 듯한 착각이 들어 좋았다.

김창열 제주도립미술관

미술관 가는 길가에는 예쁜 꽃들이 만발하고 우거진 숲에는 수령이 많아 보이는 고목들이 많아 심상치 않은 분위기에 압도되는 듯하다. 얼마 안 가서 심플한 현대적 감각의 건물 개인미술관이 아닌 제주도립미술관이다,

주 출입구에서부터 물의 나라 이야기가 시작된다. 전시실을 돌아보니 내 눈에 익은 그림도 여러 점 보였고, 무엇보다 화백의 초기작품인 추상화도 볼 수 있어

좋았다.

맑고 투명한 물방울은 작가의 세계를 인식하는 눈(雪)처럼 맑고 투명한 눈(眼目)이요 세상을 물(水)로 정화하고자 노력한 고통의 결정체인 것이다.

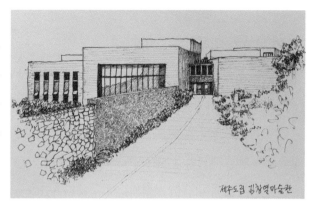

제주도립 김창열미술관

김흥수 아틀리에

초록색 건물 벽이 매혹적인 곳으로 김흥수 화백이 제주도에 머물면서 작품 활동을 했던 곳으로 화백의 귀한 작품을 볼 수 있었고, 내부에는 김흥수 화백의 상징

저지리 김흥수 아뜰리에

적으로 떠오르는 생전에 즐겨 입었던 옷과 목걸이, 중절모자, 선글라스, 그리고 사용하던 소품들이 전시되어 있고, 함흥 출신인 작가의 일대기를 담은 영상을 볼 수 있었다.

김흥수 화백의 작품은 익히 보아 왔었고, 그의 조형주의는 여성의 누드와 추상화를 대비시켜 조화로움을 표현하는 예술성의 독특한 화풍을 보여주고 있다.

방림원

　개인이 조성한 야생화 전시장으로 외국 들꽃들과 우리나라 자생식물을 다양하게 연출해 놓은 곳이다. 테마별로 계절에 따라 잘 가꾸어진 곳으로, 들어가는 입구부터 귀엽고, 아기자기한 조형물들과 어우러진 멋진 정원은 잘 꾸며 놓았고, 희귀한 식물들도 눈길을 사로잡는다. 방림원 조성할 때 발견하였다는 천연 석굴인 방림굴과 기차 레일처럼 오르락내리락 구불구불 만들어진 물이 흐르는 수로가 인상적이었고, 몸과 마음이 정화되는 지상낙원이었다.

　　　　　　책방 소리소문 독립서점은 이사 오기 전 상명리 돌담 집이었던 책방에 갔을 때 어반스케치도 했었다. 그때 마음에 남아 있어 이사 온 이곳을 찾아온 것이다. 책 한 권을 사들고는 정원으로 나와 한편에서 어반스케치로 남긴다. 제주에는 스탬프 찍는 책방투어도 있을 정도로 곳곳에 독립서점이 아주 많아 참 좋다.

제주 올레길 14코스(저지리~한림항 19.1km)
비양도와 동행하며 선인장마을을 지나는 매혹적인 해변 길

　저지예술정보화마을 건물 앞 올레길 14코스 시작점이다. 13코스 종점으로 왔던 곳, 시작점 스탬프를 찍고 출발, 오늘 코스는 19.1km로 장거리라 조금은 부담이 된다.

저지 오름 오른쪽 샛길로 가다 보면 수령 370여 년의 팽나무를 지나고, 비탈길을 올라가니 장학굿물 안내문이 있고, 저지마을과 한라산이 보인다. 이곳은 바다와 좀 떨어진 중산간 지역이다. 크고 작은 돌멩이가 적당히 깔린 흙길로 시골스러운 밭둑길을 걸을 때는 아주 편안하다. 새로운 농작물을 심으려는지 까만 흙이 고랑 지어 있다. 농로로 얼마나 왔을까? 앙증맞은 작은 간세가 그려져 있는 '한림읍입니다'라는 팻말이 있고, 왼쪽은 한경면, 오른쪽은 한림읍으로 여기부터는 큰소낭 숲길이다.

오시록헌은 제주어로 밭길을 걷는 느낌이 아늑하다라는 설명까지 달고 간세가 서 있다. 오시록헌 농로는 한동안 이어진다. 숲길, 자갈길, 농로를 걸으며 올레길은 마음을 비우고 눈에 보이는 대로 느끼며 그저 바라보기만 해도 되는 오롯이 나를 위한 휴식의 길이다.

이번에도 굴렁진 숲길이라는 안내문이 보인다. 제주어는 '움푹 패인 지형을 굴렁지다.'라고 표현한다는 설명을 보며 걷다 보니 정말 길이 사납다. '괜찮아 천천히 가지 뭐.' 춥지는 않은데 하늘엔 먹구름들이 몰려다니며 쇼를 펼치는 듯, 해가 비추나 싶으면 어느새 구름이 가리고를 반복한다. 금능농공단지 가는 포장된 길이 나오고, 바로 '무명천 할머니 산책길'이란 표지가 보이는 길을 지난다.

월령리(감은질) 초입부터 여기도 저기도 온통 선인장이다. 마을 안길로 들어서니 월령리복지회관을 지나 '무명천 할머니길'이라고 담벼락에 쓰여 있고, 그 골목 담벼락에는 할머니와 관련된 벽화들이 가던 발걸음을 멈추게 한다. 단출  한 작은집에서 생전에 살던 모습대로 재현해 놓았다. 일찍이 진아영 할머니에 대한 이야기는 알고 있었으나 막상 마주하고 보니 마음이 먹먹하다. 진아영 할머니는 4 · 3사건 당시 총알이 턱을 송두리째 앗아가 평생을 흰 무명천으로 턱을 감싸고 사셨던 4 · 3사건의 피해자이자 산증인으로 살다 가신 분이다.

마음을 가다듬고 다시 올레길을 찾아 걷는다. 바로 옆 골목길을 나가니 시원한 바닷가 해변 길 삼거리이다. 이곳은 올레길 14코스 중간 스탬프 찍는 곳으로, 올레여행자들이 여러 명 있는데 모두 즐거워 보이고 활기가 넘친다. 월령 선인장 자생지 해안가 검은 돌무더기들이 있는 곳에 초록빛 손바닥 선인장(백년초)이 온 해변 언덕을 다 덮고는 붉은 보라색 열매를 다닥다닥 매달고 군림하고 있는 모습은 진귀하다.

그 위로 데크 다리를 놓아 사람들이 다니도록 해서 선인장을 보호하고 있다. 바다 건너 아름다운 비양도가 보이는 **월령 선인장 자생지**에 조성된 산책로는 어디에서도 볼 수 없는 근사한 아름다운 길이다.

월령포구에 들어서니 아늑하니 바람도 없고, 먹구름도 사라지고 늦가을 햇살이 포근하다. 어선 서너 척이 졸고 있는 포구 뒤편 해안가에는 풍력발전기 바람개비가 존재감을 드러내며 한껏 멋진 풍경을 연출해주는 평화로운 어촌포구의 가을은 어딜 봐도 그림이 된다. 야외용 의자도 있다. 얼른 앉아 스케치 시작, 채색까지 마무리한다.

손바닥선인장(백년초)은 먼 멕시코에서 따뜻한 물살을 따라 밀려온 선인장 씨앗이 지구의 절반을 돌아 이곳 바닷가 검은 바위틈에 뿌리를 내려 우리나라에서 유일한 선인장 군락을 이루었다니 믿지 못할 현실이다. 월령마을의 주 소득원은 이 백년초에서 나오고 있고, 백년초는 예로부터 민간약으로서 소담제나 해열제로 쓰였다는 안내문이다.

바람의 놀이터인양 거대한 바람개비풍차는 파란 지붕에 벽이 하얀 집을 배경으로 신나게 돌아가며 아름다운 풍치를 더해준다. 점점 비양도가 가깝게 보이고, 일성콘도 담벼락을 길게 따라가며 조성되어 있는 두툼했던 해변 자갈 돌길이 끝나고 포장도로다.

금능마을 돌담이 있는 바닷가에 도착. 눈에 익은 집들과 골목길이 더 반갑다. 지금은 밀물 시간. 가득한 바닷물은 또 다른 얼굴이다. 지난번에는 물이 저만큼 물러나 있고 마을 앞바다 검은 돌 사이사이에서 조개도 줍고 살살 기어가는 작은 게도 잡았다 놓아주고를 반복하며 놀았었다. 그러고 보니 썰물이 되면 까만 돌무더기로 뒤덮인 바다가 아주 멀리까지 나가 있었음을 알게 된다.

옹기종기 모여 있는 지붕들이 좋고 파란 바다, 그리고 바다 건너 풍치를 더해 주는 비양도. 그냥 이 금능해변이 좋다. 찰싹이는 파도 소리가 내 펜놀림을 응원이라도 해주듯 기분을 돋워 준다.

금능해변과 비양도 사이의 바다 한가운데에 물고기를 든 어부상이 서 있다. 풍어를 기원하는 의미로 썰물 때는 그곳까지 들어가 스케치를 할 수 있었는데, 오늘은 물이 차올라 바닷물 한가운데에 어부상 석상이 물에 잠겨 서 있다. 안쓰럽다.

지난번처럼 그 자리에 있는 그네도 타보고 금능해변에서의 어반스케치도 한다. **금능으뜸해변** 물 색깔이 말로는 표현할 수 없을 정도로 너무 예쁘다. 주변에는 비양도를 바라보며 걷는 산책길이 있다.

협재해변으로 넘어가는 길엔 야자나무 군락지가 펼쳐져 있어 해변을 더욱 풍요롭게 해준다. **금능해수욕장**과 **협재해수욕장**은 비양도를 함께 볼 수 있으며 맞닿아 있다. 올레길 14코스는 이 아름다운 두 해수욕장을 다 지나가는 길이다.

협재해수욕장엔 시즌이 아닌데도 사람들이 아주 많다. 아름다운 비췻빛 바다와 넓은 모래사장, 그리고 수평선 위로 다정하게 보이는 비양도가 있어 한결 어우러지는 아름다운 풍경을 보여준다.

비양도가 보이는
협재 해변에서 공지.11.4.

제주 한립에 위치
비만나무 가로수의 길다

바닷가 마을 안쪽 길에는 줄지어 있는 팽나무 가로수가 심한 바람에 한쪽으로 휘어져 자라는 편향수가 멋스럽다.

이제 올레길로 다시 걷는다. 몇 번 금릉, 협재해수욕장에 다녀갔지만 그때는 잠깐 스쳐갔을 뿐이고, 이렇게 올레길을 천천히 걸으며 접해 보는 것이 참 좋다.

협재 마을에서 건물 사이로 바라보이는 비양도의 아름다운 풍경, 이곳에서 사는 사람들은 매일 볼 수 있으니 좋을 것 같다는 생각을 해본다. 협재포구를 지나 올레길은 계속 해안가 마을을 지나는데 예쁜 집들이 너무 많다.

비양도가 보이는
한림 마을에서

바다를 배경으로 제주스런 집들이 자꾸만 눈에 들어와 발길을 멈추게 한다. 돌담이 있어 제주스러움이 자연스럽다.

옹포리는 지형이 항아리를 닮았다 하며, 물이 좋고 수량도 풍부하여 제주의 3대 수원지 중 으뜸인 곳으로 한라산 소주를 생산하는 곳이다. 옹포리 옛 모습이 남아

있는 용천수 바른물통을 지나는데 '물 좋고 석양이 아름다운 마을 한림읍 옹포리'라는 글씨가 표지석에 새겨져 있다.

옹포리 방사탑이 보이더니 이내 옹포리 포구다. 방사탑 안에는 밥주걱과 무쇠솥을 묻었다고 하는데, 밥주걱은 외부의 재물을 주걱으로 끌어 담고, 무쇠솥은 불에도 견뎌내라는 단단함과 강인함을 상징한다고 한다.

옹포리포구(명월포)는 옹포천 하구에 자리하고 있어 해상의 요충지이자 명월진 성으로 가는 통로였다. 탐라가 원나라에 사신을 보낼 때 이곳을 이용했고, 삼별초 부대도 명월포구를 통해 제주에 상륙했다. 명월포 수전소와 최영장군 격전지였고, 비양도가 바다 건너로 바로 보이고, 넓은 바다를 조망할 수 있는 위치이기도 하다. 〈현지 안내문 참고〉

세월의 흔적이 보이는 옹포리정미소 건물이 시선을 사로잡는다. 정미소라는 간판에서도 정감이 가는데 팽나무와 함께 오랜 세월을 함께 해왔을 것 같다.

다시 해안도로에 다다르니 멀리 한림항이 보인다. 저곳까지 가야 한다. 비양도는 계속 따라와 주고 한림항 빨간 등대 하얀 등대도 보인다. '힘내자!' 느려지는 걸음을 다잡아 본다.

한림항(한술, 한수)이라는 물개 조형물이 올레 화살표를 보여준다. 한림매일시장 입구를 지나고, 한림항 선착장을 지나 비양도를 오가는 선착장이 있는 한림항은 제주 올레 14코스의 종점이자 15코스의 시작점이다. 도선대합실건물 한편에 간세가 있어 올레길 14코스 종점 완주 인증 스탬프를 찍는다. 14코스도 완주했다 성취감에 소리치고 싶었다. 온종일 걷고 또 걸었다. 나 자신이 대단하다는 생각이고 모든 것에 감사하다.

한림항 부근 이층 카페에 올라가 창문을 통해 지붕 위로 바라보이는 비양도와 바다의 멋진 풍경을 마음에 담으며 창가에 앉아 커피를 마시는 낭만을 누린다. 예상치 않은 이런 선물 같은 분위기에서 14코스를 마무리한다.

제주 올레길 15-B코스(한림항~고내포구 13.4km)
해안절경의 한담 해안로와 애월 카페거리를 걷는다

올레길 15코스를 살펴보면 한림항 도선 대합실 출발점과 고내포구 종점은 같은데 가는 길이 다른 2개의 길이다. 곽지, 한담, 애월의 해안 길 15-B코스를 택한다. 올레 길 15코스를 걷기 위해 14코스를 완주하며 왔던 한림항 도선대합실에 다시 왔다. 시작점 스탬프를 찍고, 한림항에서 왼쪽에 바다를 보며 걷는다. 바로 한수리포구가 나오고, 이내 한수리에 접어든다.

한수리는 솔베기물이라 부르는 하물 용천수가 있는데 근년에 들어 용천수 목욕체험장으로 거듭나고 있고, 나란히 두 개가 돌담으로 쌓여져 있어 남탕, 여탕으로 구분한다.

한수리 대섬과 톤대섬으로 가는 길은 바다를 양쪽에 두고 걷는 산책길로 너무나 아름답다. 언젠가는 여유롭게 걸을 수 있기를 마음에 두고, 올레길인 해안 길을 걷는다.

한수리를 지나 고락코지 넘으니 자그마한 대수포구(큰 물개)다.

올레는 해변 길이 아
닌 마을 안길로 들어간
다. 올레길 15코스 길목
에 있는 수원리의 팽나
무가 낯익어 반갑다. 지
난번에 왔을 때도 반대
방향에서 차를 타고 내

려가다 나무가 예뻐 잠시 내려 비양도가 내려다보이는 아름다운 이곳을 휘리릭
어반스케치를 하였던 바로 그곳 그땐 팽나무 아래서 시원하게 바다가 내려다보이
고 비양도까지 선명하게 보였다.

지금은 많이 달라져서 마을에 집이 더 늘어나 아섭게도 바다가 잘 안 보인다.
팽나무 아래에 쉼터가 있어 잠시 앉아보니 밭담 안 양배추들이 탐스럽다.

바람이 많은 제주도 기후 탓에 한쪽으로만 심하게 휘여 자란 편향수를 아주 좋아한다.

심한 바람에 견디며 생존을 위해 한쪽으로 휘어지면서도 굳건히 살아가는 모습, 그 강인함이 좋다.

수원리(조물케) 안내판이 보이는데 길옆 돌담 아래 파란색 의자가 세 개가 놓여 있고, 옆으로는 천사의 날개가 담벼락에 그려져 있다. 올레여행자에게는 반가운 이벤트다.

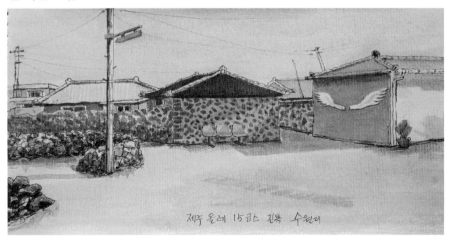

수원리는 양배추 재배 단지인가 보다. 어디를 봐도 밭담 안에는 모두 양배추가 자라고 있다. 가까이서 보이는 양배추도 종류가 많아 보이고, 적색 양배추는 꽃송이 같다.

귀덕리로 접어들고 다시 바다 해변 길로 가는데 바닷물 색깔이 예술이다.

제주 한수풀해녀학교는 우리나라 유일한 제주도에 있는 해녀학교로 2011년도에 개교했으며 해녀들의 물질하는 법을 가르치는 곳이다. 바다를 터전 삼아 살아가는 해녀의 삶을 마주한 듯하다.

제주 한수풀 해녀학교. 귀덕리

귀덕1리 포구에 도착하니 전통포구라고 하는 안내판이 있다. '궤물동산'을 지나면 귀덕포구 모살개이다. '모살개' 불턱을 지나니 차례로 서 있는 영등하르방, 영등할망, 영등대왕의 석상과 함께 영등신과 관련된 여러 석상이 나란히 서서 해안선을 지키고 있다. **제주 영등제**로 유명한 곳이 바로 이곳 영등신이다. 전설에 의하면 영등신(영등할망)은 바람의 신이다. 매년 음력 2월 초하루면 중국 강남 천자국에서 마지막 북서 계절풍을 몰고 서해바다를 건너 귀덕리 복덕개로 들어온다. 15일 동안 제주도 산과 들을 돌아다니는 이 영등신은 한라산 영실 오백장군에게 입도 신고를 한 다음, 어승생의 '단골머리' 산천단, 산방산, 교래 지역을 다니면서, 바다와 육상을 풍요롭게 하는 모든 씨앗을 뿌리고 보름날 우도를 통해 육지로 북상한다.

이 기간은 환절기라 바람이 거세기 때문에 바다에 출어를 하지 않고 해녀들 역시 물질을 쉰다. 잠깐 제주에 머물다 가는 내방신이다. 이 기간 동안은 제주도 전체가 혹한에 견뎌야 한다. 그래서 '바람의 신'이라 불리는 것이다.

귀덕1리 영등굿은 2009년 유네스코 인류무형문화유산으로 등재되어 세계인들이 인정하는 유산으로 인정받고 있다.

다시 올레길 따라 마을길로 가다보니 가정집 같은 돌담집 대문에 작은 글씨로 '아는언니집' 간판이 정감이 간다. 열려 있는 대문 안을 보니 마당에 하얀 피아노가 놓여 있다. 마당 돌담 너머로 파란 바다가 보이고, 바다 끝에 노랑 등대, 거기다 파도 소리가 들리는 정원에 하얀 피아노가 있는, 특이하게 연출된 아름다운 감성공간이다. 알고 보니 이곳은 게스트하우스, 지금도 그대로 있으려나?

이곳에 오면 꼭 들르고 싶은 곳이 있다. 보통청춘기록실 청춘사진관이다. 작년에 지나다 우연히 발견한 감성 있는 이곳은 내 화첩에도 이미 들어가 있는 노란 지붕이 예쁜 청춘사진관. 사진 한 번 찍고 싶었는데 예약제로 운영된다고 메모지가 붙어 있고 문이 잠겨 있다.

복덕개 포구(큰개)에는 도대불이 포구를 지키고 있고, 저 멀리 방파제 끝에는 거북등대가 위엄 있게 서 있다. 어부들의 희망이 되었을 도대불, 제주 바다는 어부에게는 아낌없이 물고기를 잡게 해주고, 해녀들에게는 끊임없이 해산물을 내어주는 보물창고 같은 곳이다.

복덕개 포구를 지나니 금성천(정짓내)을 건너는 아름다운 **비단교**를 지나게 된다. 이곳은 한림읍과 애월의 경계지점, 비단교를 건너면 애월읍이다.

비단교 하구에 금성포구가 있다. 지난날 금성리에서 한지를 생산하였던 '지장지' 터가 있고, 남당수라는 용천수가 있는 정자에 당도한다. 이곳 금성천 정자는 올레길 15코스 중간 스탬프를 찍는 곳이다.

과물노천탕(촌물빌레)은 곽지리 해변에 용천수를 이용한 노천탕으로 들어가는 입구가 돌로 성곽을 쌓듯 아름답다. 과물노천탕 입구로 들어가면 여탕과 남탕으로 되어 있다.

곽지노천탕을 지나면, 진모살이라고도 부르는 아름다운 곽지해수욕장이다.

곽지과물 해수욕장의 투명한 쪽빛 부드러운 하얀 모래가 인상적으로 다가온다.

이제 백사장을 지나 '진모살개'를 건너면, 한담길 가는 올레 안내다.

애월 한담해안 길로 이어진다. 바닷물이 이곳은 완전 비췻빛 색깔로 수평선까지 환상적으로 이어진다. 곽금3경인 지소기암을 지나며 보니 역시 다양한 형상의 검붉은 갯바위 풍경이 펼쳐지고, 예쁜 한담해안 산책로는 해안절경의 수려함은 물론 구불구불하게 이어진 해안선을 따라 고즈넉함이 명성대로 아름답다.

한담해안 길을 걸으며 보니 새로 생긴 표지석에 **'장한철산책로'**라고 쓰여 있다. 곳곳에 담겨 있는 역사와 함께 한 마을의 매력에도 흠뻑 취할 수 있는 길이다. 멀리 눈에 익숙한 애월 대형 카페들이 보이기 시작하고, 사람들이 아주 많아 보인다.

한담동포구는 애월 한담길이 다한 곳에 있다. 애월카페거리 입구에 작은 포구이나 지금은 포구로 사용하지 않고, 어린이들 물놀이 기구 타는 곳이다. 이곳은 밀물 썰물 때의 풍경이 완전히 다른 곳으로 바다가 육지로 쏘옥 들어와 있다.

바로 곁에 해양문학의 백미라 부르는 '표해록'의 지은이 장한철의 생가 초가집이 있다. 지난번에 왔을 때는 한창 공사 중이더니 그게 바로 장한철 생가였다.

장한철은 과거 시험에 응시하기 위해 1770년 12월 육지로 가다가 풍랑을 만나 표류를 하였다. 그는 오키나와, 전남 청산도를 거치면서 1771년 5월까지의 여정을 기록하였는데 단순한 표류기가 아니라, 해양문화 지리까지 해박한 살핌의 흔적이 깃들어 있는 **표해록**이다.〈현지 안내문 참고〉

애월카페거리를 지나간다. 크게 달라진 건 없는데 사람이 더 북적거린다. 젊은이들로 활기 넘치고, 야자수가 있는 정원도 있고, 이국적인 분위기속에 나도 스며들어본다. 마음이 참 좋다. 이게 바로 카페

거리의 매력인가보다. 올레길 15코스가 지나가는 곳이므로 카페로 들어와 잠시 커피 한잔 마시며 창문 앞 바다를 바라본다.

해변 쉼 의자에는 단체로 바다를 바라보고 앉아 있는 사람들이 눈에 들어온다. 그들의 뒷모습에서는 연륜이 보이고, 다정함으로 봐서 추

억을 얘기하는 동창생들일 것 같다. 훈훈해지는 나의 감성은 마음에도 화첩에도 담느라 분주하다.

애월리는 애월항과 읍사무소가 있는 제주 서부지역 최대 마을이다. 유독 파도가 잔잔하고, 바닷물이 맑아 '한담'이라고 부르던 마을로. 예전엔 테우가 정박하고 드나들었던 곳이기도 한 한담해변은 아름다워서 주변 산책로를 찾는 관광객들이 많아지고, 그들의 편의시설이 늘다 보니 한담해변 주변으로 선인장, 대형 카페들, 음식점 등 상업시설이 몰려 있는 유명한 곳이 된 마을이다.

애월진성은 돌로 쌓은 육중한 성벽으로 남아 있는데 애월초등학교를 감싸는 담장 역할을 하고 있다. 이 또한 제주가 아니면 볼 수 없는 진귀한 풍경이다.

선박들이 가득 차 있는 **애월항**을 지나고, 면물습지를 지나니, 고내포구가 눈에 들어온다. 포구를 보호하는 방파제에 하얀 'Go nae' 글씨가 세워져 있는 아늑한 포구엔 나란히 정박해 있는 몇 척의 어선들이 정겹게 보인다. 고내포구를 그려보자. 이제 15코스 종점에 다 왔으니 마음이 여유롭다. 화첩을 꺼내들고, 어반스케치에 빠져든다. 이런 순간이 있어 올레길을 걷는다. 아니 올레길을 걸으니, 이런 순간이 온다.

고내포구 동쪽 남당을 지나면, 우주물이 있는 올레길 15코스 종점인 올레안내소다. 우선 수첩에 종점 완주 스탬프를 찍고, 한숨 돌린다. 뿌듯하다. 비교적 짧은 13.4km인 15B코스 길은 돌멩이 길, 자갈길은 있었지만 제주 서쪽 해안의 아름다운 길로 볼거리도 많고, 머물고 싶은 곳, 사진 찍고 싶은 곳, 어반스케치 할 곳들이 너무 많아 지체하는 곳이 늘어나니 온종일이 걸렸다.

날아온 섬 비양도
아름다워서 외로워 보이는 섬

　　따스한 봄날에 한림항에서 비양도 가는 여객선을 타고 출발한다. 10여 분 남짓 5km 정도 떨어진 곳이라 금방 도착한다. 한림이나 금능에서 바다를 사이에 두고 마주보고 있어 한층 아름답게 보이던

비양도다. 어느 쪽으로 걷던 한 바퀴 돌면 선착장이라니 왼쪽 시계방향 해안 길을

걷기 시작이다. '봄날'이라는 영화 촬영지, 그리고 최근 방영된 〈우리들의 블루스〉 드라마 촬영지라는 알림판이 세워져 있다.

소방서 건물이 야자수와 함께 인상적이다. 119 빨간 글씨가 없었다면 소방서 건물인지 몰랐을 것 같다.

비양마을회관이 눈길이 가는 산뜻한 모습으로 다가온다. 비양도가 아직 올레길 코스는 없지만 해안을 끼고 도는 둘레길은 자연 그대로이고, 봄바람은 새로운 길에 대한 호기심을 부추긴다.

펄랑물(펄랑호)은 초승달 모양으로 돌로 제방을 쌓아 바다와 차단시킴으로써 생긴 일종의 인공 호수라고 한다. 염습지로서 썰물과 밀물 때마다 수위가 변동되며 민물장어와 게가 서식하고 있다는데 한참을 들여다봐도 보이질 않는다. 얼마를 걷다 보니 화산탄과 해조류 관찰지를 지나는데 제주에서 가장 큰 화산탄이 있다 한다.

코끼리 바위는 바다에 널려 있는 까만 돌 사이로 코끼리가 물 먹는 형상이다. 코끼리바위 둘레길가에 화산석 조각을 일렬로 세워놓은 비양도 암석 소공원이 있는 해변을 끼고 걸어가는 자연 박물관 길이다.

호니토(애기 업은 돌)도 보인다. 용암이 흐르다가 습지 등의 물을 만나 수증기와 용암이 뒤섞여 분수처럼 솟구쳐 형성된 화산탄이 바닷물에 닿아 굳어지고, 침식당하며 아기를 업은 것처럼 형상화 되었다.〈현지 안내문 참고〉

파호이호이 용암해안은 각양각색 용암의 전시장이다. 섬 산책로 절반을 걸으니 정자가 보이면서 데크 길이 가운데로 지나는 커다란 호수가 나오고, 이어 잘 조성된 해안가 산책로는 초등학교에 다다른다. 한림초등학교 비양분교는 신입생이 없어 비양분교 2019년부터 학교 문을 열지 못하고 있다는, 교문 앞에 안타까운 안내문이 있다.

비양봉 등대를 향해 산으로 오른다. 편안한 오솔길로 이어지다가 가파른 오르막을 숨차게 오르면 얼마 안 가서 등대가 있는 봉우리에 도달한다. 비양봉에 올라서면 섬 중심부에 자그마한 비양도 하얀 무인등대가 있다. 시원하게 사방으로 펼쳐진 바다 가까이에 한림해안이 보이고 뒤로 한라산이 보인다. 남쪽으로는 신창리 풍력발전기가 바다 위에 도열해 서 있다. 섬 전체를 걸어서 돌아보는 데 1~2시간 정도면 넉넉하게 둘러

볼 수 있다.

여행이란 언제나 그 자리에 있건만 어느 사람에게는 아무 것도 아닌 것처럼 어느 사람에겐 특별한 것으로 보이기도 하는 것이다.

제주 올레길 16코스 (고내포구~광령1리사무소 15.8km)
소금빌레 구엄리를 지나니 역사의 항몽유적지가 손짓한다.

제주 올레길 16코스는 애월 해안도로로 걷는 길이라 국도와 겹치기도 하고 차는 다닐 수 없는 풀밭이나 돌밭길을 걷다가 중산간 마을로 들어가는 코스이다. 올레길 16코스 고내포구 올레안내소 시작점에서 인증 스탬프를 찍고, 출발한다. 우주물을 돌아서 오르막길을 올라와 걷노라면 정자각이 있는 다락쉼터가 나온다.

다락쉼터는 고내포구와 망망대해 푸른 바다가 내려다보이는 해안절경이 아름다운 언덕에 암반이 넓게 깔려 있어서 다락빌레라고도 부르는 이 쉼터는 길가에 있어서 도보 또는 자전거로 지나가다 잠시 쉼을 즐길 수 있는 곳이다. 고내포구에서 구엄포구까지는 올레 16코스의 해안 길 구간이자 '대한민국 해안누리길' 중 '엄장 해안 길'로 이름 붙은 곳이 겹치는 구간이라 기대가 된다.

　신엄포구를 지나 돌이 동글동글한 몽돌해안 돌밭을 걷다 보면 어김없이 돌탑들을 만난다. 돌탑에 돌을 얹을 때 무슨 소원을 빌었을까? 나도 돌멩이 하나 올려놓는다.

　신엄리 해안도로변에 녹구물(노꼬물)이라고 불리는 해안 용천수가 솟아나고 있다. 신엄리(새엄쟁이) 해안 길은 계속 이어지고, 신엄리 원담을 지나 올레길을 따라간다. 자동차로만 다니던 애월길을 바로 옆으로 두고 흙을 밟으며 걷는 것이 신선하고, 기분이 좋다. 걸을 수 있어 행복하다는 생각을 하다 보니 구엄리 해변이 보인다.

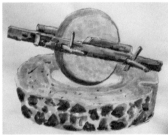

　도대불이 보이는 신엄포구를 지나 언덕으로 올라간다. 제주 해안가를 걷다 보면 이곳저곳 쉽게 만날 수 있는 도대불이다. 현무암을 담처럼 둥글게 높게 쌓은 제주의 전통 등대로 복원하여 옛 정취를 느낄 수 있게 된 것이었다. 동네를 지나 신엄리사무소 부근에는 과거 그대로의 말방아가 남아 있다. 중요민속자료로 지정된 '당거리동네 말방아(제32-2)이다. 예전 이 근처에 할망당이 있었다.

중엄리에서 **구엄포구** 방향으로 펼쳐지는 해변은 기암괴석과 주상절리가 장관을 이루는 구간이다. 검은 바위가 여러 형상을 이루며 솟아 있고, 하나하나 손으로 직육면체를 빚은 듯, 주상절리가 세로로 차곡차곡 세워져 있다.

구엄리 돌 염전(소금빌레) 평평하고 널찍한 현무암 암반(빌레)을 이용하여 천연소금을 생산했다는 돌 염전이다. 거북등처럼 갈라진 현무암 표면의 절리 부분을 찰흙으로 메우고, 도톰하게 둔턱을 만들고, 높낮이에 따라 칸칸으로 방을 만든다. 이곳에 바닷물을 채우고, 햇빛으로 건조시켜 천일염을 생산하였던 곳인 소금빌레 돌 염전이다.

구엄리 주민들 생업의 일부로 1950년대까지 명맥

을 유지했다 한다. 염전 규모도 크고 생산량이 17톤에 이르렀으며 맛과 질이 뛰어난 돌소금을 생산하는 국내 유일의 돌 염전이다.

구엄옛등대(장명등)가 있는 구엄포구에 다다르고 책에서 많이 보았는데 실제로 보니 주변 분위기와 어우러져 더욱 멋스럽다. 이건 그려야 해! 화첩에 옮겨 담는 어반스케치를 하는 동안 포구에서는 작은 어선들이 '통통통'거리며 연신 들락거린다. 등대만 펜화로 빠르게 그린다. 그래도 참 좋다. 올레길에 벗어나서 잠시 와보길 잘했다는 생각으로 뿌듯하다.

이젠 해안 길을 뒤로하고, 수산봉이 있는 내륙으로 올레길은 안내한다. 시골마을의 정취를 한가득 담은, 조용하고 정겨운 구엄리의 농촌 분위기가 참 마음에 든다.

수산봉(물메, 물미오름) 마을로 접어들고, 초록초록 수를 놓은 돌담길을 걷다가 수산봉 오름길로 접어드니 나무계단과 야자매트가 조성되어 어렵지 않게 오를 수

있었다.

수산봉(118.7m)은 해송으로 우거진 숲을 이루고 있고, 정상에는 동네 뒷동산 같이 운동기구와 쉼터 정자가 있다. 봉수대와 기우제단이 있고. 풀이 무성하여 조망은 안 된다.

애월 수산저수지 곰솔

수산봉을 내려와 수산저수지를 돌아본다. 1960년에 조성된 인공저수지로 인근마을이 뿔뿔이 이사를 가야 하는 곳도 있었다 하고, 한라산이 아주 가깝게 보인다.

저수지둘레를 돌다 보니 보호수 곰솔 한 그루가 멋진 자태로 서 있다. 저수지로 뻗은 가지는 수면에 닿을 듯 말 듯 아름다움을 뽐낸다. 가까이 가니 너무도 우람하다. 수령 400년이 넘은 천연기념물 441호로 지정된 **곰솔**이다. 한겨울 눈이 내려 소나무에 흰 눈이 쌓이면 마치 흰곰이 저수지 물을 마시고 있는 모습을 연상시킨다 하여 곰솔이라 한단다.〈현지 안내문 참고〉 멀리 떨어져서라야 전체가 카메라에 들어온다. 수산리는 치유마을의 '물메밭담길'이 조성되어 있었다.

예원동복지회관을 지나고, 이제 올레길을 따라 항몽유적지가 있는 중산간 지역으로 향한다. 자갈이 많은 길을 걷다 보면 우거진 숲 사이로 제방 같은 웅장한 언덕이 있는 길로 올레는 안내한다. 항파두성 웅장한 토성이 길게 뻗어 있었다.

항파두성이란 '항파두리 토성'의 준말로 제주 지역의 고려시대 항몽의 상징 삼

별초 유적지이다. 삼별초 지휘부가 들어섰던 항몽의 주요 거점이었고, 토성을 쌓아 여몽 연합군에 대항하였던 곳이다. 토성은 항파두리 둘레에 흙을 쌓아올려 적군이 들어 올 수 없게 담장 모양으로 웅장하고 튼튼하게 조성된, 길이 3.8km에 달하는 성벽을 말한다. 항파두리 토성 위에 올라서 보니 풀이 자라고, 그 사이에는 노랗게 익어가고 있는 밀밭이 바람 따라 일렁이고 있다,

이곳은 한쪽 편에는 허름한 헛간 같은 곳이 있어 들어가 본다. 문짝도 없는 거미줄이 처져 있는 입구로 들어  서니 수국 한 송이가 그려져 있고, 그림과 글이 붓글씨로 쓰여 있다. 움막은 주변 밀밭과는 너무도 잘 어울린다. 비스듬한 경사로 계단이 있는 비탈진 밀밭사이 나무 데크 길을 끝까지 따라 오르며 걷는다. 산등성이 고개를 넘어가라는 올레간세를 따라 가보니 항몽유적지 휴게소가 멀리 보이고 오른쪽으로 **항몽유적지** 넓은 터가 있다.

유적지 입구를 찾아 정문으로 들어가 본다. 곧게 나 있는 길을 따라 제단이 있는 곳으로 올라가서 보니 순의비이다. 이곳은 몽골군에 대항해 최후를 맞이한 삼별초군의 충절과 넋을 기리기 위해 건립된 비석으로 비석 전면의 '항몽순의비(抗蒙殉義碑)'란 글자는 고 박정희 대통령의 친필이라 한다. 순의비에서 내려다보니 유적지의 넓은 규모를 가늠하게 된다.

유적지실내전시관을 관람해 본다. 몽골에 대항하여 최후까지 조국을 수호한 삼별초의 항쟁에서부터 마지막까지의 과정을 그림으로 진열하고 있고, 유적지에서 출토된 유물등도 볼 수 있다. 전시관에는 돌쩌귀, 기와, 자기, 연못터 등 많은 유적이 발견되었다는 곳으로 넓은 터에 발굴한 흔적들이 있다. 김통정 장군은 진도의 삼별초가 여몽연합군에게 공격을 받자 남은 군사들을 이끌고 이곳 탐라로 들어와 성곽을 쌓고 항거했다고 한다. 〈현지 안내문 참고〉

항몽유적지휴게소 앞에 세워진 안내도를 보니 항파두리의 규모가 매우 큰 것 같다. 석성의 일부가 남아 있는 내성을 중심으로 언덕과 하천을 따라 외성인 토성이 구축되어 있는데 그 길이가 15리이고, 성안의 면적은 30만 평 정도나 되었다

한다.〈현지 안내문 참고〉

항파두리 코스모스정자는 올레 16코스 중간 인증 스탬프가 있는 곳으로, 이곳에서 올레 코스 중간지점 인증도장을 찍는다.

올레리본을 따라 도로를 건너니 새로운 웅장한 토성이 보인다. 넓은 들판과 언덕이 있고 긴 토성아래 이곳 역시 누런 밀밭, 그리고 고즈넉한 오솔길을 따라 걷다가 눈앞에 펼쳐지는 아름다운 풍경을 마주한다. 이곳은 청화마을이다. 광령마을 가는 길은 좁은 길을 지나 알록달록 철제담장의 광령초등학교 옆을 지나는데 학교담장에 걸려있는 플래카드 글씨가 재미있다.

"오늘도 빙새기 웃으멍 인사 하게마씸!"(오늘도 빙긋이 웃으며 인사하세요!)

이제 광령1동사무소가 보이고, 종점이라고 간세가 반긴다. 제주 올레길 16코스 종점 완주했음을 인증하는 스탬프를 찍으며 16코스를 마무리한다. 뿌듯하다.

완주를 했기에 우선 쉼이 필요하여 돌담에 제주스러움이 물씬 풍기는 '윈드스톤' 북카페에 들어가니 서적과 소품도 판매하는 감성이 있는 돌집의 포근하고, 고즈넉한 분위기, 오래 머물고 싶어지는 곳, 화첩에 담아본다.

올레길을 한 코스, 한 코스 걷다 보니 걷지 않고는 느낄 수 없고, 볼 수 없는 것들이 많다는 걸. 걸어본 사람만이 알 수 있는 제주의 다른 모습이다. 힘든 여정에서도 해냈다는 완주의 성취감과 더불어 나도 모르는 사이 제주 올레길에서 만나는 곳곳의 모습들을 화첩에 담아내는 어반스케치의 매력에 심취하면서 지금이라는 시간의 소중함에 의미를 두게 되었다. 지금은 내 맘대로 가고 싶은 곳, 걷고 싶은 길, 두 다리로 걸을 수 있음에 감사하다. 올레길에서 그리고 싶은 곳은 주저 없이 그 자리에서 그림으로 담아낼 수 있음에도, 감사하다. 올레 코스가 없었다면 제주를 그냥 관광지만 띄엄띄엄 찾아다녔지 싶다.

새별 오름 억새의 향연
든든한 내 편을 만난 듯 푸근하니 그런 곳

지인의 추천으로 가을 억새를 보러 애월에 있는 **새별 오름**을 오르기로 한다.

지난해 봄에 왔을 때의 초록초록했던 새별 오름을 멀리서 보니 마치 경주에서 보았던 왕릉과 조금은 비슷하였던 느낌을 담아 어반스케치로 남겼었다.

저녁 하늘에 샛별과 같이 외롭게 서 있다 하여 새별 오름이라 한다는데 거대하고 완만한 삼각형 모양을 하고 있고, 오름엔 전체적으로 억새 풀밭이고, 북쪽 경사진 면 일부에만 잡목이 자라고 있다. 멀리서 봐도 억새가 한창이라 오름이 나무

하나 없이 하얗다. 살짝 설렌다.

일반적으로 서쪽으로 올라갔다가 동 쪽방향으로 내려오는 안내 표시대로 사람들 따라 올라가기 시작하는데 바로 들불축제에 관한 간략한 안내문이 입구에 있다. TV뉴스에서 들불축제를 본적이 있는데 그곳이 이곳이었다.

새별 오름 오르는 길은 경사도가 가파르나 야자매트가 깔려 있어 걷기에 조금은 수월하다. 천천히 사람들의 발길 흐름에 따라 숨은 찼지만 올라가다 뒤돌아보면 오름의 높이에 따라 내려다보는 풍경은 조금씩 달리하며 아름다웠다.

억새 명소 답게 오름 산비탈에는 절정기의 억새가 가득 바람 따라 흰 물결을 이루며 춤을 춘다. 환상적이고 장관이다. 날씨가 좋아 정상 능선에 앉아 여유를 부릴 만큼 더없이 아름다운 풍경이다.

내려오면서 만나게 되는 억새들은 사람 키를 훌쩍 넘기고, 물결을 이루며 바람결에 살랑거린다. 이런 곳이 바로 제주의 매력, 좋아할 수밖에 없다.

새빌카페. 새별 오름 돌아 나오는 길에 들렀다. 2층으로 올라 자리잡고 보니 통유리 창으로 보이는 뷰가 기막히다. 조금 전 올랐던 새별 오름의 전경이 다 보인

다. 거기에 멀리 바다까지
시야에 들어온다. 어디에
서도 볼 수 없는 아름다운
풍경이다.

제4장

역사문화가 녹아 있고 감성이 머물고 싶어 하는 곳

(제주도 원도심~구좌읍 사이 올레길과 명소)

제주 올레길 17코스(광령1리사무소~ 제주원도심 관덕정분식 18.1km)
볼거리가 많아 즐기며 천천히 걸어도 좋을 선물 같은 길

중산간 지역인 이곳은 애월 **광령1리**사무소 앞이다. 고목나무 밑에 서 있는 간세 17코스 시작점 인증도장을 찍고는 출발한다. 대로변을 가다 얼마 동안은 나무숲이 우거진 무수천 숲길이 이어지지만 숲의 향기에 취해 기분 좋게 걷는다. 무수천은 복잡한 인간사의 근심을 없애준다는 이름으로도 부르기도 한다. 올레길은 창오교를 건너 직진하면 외도천교가 나오고 큰길로 걷는다. 얼마나 지났을까? 외도 실내수영장을 지나 월대교(외도교)를 지난다. 외도리(월대)까지 내려오는 길은 월대천변엔 나란히 고목이 되어가는 가로수가 시원한 그늘을 만들어 준다. 한라산 중턱에서 흘러내려온 하천이 바다와 만나 세 개의 하천이 합쳐져서 폭도 넓고, 물이 많이 흐른다.

'월대'라는 이름이 붙은 누대가 보인다. 누대 위로 270여 년이나 된 고목이 월대천 물위로 휘늘어져 아름다움을 자아내는 곳이다. 냇물에서는 은어들이 노닐고, 달

이 뜨면 운치가 더해 멋스러워 옛 선인들이 모여 맑은 물에 비친 달그림자를 보며 풍류를 즐긴 누대라는 의미로 월대라 했다 한다.〈현지 안내문 참고〉

또한 넓은 강으로 강폭이 넓고, 물이 깊으며 사계절 맑은 물이 흘러 여름철 피서지로 유명하다고 한다. 멀리 바다가 보이는가 했더니 월대천은 바다로 흘러가고, 월대천 다리를 건너 외도포구를 지나면 알작지 해변으로 작은 파도와 함께 재잘거리는 듯 한 소리를 들을 수 있는 몽돌해변이 나온다. 현사교 건너 작은 어선들이 쉬고 있는 현사포구이다. 이곳엔 '바구스서핑스쿨' 건물도 보이고 시원한 바다를 보며 테우해안로를 걷는다. 핸드드립 커피가 맛있다는 '조아찌' 카페다.

[커피 한 잔은 만 원, 커피 주세요는 7천 원
안녕하세요? 커피 한 잔 주세요는 5천 원]

이런 재미있는 문구가 붙어 있다. 누가 이걸 보고 안 웃으랴. 웃음이 들어가서인지 커피 맛도 최고였다.

이호테우는 '이호마을의 배'라는 뜻이 된다. 이호테우해수욕장에 도착했을 때 여름이 아니라 백사장은 텅 비어 있었다. 일반인인지, 군인인지는 모르겠으나 20여 명이 조교의 지시에 따라 엎드렸다 일어났다 하며 커다란 서핑보드를 들었다 놨다 하는 훈련을 하는 모습이 보인다.

이호테우해변 길을 따라 멀리보이는 말 등대 쪽으로 걷는다. 이곳은 여러 번 왔었지만 올레길 따라 두 발로 걸어서 가보기는 처음으로 해수욕장 모래사장을 지나가는 길도 좋다. 내도리 바당길을 지나니 곧이어 이호테우 해안으로 접어들고,

이호테우 해변의 빨간 목마 등대와 하얀 목마 등대는 이호테우해변의 마스코트로 해변의 아름다움을 한층 더 알리는 데 도움을 주고 있다.

이제 올레길이 가리키는 해안가 방파제를 따라 가다 보면 규모가 아주 커다란 도두항이 나오고, 멀리 도두봉도 보인다.

도두항은 어선과 낚싯배뿐 아니라 요트와 관광유람선 등 온갖 종류의 배들이 정박해 있고, 분주하게 들락거린다. 항구 주변으로는 횟집 등 식당, 카페 등등의 상가들이 모여 있다. 그곳을 통과하면 도두봉이 바로 앞이다. 작은 다리를 건너가는데 특이하게도 다리 난간 모양을 생선뼈를 형상화했다. 포구의 특색을 살린 물고기다리가 보기 좋다. 여전히 포구는 활력이 넘치고, 이를 도두봉은 말없이 내려다보고 있다.

도두봉(61.8m)을 오른다. 경사가 있어 숨이 차게 계단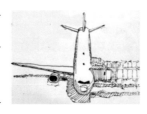
을 오르니 정상에는 사람들이 많이 올라와 있다. 도두
봉 제주섬 머리에 해당되는 마을이라는 데서 도두봉이
라 지었다 하는 도두봉은 분화구가 없어 정상이 나지막
하고, 펑퍼짐해 마치 뒷동산 같은 느낌도 든다. 사방이 트여 있어 가슴이 뻥 뚫리
는 것처럼 내려다보인다. 가까이 보이는 제주공항, 비행기가 내달리며 이륙하고,
착륙하는 모습이 생생하게 소리까지 들리며 잘 보인다. 분주하게 돌아가는 공항
모습에 한참을 바라본다. 조금 전 걸어왔던 이호테우 말 등대와 올레길 17코스길
이 다 내려다보인다.

도두봉 정상에 있는 자연적인 숲 터널은 뒤에 파란 하늘을 배경으로 사진을 찍
으면 역광으로 사람 실루엣이 나오는 포토 스팟 '키세스존'이라 불리는 곳으로 젊
은이들이 사진을 찍기 위해 줄을 길게 서 있다.

도두봉을 내려와 해안길 바닷가 난간
경계석이 무지개의 일곱 빛깔로 조성되어
있는 도두동 무지개 해안도로다. 난간에
앉아 바다를 향해 낚싯대를 드리우고 있
는 노을빛 낚시꾼 등 조형물도 있어 한층
어울리고 멋스럽다.

내도동 해안가 모퉁이에 크고 작은 방사탑 5개가 정교한 모습으로 조화롭게 서 있다. 제주 올레길 곳곳에서 돌탑을 흔히 볼 수 있는데 이를 방사탑이라 하고 풍수지리상으로 마을의 허술한 곳에 사악한 기운이 침범하는 것을 막기 위해 만든 액막이 돌탑이다. 아름다운 도두동 무지개 해안도로를 지나니 용담2동 해안도로가 나온다.

어영마을은 바닷가 바위에서 소금을 만들던 곳이라는 어영마을이고, 잘 조성된 어영소공원은 여러 가지 멋진 조형물과 함께 바닷가라 시야가 확 트인 잔디밭으로 어린이 놀이터와 전망대 등 쉼터가 있는 공원이다. 이곳에는 올레길 17코스 중간 스탬프를 찍는 곳으로 올레 여행자에게는 간세가 기다리고 있는 오아시스 같은 쉼터이다.

용두암에 다다른다. 여러 번 와 본 곳이기에 새로운 감흥은 없으나 내 두 발로 걸어서 온 것에 대한 뿌듯함이 있었다. 여전히 까만 용두암은 위풍당당하게 머리를 들고 있고, 관광지답게 사람들도 많고, 해산물을 파는 마을 삼촌들이 옹기종기 모여 앉아 있는 모습도 예전과 변함이 없다.

용연과 **용연출렁다리**는 용이 살던 자리라고 해서 붙여진 이름으로 바닷물과 민물이 들락날락하며 만나는 커다란 못이 길게 있는데 오색물결 물빛이 오묘하고, 아름답다. 울창한 숲과 조화를 이룬 계곡과 기암절벽이 병풍처럼 둘러 서 있다. 가뭄이 들면 이곳에서 기우제를 지내기도 했다는 용연 위로 정자각과 출렁다리가 놓여 있어 풍치를 더해준다. 예전에는 시인과 선비들이 배를 띄우고, 맑은 물에 비친 달을 보며 풍류를 즐겼다 하여 '용연야범'이라는 말도 있다. 용두암과 용연이 있는 이곳 일대는 오래전부터 관광지로 이름난 곳이다. 이제 종점도 얼마 남지 않았기에 용연과 용연다리를 넣어서 이 아름다운 풍경을 펜화로 화첩에 담아본다.

　용연계곡을 지나 아직 옛 모습이 남아 있는 골목길엔 '이후북스 책방'이라는 오래된 문방구가 있고, 벽화도 그려져 있어 한층 재미를 더한다. 어느 코스든 제주의 올레길은 이래서 좋고, 저래서 좋고, 이야기가 많은 길이다. 혼자 걷든 누구와 걷든 올레길은 많은 생각을 하게 하는 길인 것 같다.

　북적이는 도심에서 올레 안내 리본을 찾아가다 보니 조선시대 제주의 최고 행정관청이던 제주목 관아와 관덕정을 지나 제주 시내 복잡한 횡단보도를 건너 골목길로 접어든다.

　올레길 17코스 종점이고, 18코스 시작점인 올레여행자센터 관덕정 분식에 도착한다. 오늘 걷기의 마침표로 올레 17코스 완주! 흐뭇하게 인증

스탬프를 찍는다. 오늘 완주의 기쁨은 평소 매일 만 보 이상 8km씩 걷기운동을 꾸준히 한 덕이다. 오늘은 유난히 볼 것들이 많아 느릿느릿 여유 있게 어반스케치도 하며 9시간 47분 만에 완주했다.

올레길을 걷는다는 것은 스스로 선택한 길에 대한 설렘과 호기심이 있는 반면 장시간이 필요한 꾸준함이 있어야 하기에 '해낼 수 있을까?' 하는 두려움과 미심쩍음이 함께 있기 마련이다. 계속 재미가 있다면 차례차례 걸을 것이고, 지루함을 느낀다면 건너건너 걷다가 중단할 수도 있기 때문이다. 내 발로 걸으며 차근차근 돌아볼 수 있는 올레길 곳곳에서 마주하는 특유의 제주스런 분위기와 역사를 느낄 수 있고, 미지의 세계를 품고 있는 오름들의 속삭임을 들으며, 들판에 피어나는 야생화도, 컴컴한 숲길도, 걷기 사나운 자갈밭도 만날 수 있음이고, 이것을 내 화첩에 데려다 놓는 일 또한 큰 즐거움이다. 제주라서, 제주니까 올레길을 걸으면 걸을수록 점점 흥미롭고 은근한 매력에 빠져드는 중독성도 있어 참 좋다.

제주시 원도심을 걸으며 역사와 마주하다
역사 속으로 스며들어 제주의 매력에 심취해본다

관덕정(보물 제322호)은 제주 원도심의 중심에 있고 제주에 현존하는 건물 중 가장 오래된 건물이다. 병사들의 훈련과 무예수련장으로 사용했던 곳으로 제주의 상징이자 제주의 역사이다. 제주 사람들에게는 가장 익숙하고 친근한 곳으로 오랜 세월 많은 사람들의 만남의 장소가 되고, 추억과 애환이 담긴 곳이다.

관덕정 대들보에는 십장생도, 적벽대접도, 대수렵도 등의 격조 높은 벽화가 그

려져 있고, 편액(현판)은
안평대군의 친필로 전해
오고 있다. 관덕정과 그
주변은 조선시대 때부터
일제강점기를 거쳐 현대
에 이르기까지 주요 행
정관청이 모여 있어 제

주의 정치, 행정, 문화의 중심지 역할을 해왔고, 지금은 도시 발전으로 제주시가
확장되어 각종 행정, 사법기관들이 다른 곳으로 옮겨졌다. 관덕정은 그 후 공사를
의논하거나 잔치를 베푸는 곳, 이재수의 난, 이덕구 등 죄인을 다스리는 곳 등으
로 사용되었으며 이후 제주 사람들이 모이는 회합의 장소로 이용되고 있다.

관덕정을 방문하였을 때 마침 수문장
교대식이 거행되는 시간이라 즐겁게 볼
수 있었다. 수문장 교대식은 결사대 훈
련과 왜적의 침입, 섬멸, 백성들의 환
호, 등으로 공연을 하고 있었고, 농악
놀이, 무술연마, 장기자랑 등 볼거리가
흥미진진하였다.

제주목 관아는 제주지방 통치의 중심지였던 곳으로 지금의 관덕정을 포함하여
주변일대에 분포되어 있었고, 이미 탐라국시대부터 성주청 등 주요 관아시설이
있었던 곳으로 추정되고 있다. 관아시설은 화재로 전소되었고, 오랫동안에 걸쳐

증축, 개축이 이루어졌
다. 그러나 일제 강점기
때에 관덕정을 제외한
모든 건물들이 훼손되었
다. 모든 노력으로 복원
사업을 하여 2002년에
완료, 현재에 이르고 있
다.〈현지 안내문 참고〉 이곳은 야간 개장할 때도 있고, 때로는 버스킹 등 문화행
사도 열리는 곳이다.

망경루는 가장 북쪽에 위치해 있고, 임
금님에게 예를 올리던 곳이다. 수시로 침
범하는 왜구를 감시하는 망루 역할도 하
였다. 지금은 탐라순력도 체험관으로 활
용하고 있다.

삼성혈(사적134호)은 제주 여행 중 원도심에 숙소가 있을 때면 산책 겸 걸어서
가보게 되던 곳이다. 삼성혈은 같은 장소인데도 계절에 따라 갈 때마다 느낌과 생
각이 달라진다. 고즈넉한 소나무 숲길을 걷노라면 솔향기에 취해 옛 정취에 녹아
들어가는 무념무상의 고요함에 마음은 정화되어 감을 느낀다. 삼성혈 주변에는
울창한 소나무 숲이 있고, 벚나무가 많아 벚꽃 명소이다.

삼성혈에는 삼성 시조의 위폐가 봉안된 삼성전과 전시관 유생들이 공부를 하던

건물들이 잘 보존되고 있고, 탐라국(제주
도)의 탄생신화가 있는 곳이다.

삼성혈 안에는 움푹 파인 3개의 구멍이
있다. 이곳이 바로 탐라의 역사가 시작된
곳이라고 할 수 있다. 제주도 원주민의 발
상지로 고(高)·양(梁)·부(夫)씨의 시조인 고을나, 양을나, 부을나의 세 신인(神
人)이 솟아났다는 우묵하게 지상에 패인 세 구멍이 있다.

세 신인은 수렵생활로 떠돌이로 살다
가 오곡의 씨앗과 송아지, 망아지를 가지
고 온평리(혼인지)로 배를 타고 들어 온
벽랑국의 세 공주를 각각 맞이하여 혼인
을 하게 되고, 각자 살아갈 터전이 필요했
던 세 사람은 한라산 중턱에 올라 활을 쏴서 화살이 떨어진 곳에 터를 잡고, 정착
하며 농경생활을 시작하여 삶의 터전을 개척한 인물들이다. 제주시 일도동, 이도
동, 삼도동의 유래가 여기에서 시작되었다고 한다.

제주사랑방 제주책방은 제주도 도시재
생지원센터에서 운영하고 있다. 원도심
산지천 옆에 있는 고씨 주택은 1949년에
지은 근대건축물로 유리 미닫이가 있는
기와집, 그리고 돌담이 있는 제주 전통 민
가의 구조를 갖추고 있는 일반가옥이다. 이곳을 제주시에서 누구나 드나들 수 있

는 책방으로 운영하고 있는 것이다. 외갓집에라도 온 듯 아늑한 한옥풍의 공간에서 책을 볼 수 있고, 쉬어 갈 수 있는 곳이다.

아라리오 뮤지엄은 옛 영화관을 이용해서 만든 현대미술전시관이다. 지하 1층에서 지상 5층까지 다양한 전시를 하고 있다. 주변에 산지천갤러리도 있어서 함께 둘러보면 좋을 곳이고, 산지천을 따라 공원이 잘 조성되어 있어 산책하기도 좋은 곳이다.

동문시장은 제주도에서 가장 크고 오래된 상설시장으로 1945년 해방이 되면서 시작이 되었고, 현재의 모습을 갖추게 된 것은 1965년 '주식회사동문시장' 건물이 지어지면서부터이다. 이곳에 시장이 형성된 계기라면 제주항이 가깝고, 옛날 동일주도로와 서일주도로의 종착터미널이 이곳에 있었기 때문에 교통이 좋아 제사와 잔치 때 쓸 생선을 신선하게 살 수 있어 각 지역에서 버스를 타고 찾아오기가 용이한 이유도 있다 한다.

이곳은 주식회사동문시장, 동문재래시장, 수산시장, 골목시장, 공설시장, 어시장, 새벽시장, 야시장, 등 여러 개의 시장으로 구성되어 있으며 12개의 게이트를

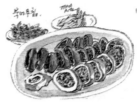

통해 출입을 하게 되어 있
다. 시장 밖에서 보면 게이
트 번호가 있어 찾기 쉽지만
시장 안으로 들어가면 어디
까지가 어느 시장인지는 헷갈려서 찾기가 쉽지 않다.
돌하르방이 안내하고 있는 8번 게이트 동문시장 분위
기를 화첩에 그려본다.

제주도립미술관은 제주도
에서 활동하는 미술인들의
전시공간이자 도민들의 문
화공간이다. 미술관 정문을
들어서니 가로로 긴 네모 건
물, 그 앞으로 넓은 녹색의
정원, 그리고 여기저기 야
외 조각품들이 있어 자연스럽고 편안함이 느껴진다. 건물 쪽으로 다가가다 눈을
의심했다. 물 위에 떠 있는 건물 가운데로 들어가는 통로가 길게 있다. 물 속에는
미술관이 거울처럼 투영되어 보인다. 하늘빛과 구름에 따라 색과 모양이 변하는
반사연못이다.

미술관 본관 안쪽으로 들어가니 가운데는 하늘이 보인다. 제주정원이라 불리는
자연갤러리이고, 왼쪽으로는 '장리석기념관'이고 '별 헤는 밤'을 주제로 비중 있는

동양화 수묵 작품을 전시 중이다. 시민갤
러리 지하 1층에는 기획전시실과 교육실
이 있고, 1층에서는 상설전시실과 야외조
각공원이 있다. 1층에서 2층으로 올라가
는 계단은 화산석으로 제주스러움이 느껴

진다. 2층으로 올라가니 도서관과 상설전시실이 있고, 대표 전시실이 있다. 제주
의 젊은 작가를 발굴하는 전시나 제주와 인연을 맺은 거장의 전시 등 제주와 관련
있는 기획 전시 등 다양한 예술세계를 경험할 수 있는 미술관이다. 옥상정원은 바
깥으로 나가면 있는데 나무와 조각 작품이 잘 어울리는 예쁜 장소로 차 한잔 마시
며 쉬어갈 수도 있다.

제주 올레길 18코스 (제주원도심 관덕정분식~조천만세동산 19.8km)
옛 포구에 얽힌 이야기를 들으며 걷다 보면 닭모루의 절경을 만난다

올레길 18코스 시작점에 있는 관덕정분식집 앞 게으
름뱅이 조랑말과 간세에게 사진도 찍어주고는 출발하
여 올레길 도심 거리를 걷는다. 얼마 안 가 길가에 쓸쓸
한 광해군유배지 작은 표석이 보인다. ○○은행 제주지
점 건물 한 쪽에 초라하게 있다. 임금으로서 1637년(인
조15년) 이곳에서 4년 4개월간의 유배생활을 하다 67세
나이로 생을 마감하였건만 어느 곳이었는지 흔적도 못
찾고, 이 표지석 하나만 달랑 있다는 것은 참 무상하다.

폭군으로, 개혁 군주로, 엇갈린 평가를 받는 임금 광해군이다.

벽화거리를 지나 제주성지인 귤림서원, 장수당, 오현단, 향현사를 지난다.

오현단은 김정(이충암), 송인수(규암), 김상헌(청음), 정온(동계), 송시열(우암)의 다섯 선현들인 오현은 조선시대 제주에 유배되었거나 방어사로 부임했던 분들로 이분들이 제주 지역에 일구어낸 가르침을 기리기 위해 배향했던 귤림서원 자리에 마련된 각각의 제단이 나란히 있다.

향현사는 제주목사가 영곡 고득종을 봉향하기 위해 세운 사당이다. 오현단 옆에 있고 주변엔 울퉁불퉁 돌들도 있는 자연 그대로 언덕에 고목나무들이 서 있어 오랜 세월을 말해준다.

제이각(남수각)은 제주성의 부속 건물로 감시 초소이다. 왜구의 침략을 방어하려 했던 누각. 예전에는 누각에 올라서면 제주 앞바다가 멀리까지 보였으므로 왜구의 출몰을 지킬 수 있었다 한다. 정갈한 누각에 올라가서 내려다본다. 빼곡한 도심의 건물들이 시야를 가려 지금은 바다는 보이지 않는다. 오현교를 건너 동문시장 공설시장으로 들어서고, 복잡한 곳이라 집중하여 올레 표시 리본만을 찾아 지나간다. 다음은 동문로터리 그리고는 산지천을 따라 걷는다. 제주시 한복판을 흐르는 하천으로 공원과 산책길로 아름답게 조성되어 있다.

김만덕기념관(건입동)은 조선시대 최고 의 거상으로 올라 어려운 이웃들을 헌신 적으로 돌봐 주었던 조선의 여성자선사업 가의 기념관이다. 김만덕은 양인의 딸로 태어나 부모를 잃고, 기녀가 되었다가 제

주목사에게 탄원하여 양인으로 환원되어 객주집을 차리고, 제주 특산물과 육지 산물을 교환 판매하는 상업에 종사해 많은 돈을 벌었다. 1794년 제주에 흉년이 들 자 전 재산을 털어 사들인 곡식으로 빈민을 구휼하였다. 정조로부터 그 공을 인정

받아 의녀반수의 벼슬을 받았다는 안내문 을 보게 된다.

김만덕 객주집은 초가집으로 김만덕기념

관에서 나와 바다 쪽으로 내려오면 있다.

거상 김만덕의 건전한 철학을 가진 사업정신을 잠시 느끼며 객주집을 들어가니 여러 채의 초가집에 김만덕이 생전에 살아온 모습들과 살림살이가 재현, 구성되어 있고, 입구에는 술과 음식을 파는 곳이 있다. 객주의 분위기에 스며들어 보고 싶어 자리를 잡고 앉는다. 해물파전과 막걸리를 주문하니 한  라산 막걸리가 나온다. 막걸리 한 잔에 느슨해지는 기분은 서까래를 타고 천장에 매달린다. 객주집을 나오면 산지천 하구로 바다와 만나 망망대해가 펼쳐지고, 이내 '제주연안여객선터미널'과 멀리 '제주항'이 보인다. 제주항으로 가는 대로변을 따라 가다 보니 4 · 3사건 희생터였던 **옛주정 공장 터**도 돌아본다.

예쁘게 그림이 그려진 계단을 따라 언덕마을로 올라간다. 곳곳에 역사가 있는 도심 속을 걷는다는 것은 제주를 더 많이 알게 되어 참 좋다.

건입동(건들개) 마을길은 벽화거리서부터 아기자기하게 잘 조성되어 있다. 제주 국제, 국내 여객선터미널과 제주항이 보이고, 바다가 내려다보이는 동네다. 올레길 지나는 길에 있는 골목 벽화에도 무속적인 그림이 많이 보이고, 영등굿 벽화는 발길을 멈추게 한다. 건입동은 칠머리당 영등굿이 유명하다더니 담장벽화로 보는

 영등굿은 실제와 같은 생생함이 있어 이해하는 데 도움이 된다.

사라봉(148.2m) 가는 길로 들어선다. 사봉낙조로 유명한 사라봉이다. 숨이 차

도록 오르막길을 오르다 보니 사라봉에 터 잡고 살아가고 있다는 야생 토끼들이 사람들을 경계하지 않고, 재롱을 부린다. 정상에 있는 망양정 정자각 주변은 모두 오래된 벚꽃나무들이 군락을 이루고 있어 봄에는 벚꽃 명소가 될 듯하다.

산지등대 구등대와 신등대가 있는데 구등대는 1916년에 제주 본섬에서 처음으로 세워졌고, 1999년 신등대에게 그 임무를 넘겨주기까지 100여 년을 희망의 빛 역할을 해왔던 역사적인 등대이다. 오전 9시부터 개방하여 누구나 둘러볼 수 있는 이곳은 등대지기 숙소로 사용되던 건물이 체험 학습장으로, 한편에는 카페가 운영되고 있다.

별도봉(135.5m)을 향해 걷는 해안 비탈길은 너무나 아름답다. 산과 바다를 낀 보기 드문 산책로 별도봉 기슭을 천천히 걷는다. 넓은 바다가 펼쳐지고, 제주항을 감싸는 방파제가 보이고, 항구의 분주한 여러 가지 소리가 계속 들린다. 별도봉 북쪽으로는 수직으로 주상절리대가 형성되어 있고, 별도봉의 정상부에 '애기업은돌'이라고 불리는 수풀로 뒤덮인 기암괴석의 형상이 기묘하여 발길을 멈추게 한다. 오래도록 기억에 남을 것 같은 제주 도심에 숨어 있는 보석 같은 산책로이다. 평탄한 올레길을 따라 별도봉에서 내려오면 화북동이다.

'잃어버린 마을 곤을동'

돌멩이가 뒤덮인 화북천 하구를 끼고 있는 언덕 위 산비탈에 울퉁불퉁 새까만 밭담이 간혹 보이고, 온갖 잡풀과 나무들이 우거진 곳, 슬픈 사연도 아련해지는 듯 고요하기만 하다. 4 · 3 당시 전체가 불타 없어진 마을로 돌집 터만 남아 당시의 아픈 상처를 보여준다. 67개 가구가 살던 이 마을은 어찌 사라졌을까?

'1949년 1월 4일~5일, 국방경비대 군인 1개 소대가 이 마을을 포위했다. 비교적 젊은 사람들 10여 명을 마을 앞 바닷가에서 총살하고, 어린아이와 여인도 화북국민학교에 수용했다. 횃불로  초가에 불을 놓자 마을은 순식간에 화염에 휩싸였다. 다음 날엔 학교에 가둔 주민 중에 일부를 화북동 동쪽 바닷가에서 학살한다. 소개령으로 중산간 마을이 불에 탔는데, 곤을동은 해안 마을이었음에도 사라진 마을이 되었다.'<현지 안내문 참고>

마을 앞에 세워진 비문에는 그날의 억울함과 안타까움이 글로 새겨져 있어 가슴 아픈 사연에 먹먹하다. 이곳에는 늘 물이 고인다던 곤을동 마을은 설촌된 지 7백 년이 넘는 유서 깊은 마을이었다.

마을 입구에는 올레여행자들을 위한 안내 돌탑 등이 서 있어 마음이 훈훈해진다.

화북항(별도포구, 금돈지포구)은 화북진(성벽)이 둘러싸고 있다. 지금은 작은 포구지만 조선시대에는 제주도에서 두 번째 큰 포구였다. 화북항은 시대에 따라 자꾸 넓혀져 세 군데의 포구가 있다. 불후의 명작 '표해록' 출발 지점이 바로 이곳 별도포구다.

화북포구 동쪽으로 이웃해 있는 조천포구와 더불어 제주의 2대 관문이었다. 제주항이 1927년에 개항하기 전까지는 육지에서 오는 수많은 관리와 유배자, 상인

들이 이 화북포구를 통해 드나들었다. 우암 송시열도 추사 김정희도, 면암 최익현도 이곳을 통해 제주에 들어왔다가 이곳에서 떠났다.

화북리 마을 안쪽 길을 걸어본다. 그 옛날 이곳에서 오가는 사람들을 상상하며 생활들을 짐작해 본다. 제주의 돌담길도 아주 오래된 모습으로 보이는 옛길과 제주스러운 옛집들도 보인다. 모두 어떤 사연들을 품고 있을까?

 **해신사**는 올레길을 따라 다시 바닷가로 나가다 보니 작은 돌담 기와집이 보인다. 바다에서의 풍어와 무사고를 기원하는 제를 올리던 곳이다. 해신사 뒤에는 육중한 높은 돌담이 있는데 화북진성이었다.

배비장전(고전소설)은 이곳 화북항이 주 무대가 되었다 한다. 제주 화북항의 기녀 애랑과 배비장과의 사랑 이야기다. 내가 어릴 때 어머니께서 고전소설을 좋아하셔서 집에는 고전 책이 많이 있었다. '배비장전'이라는 책 내용을 옛날얘기 듣듯 알게 되었으나 그 지역이 제주 화북이라는 것은 제주에 와서 알게 되었다. 지금도

그 내용을 기억하는 책으로는 구운몽, 사씨남정기, 숙영낭자전, 이춘풍전 등등이 있다.

삼양포구(벌랑포구)가 있는 삼양3동 새 각시물을 지나고, 검은모래해변이다.

삼양해수욕장은 예부터 삼양 검은 모래 에서 찜질을 하면 신경통과 관절염, 피부 병에 효험이 있다고 하여 치병의 장소로 삼았던 곳으로 제주어로 '모살뜸'이다. 해수욕장 끝에 올레길 18코스 중간 인증 도 장 찍는 곳이 수암정이라는 정자각에 있어 통과 인증 도장을 찍는다.

잠시 올레길을 이탈하여 도보 6분 거리에 있는 삼양유적지를 보고 가기로 한다.

삼양동 선사유적지는 선사시대 유적이 발견된 가장 오래된 역사를 간직한 곳으 로서, 움막으로 집을 짓고, 함께 공동체 생활을 해왔던 흔적이 남아 있다. 지금까 지 발굴조사에서 확인된 집터는 원형, 장방형, 부정형주거지, 창고지 등이다.〈현 지 안내문 참고〉

삼화포구(설개, 가름선착장) 삼양해변에서 조금 더 가다 보면 배 몇 척이 정박해 있는 자그마한 포구가 나온다. 샛도리물, 천연 담수 풀장이 삼화포구 안쪽에 있는데 용천수가 바다로 흘러가는 것을 원담처럼 돌담을 쌓아 용천수를 가두어 여름이면 천연 담수 풀장으로 이용한다. 샛도리물은 바다로 내려가면서 깊고 낮은 물로 나누어 둑을 쌓았고, 마지막에는 배가 정박할 수 있도록 방파제를 쌓아서 삼화포구로 사용하고 있다.

제주 삼양해변 샛도리물

이제 올레길 18코스를 따라서 내륙으로 올라간다. 산 정상에 당이 있었다고 해서 원당봉(170m)이다. 오름 기슭에 자리한 불탑사 석탑을 보고 싶어 망설이다 잠시 올레길을 이탈하여 올라가 보기로 한다.

잘 조성된 도로를 따라 올라가는 길옆에는 우거진 숲이라 맑은 공기가 산사로 가는 길 분위기이다. 상쾌하니 기분이 좋다. 5~6분 정도 걸었을까, 돌담 너머로 불탑사의 기와지붕이 보인다. 불탑사(조계종)와 원당사(태고종)가 돌담길 하나를 사이에 두고 마주보고 있었다.

불탑사(원당사지)는 작지만 아늑하고 고요하게 느껴진다. 오층석탑은 넓은 곳에 있었고 높이는 약 4m 정도인데 오랫동안 쓰러져 있던 것을 6·25 이후 원래 자리인 현 위치에 복원했다고 한다. 제주도에 현존하는 유일의 고려시대 석탑으로 제주의 지역적 특색인 현무암으로 만든 제주 유일의 석탑이라는 점에서 그 가치와 의미가 깊다고 하며, 1914년 원당사터에 새로 지은 불탑사 경내에 옛 원당사의 오층석탑이 보물 제1187호로 지정되어 보존되고 있다.〈현지 안내문 참고〉

오층석탑은 하나의 돌로 조성한 점이 특징이며 13세기 말엽 창건된 것으로 추정된다. 돌탑을 몇 바퀴 돌아본 후 귀한 보물이니 잠깐 내 화첩 속에 남겨본다.

원당사로 들어가 본다. 대웅전이 보이고 우측에는 감귤밭이다. 그리고 대웅전 뒤로 돌아가 보니 뒤뜰이 아주 넓다. 이곳도 4·3사건 피해사찰이라는 내용이 적혀 있는 입간판이 보인다. 불탑사(조계종), 원당사(태고종), 문강사(천태종) 불교라는 공통점은 있으나 다른 종파가 원당봉 오름 자락에 함께 공존한다. 산길을 내려오면서 많은 생각을 하게 된다. 산사를

들려오느라 시간이 많이 지체되어 발걸음을 재촉한다.

올레길 밭둑 옆으로 나 있는 옛이야기처럼 굽이굽이 이어지는 길을 가다가 얼마를 걸었을까, '신촌가는 옛길' 표지판을 들고 간세가 서 있고 삼거리 길이다.

신촌 가는 옛길은 삼양에 사는 사람들이 신촌마을에 제사가 있으면 제삿밥을 먹기 위해 오고 갔던 길이라 하는데, 제주에서의 풍습으로 집안에 제사가 있으면 가족 및 일가친척, 그리고 마을 사람들까지 모인다고 한다. 조천읍이 시작되는 신촌리, 그 옛날 오가는 사람들을 상상하며 즐겁게 걷는다. 풋풋한 흙내 속에 온갖 들꽃들이 길옆에서 생글거리는 신촌 가는 옛길은 그야말로 제주의 꾸밈없는 자연 그대로의 감흥을 아낌없이 내어주니 두런두런 옛말이라도 나누어 보며 걷는다. 얼마를 걸었는지 잔잔한 바닷물이 유난히 파란 시원한 바닷가로 나간다.

시비코지 검은 돌에 빼곡하게 새겨져 있는 추모 시비 하나가 바닷가 바위 끝에 홀로 서 있다. 오늘따라 해안 올레길의 바람은 살랑살랑 바닷가의 짠 내음을 실어 나르고, 좀 전에 보았던 시비에 새겨진 시어들이 자꾸 내 마음을 두드린다. 문서천을 지나고, 모퉁이를 돌아가니 해안가를 까만 바위가 덮고 있는 언덕, 닭머르가 멀리 보인다.

닭머르(닭머루)는 바닷가로 툭 튀어나온 바위 모습이 닭이 흙을 파헤치고 들어앉아 날개를 펼친 모습을 하고 있다 해서 붙여진 이름이라 한다. 이곳은 일몰 명소로도 유명한 북제주 해안 절경이다. 바닷길로 곧게 뻗은 누런 초지 언덕과 현무암 바위, 푸른 바다가 이 모두 어우러진 풍광이 일품으로 올레길의 백미이다. 닭머르 해안 길을 호젓하게 걷노라면 사색 속으로 들어가 내가 풍경이 되어버리는 착각으로 느낌이 좋은 아름다운 곳, 닭머르 정자각(전망대)에서 쉼을 갖는다. 무슨 말이 필요하랴. 이 공간에서는 그저 말없이 온몸으로 느끼는 것일 뿐이다. 그래 오늘 다 못 걸으면 어떠랴 내일 또 걸으면 되는 것이다. 이 좋은 풍경 그냥 갈 순 없잖아, 다시 펴드는 화첩. 스케치를 한다.

닭머르 언덕을 내려오니 신촌 포구의 잔잔한 푸른 물결이 주변의 빨간 지붕과 잘 어울리고, 돌담의 옛 모습이 더러는 남아 있는 제주스러운 포근한 마을이다.

대섬(죽도)은 신촌마을과 조천마을의 경계에 있는 작은 섬으로 올레 18코스 길목이다.

바닷물과 민물이 만나는 곳이라 습지가 잘 형성되어 있어 철새들의 보금자리이며 염생식물들의 천국이다. 울퉁불퉁한 길을 들어서면 바닷가 짠 내음이 코끝에 맴돌고, 양옆에 바닷물이 출렁이는 사잇길로 걷노라면 아슬아슬한 색다른 감흥은 배가 된다. 대섬에는 돌탑공원이 있다. 길가에도, 해변에도, 누군가가 쌓아놓은 정겨운 돌탑들이 무심히 서 있는 듯 보이지만 무언가 할 이야기가 많아 보여 잠깐 스케치로 담아본다.

조천으로 넘어가면 크고 작은 용천수가 많아 번호 따라 용천수 탐방길도 조성되어 있다. 화산섬 제주는 비가 오면 물이 땅속으로 스며드는 화산 암반층으로 되어 있는데 지하수로 스며든 빗물이 암석이나 지층 틈새를 통해 정수가 되어 땅으로 솟아난 샘을 '용천수'라 한다. 〈현지 안내문 참고〉

조천초등학교를 지나 마을 안길을 가다 보니 외관이 달라진 '시인의 집' 카페다. 바다를 보며 책도 보고, 차도 마실 수 있는 예쁜 제주 감성이 있는 카페로 시인이 시를 쓰며 직접 운영하고 있는 책 향기가 있는 책방에서 커피 한 잔의 편안함으로 활력을 찾는다.

옛날 돌담이 원형 그대로 남아 있는 좁은 골목길도 지나고, 색색으로 단장된 예쁜 집들을 보는 즐거움으로 기분 좋은 올레길 발걸음이다.

무인카페로 운영되고 있는 참새당이 있다. 서슴없이 카페 출입문을 여니 인터넷에서 보았던 참새당 주인이 그림을 그리고 있다. 고맙게도 차를 대접해 주며 따뜻하게 환대해 준다. 이야기꽃을 피우며 한참을 머물렀던 차와 그림과 책이 있는 정갈한 공간으로 다시 들르고 싶은 곳이다.

연북정은 가파른 돌계단을 오르니 찬바람이 심하다. 배낭에서 여벌옷을 꺼내 무장을 하고 천천히 돌아본다. 조천항과 조천진성터를 내려다볼 수 있다. 사방이 트여 있어 멀리까지 조망된다. 조천 인근 해안은 물론 마을길도 훤히 잘 보인다.

연북정은 유배되어 온 사람들이 제주의 관문인 조천항, 이곳에서 한양으로부터의 기쁜 소식을 기다리면서 북녘의 임금에 대한 사모의 충정을 보낸다 하여 붙인 이름이다. 이곳은 원래 조천진성이 있던 자리로 해안 군사시설이었다.〈현지 안내문 참고〉

    조천포구에는 어선들이 나란히 키 재기를 하고 있었고, 주변의 알록달록한 집들은 내려다보이니 지붕이 낮아 보여 납작하니 엎드려 있는 형상이다. 연북정 돌계단에 앉아 그 시절에 이곳을 드나들던 사람들의 이런저런 일들을 상상 속으로 들여다본다.

    연북정의 돌담성벽을 지나 조천항을 향하면서도 조천진성이 감싸고 있는 연북정을 계속 돌아보게 된다. 위치에 따라 다르게 보이는 아름다운 연북정이다. 올레길은 조천항을 돌아가니 조천연대가 있다.

    조천연대는 위급 상황 시 횃불과 연기로 통신했던 곳으로 동쪽으로 왜포연대, 서쪽으로 별도연대와 연결되어 있는 통신시설 및 군사시설이다. 외부 침입이나 위험을 알려온 연대는 오름의 봉우리에 주로 만들어 바다와 바다 사이의 지형 높은 곳에 있어서 한눈에 보인다.

여행은 끝없이 눈으로 보고, 느끼고, 배우는 것이라는 생각이 든다. 이제 조천 문화회관을 끼고 돌아오니 내륙으로 들어간다. 길가에 있는 조천만세동산 종점 18코스 올레 안내소에 도착한다. 여행자 수첩에 완주 인증 도장을 찍는다. 흐뭇한 시간이다.

조천만세동산은 다음 19코스 걸을 때 보기로 하고, 조천마을을 더 보고 싶어 지도를 살펴보며 차근차근 골목을 들어가 본다. 도로변에 있는 조천정미소 파란 지붕에 시선이 간다. 옛날 번성했던 시절 그대로인 듯 돌이 박힌 벽면에 규모가 제법 크다. 지금은 빈집인 듯 넓은 마당이 휑하다. 육거리로 나오니 스쳐 지났던 비석거리다. 수문장처럼 두 그루의 고목나무가 앞에 양쪽으로 서 있고, 육거리 한편에 나란히 서 있는 비석들까지, 오랜 세월을 지나온 역사의 현장이다.

　야학당 건물을 지나고, 조천관이다. 조천포구를 드나들었던 관리들이 머물었던 객사이다. 새콧당(고망할망당)은 허름하지만 지금도 신성한 뱀을 모신 신당으로 유래가 있다는 안내판, 뱀이 바닥난 배의 구멍을 몸으로 막아 무사하였다는 내용으로 예전에 들어봤던 그 전설 현장이 바로 이곳이라니 신기하다.

제주 올레길 18-1코스(상추자도 여행자센터~하추자도 신양항 11.4km)
산속 길에서도 눈길만 돌리면 푸른 바다가 보이는 멋스러운 길

　제주도에 머무는 동안 추자도는 꼭 가보기로 하였지만 날씨에 따라 오갈 수 있는 섬이다. 운 좋게 하루 전 예약을 할 수 있어 출발이다. 제주여객선터미널에서 오전에 여객선에 탑선을 하고, 처음 가보는 추자도에 대한 기대감으로 마음은 두둥실이다. 얼마쯤 갔을까? 선장의 안내방송에 따르면 속력을 낼 수가 없어 예상 시간보다 한 시간 정도 늦게 입도 예정이라 한다. 그래도 무사하게만 해달라는 간절한 마음 그렇게 상추자도에 입도를 한다.

　상추자도 여행자센터에서 지도를 챙겨 갈 길을 확인한다. 추자도는 섬 자체가 높은 산이 많아 체력적으로 보아 어려운 코스 무리하지 않기가 올레길 걸으며 철칙이 된 지 오래다. 18-1, 18-2 두 코스가 상추자, 하추자를 넘나들며 종점과 시작점이 같기에 중간지점과 지형을 살피고는 18-1코스길을 먼저 택하여 시작점인

추자사무소에서 출발, 마을 골목길로 들어선다. 곧이어 운동장도 넓고, 제법 규모가 있는 알록달록 추자초등학교가 나오고, 18-1코스길 안내판이 서 있다. 지도에서 보았던 올레길목에 있는 최영장군 사당을 향해 올라간다.

최영장군 사당은 아주 작은 기와집과 대문, 돌담을 갖추고 있다. 고려말기 공민왕 때 제주에서 묵호의 난이 일어나자 최영장군이 이를 진압하기 위해 뱃길로 가던 중 풍랑을 만나 잠시 피해 있던 곳이 지금의 추자도다. 바람이 지나갈 때까지 머물며 주민들에게 고기 잡는 법 등 생계에 도움이 되는 많은 선진어업기술을 전수해주어 훗날까지도 그의 은덕에 감사하는 마음으로 사당을 짓고, 봄, 가을에 제를 올리고 있다 한다.

최영장군 사당을 지나서 봉골레산으로 오르는데 **빽빽**한 소나무숲길이 나온다. 언덕으로 올라가니 시원스레 점점이 다도해가 펼쳐진다. 추자도는 한 개의 섬이 아니라 4개의 유인도와 38개의 무인도를 합친 군도이다. 상추자와 하추자는 다리로 연결되어 있고 추자도의 본섬이다. 추자섬 올레길은 이렇게 점점이 바다 위에 떠 있는 작은 섬들을 보면서 함께 걷는 확 트인 아름다운 올레길이다.

봉골레산(85.5m) 능선에 오르니 멀리서  부터 여러 개의 방사탑들이 보이고, 주변에는 야생화들이 웃고 있어 발걸음을 가볍게 해준다. 봉골레산에서 보이는 다무래

미섬은 하루에 두 번, 썰물 때만 열리는 섬인데 가깝게 보인다. 봉골레산은 표고는 낮지만 숲이 우거져서 섬이 아닌 산 속에 들어와 있는 듯하다. 정상에서 추자군도를 육안으로 다 내려다볼 수가 있다. 마을길로 내려다보이는 바닷가, 상추자도 대서리마을 전경이 눈앞에 펼쳐진다. 계속 걷는 발걸음, 이곳에서 길이 나누어진다.

나발론 하늘길(절벽길)  과 추자등대로 가는 정코스가 있다. 올레길만 걷기로 마음을 정하고 왔지만 이정표 앞에서 망설임은 다시 고민하게 만든다. 그냥 하늘길로 갈까?

너무나 황홀할 정도로 아름답다는 그곳이 바로 저 길로 가면 된다는데……. 하늘길을 가고 싶은 마음이지만 무리하면 안 된다 싶어 망설여진다. 결국 아쉬움을 간신히 달래가며 돌아선다. 올레길을 걸을 수 있는 것만으로도 감사히 생각하자. 위안을 삼는다.

나발론 하늘길(절벽길)을 아쉬움에 스케치를 해본다.

순효각을 지난다. 박명래의 지극한 효
성심을 기리기 위해 세워진 것이다. 추자
도 영흥리 골목길에는 낮은 담장과 예쁜
타일로 알록달록 조화롭게 조성된 벽화골
목이 세월의 흔적들이 묻어나는 상점들과
어우러져 있는 모습이 훈훈하고, 정겹게 보인다.

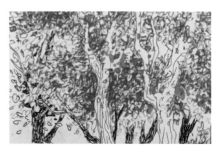

추자등대는 상추자도 산 정상에 있어 좁은 오르막
숲길로 이어진다. 힘겹게 올라온 등대에서 바라보
니 걷는 여행자들의 수고로움에 보상이라도 하듯 절
벽 아래로 보이는 아름다운 풍경이 할 말을 잊게 한
다. 험한 산길, 오르막내리막 우여곡절 끝에 올라왔
던 올레길이 멀리 보인다. 개미허리처럼 추자대교와
하추자도가 아름다움 풍광으로 어서 오라는 듯 가까
이 다가온다. 내 화첩에 한 줄 한 줄 선을 그어 등대
를 그려 넣는다. 신바람 나는 시간이다.

등대에서 내려오는 길, 오른쪽은 낭떠러지 절벽길이다. 그래도 나무말뚝이 세
워져 있어 안심이 된다. 추자대교를 향해 내려오다 보니 다리 건너 하추자가 아주
가까이 보이고, 바람에 한들거리는 야생화들이 한결 기분 좋게 해준다. 하추자도

를 향해 **추자대교**를 건너는데 바람은 심하게 불지만 시원스레 보이는 바다를 양 옆에 두고 추자대교를 건너며 보이는 섬, 섬, 섬⋯⋯. 참 아름답다. 추자도는 38개의 무인도를 품고 있다. 추자대교를 건너고 다리 옆에는 돌탑이 방사탑 모양으로 서 있고, 길게 힘 있어 보이는 추자대교가 위용을 과시한다.

추자대교 남단 도로변에는 붉은빛이 감도는 대형 굴비조형물이 올레여행자를 반기는 듯 입을 벌리고 있다. 짓궂은 여행자 일행들이 굴비조형물 안에까지 들어가 깔깔대며 좋아라 한다. 갈림길이 나오고, 올레는 왼쪽 길인 은달산 길로 올라간다. 숲 터널도 있는 산길은 섬이 아닌 깊은 산중에 들어와 있는 듯한 느낌을 주는 숲길로 이어진다.

안내판이 2km 팔각정, 산신수, 전망대가 있단다. 자갈돌이 깔린 우거진 숲길, 흐린 날씨 탓일까? 컴컴하니 을씨년스럽다. 다행히 올레여행자들이 앞서거니 뒤

서거니 하며 제법 심심찮게 지난다. "안녕하세요?", "힘내세요." 서로서로 인사를 한다. 참 정겹고, 마음이 훈훈해지고, 발걸음에 힘이 생긴다. 얼마를 걸었을까? 바다가 나무 사이사이로 보이고 계속 오르는 산길이다. 발걸음은 무거워지고, 만만치 않은 산길, 너무 힘들다.

돈대산 파란색 산불초소를 지나니 아치 다리로 이어진 정자각과, 간세가 보인다. 힘들었던 만큼 더 반갑다. 돈대산 정상인 것이다. 18-1코스 중간 인증 도장 먼저 찍는다. 주변을 돌아보니 정자각이 또 있다 전망대인 것이다. 산 아래로 바로 내려다보이는 풍경은 신양항과 신양리 마을이다. 그리고 검푸른 바다에 점점이 떠 있는 섬 군도……. 바다에 대추를 뿌려 놓은 듯하다 해서 추자도라 이름을 지었다고 하더니 그 아름다운 풍경에서 눈을 뗄 수가 없다.

잠깐 간세와 정자각을 어반스케치 한다. 이럴 때의 기분은 경험해보지 않으면 이해하기 어려울 것이다. 아직 갈 길이 많으므로 빠르게 스케치와 휘리릭 물감을 칠하고는 일어선다.

올레 18-1코스길을 따라 돈대산을 내려오다 보니 추석산 정상으로는 안 가고,

올레리본을 따라 돌계단의 오르막길 '추석산 소원길'인 둘레길로 간다.

'**학교 가는 샛길**'이란 나무이정표 팻말을 만난다. 예초리에서 신양에 있는 학교를 다니던 길로 이곳이 오지였음을 알 수가 있었다. 하얀 야생화가 군락을 이루는 오솔길을 지나 바다를 내려다보며 아주 작은 예초리 포구 마을로 향하는 예초기정길이다. 절벽위로 가파른 오르막을 지나가면서 바라보이는 푸른 바다는 흩뿌려진 섬들로 수려한 풍광을 선사한다.

아슬아슬한 붉은색의 갯바위 위에 외롭게 서 있는 **눈물의 대형 십자가**다. 길이 험해 가까이 못가고, 멀리서 바라본다. 애절한 사연이 있는 천주교 성지이다. 아기 황경한이 남겨졌던 장소로 마음이 짠하다.

이젠 신대산 전망대를 지나고, 황경한의 묘가 있는 **천주교 성지**에 다다른다. 아기를 안고 있는 모자상, 황경한의 묘, 그리고 2살 아기를 홀로 두고 떠난 정난주의 이야기 등등 많은 표지석들이 내용을 담고 있는 곳이다. 황경한은 조선시대 신유박해(1801년) 당시 백서사건으로 순교한 황사영과 정난주의 아들이다.

정난주는 정약용의 조카로 남편 황사영이 쓴 백서가 발각되어 남편은 사형을 당하고, 정난주는 제주도로 2살 아들과 함께 유배되어 가는 길에 잠시 추자도 예초리에 머물자 아들이 평생 죄인으로 살 것을 염려하여 아들을 살리기 위해 추자도 예초리 바위에 몰래 아기를 남겨두고 제주도로 유배를 갔고, 2살 아들 황경한은 어부 손에서 자라나 자신의 부모가 누군지 훗날에 알게 되어 추자도에 살면서 눈물로 어머니를 그리워했다 한다. 어머니의 지극한 모성이 아들을 살렸다는 내용이었는데 천주교 성지로 공원화되어 있다. 올레11 코스길에 정난주 성지가 있다.

모진이해수욕장은 작은 몽돌로 이루어진 해안이 길어서 추자도에서 유일하게 해수욕을 즐길 수 있는 곳이다. 이곳 해안에서 최영장군이 주민들에게 어로법을 가르쳤다는 모진이 해변이다. 이제 올레길은 신양항을 향해 걷는다.

모퉁이를 돌아가니 특이한 외관의 **신양여객선터미널** 건물이 보인다. 신양항 18-1코스 종점인 것이다. 18-1코스 완주 인증 스탬프를 찍는다. 이곳은 18-2코스 시작점이기도 하여 인증 스탬프를 찍고 신양항 주변을 돌아본다.

올레길이 11.4km밖에 안 되지만 섬이 산길이 많아서 힘들었다. 이제 곧 이어서 18-2코스를 걸을 것이다.

제주 올레길 18-2코스(하추자도 신양항~상추자도 올레안내소 9.7km)
산봉우리를 넘나들지만 해안 길과 예쁜 마을까지 볼거리가 충만하다

신양여객선터미널은 하추자도에 있는 건물로 특이하다. 추자도의 특산물인 참조기를 형상화한 듯 색다른 느낌으로 멋스럽다. 제주는 물론이고, 다른 지역에서

도 이곳으로 들어오는 여객선도 많이 있다.

신양항 광장에서 18-2 코스는 시작점으로 올레길을 걷기 시작한다.

제주도 추자도 신양항 여면선 대합실 (하추보)

터미널 광장 한편에는 사람 형상의 대형조형물이 시선을 사로잡는다. 그야말로 웅장하고 역동적으로 바라만 봐도 에너지가 느껴진다. 이곳 추자도는 섬 주변과 무인도 등의 갯바위가 낚시터이고, 오래 전부터 바다낚시의 천국이라고 한다. 참조기와 멸치젓갈은 추자도의 대표 특산물이다.

추자도는 제주도에 속해 있지만 풍속은 전라도에 가깝다. 음식도 그런 것 같고, 돌멩이도 검은색이 아닌 육지의 돌과 같다. 신양리는 바다와 신양항을 앞에 두고, 돈대산 자락이라 높낮이가 있어 계단처럼 집들이 들어 서 있었고, 아주 조용한 곳으로 조금 전 올랐던 돈대산이 손에 잡힐 듯 가까이 높게 보이고, 그 정상에 정자각이 또렷이 보인다. 이곳엔 추자중학교가 있고, 그 앞에 추자초등 신양분교와 유치원이 있다.

해안 길을 따라 가다 보니 하추자도 앞 바다를 지키고 있는 **수덕도** 사자섬이 하추자도 쪽으로 머리를 치켜들고 있는데 무인도이다.

18-2코스는 하추자도 서쪽 지역을 도는 졸복산과 대왕산 황금길을 걷는 최상급 난이도가 높은 코스로 엄두가 나지 않는 길이지만 갈 수 있는 곳만이라도 걷고 싶어 시작한 길이다. 신양2리 삼거리에서 18-2코스길인 **대왕산 874m** '용둠벙을 걸으며 마음 다스리는 길'이라는 석상이 서 있는 길로 들어선다.

대왕산에 가는 길은 포장도로를 따라 걷는다. 얼마를 갔을까 머릿개에 다다르고 올레 리본을 따라 도착한 곳은 전망대 쉼터가 있고, 18-2코스 중간 도장을 품은 간세가 돌담 앞에 외롭게 서 있다. 대왕산 정상으로 가는 길목에 데크 계단으로 조성해 놓은 전망대. 와아! 소리가 절로 나오는 명품 풍경, 상추자도가 보이

고, 하늘길, 나바론절벽까지도 보인다.

대왕산 정상이 우뚝 솟아 있다. 산 능선을 보니 어림잡아도 최고 난이도로 보인다. 계단 아래로는 용둠벙 정자가 있고, 새로 새긴 듯 깔끔한 용둠벙 설명과 하얀 대리석 벽면에 용이 구름 위로 승천하는 조형물이 양쪽으로 조성되어 있다. 용둠벙은 용이 살다가 우여곡절 끝에 용이 되어 승천했다는 전설이 있는 곳이다. 대왕산 정상을 가고 싶어서 수없이 쳐다보고는 무리하면 안 될 것 같아 아쉬움을 뒤로하고 되돌아 나온다.

신양2리 마을이 나오고, 이내 빛바랜 홍살문이 마을 앞에 서서 반긴다. 오랜만에 보는 홍살문에는 '인심 좋고 살기 좋은 신양2리'라고 쓰여 있다. 그리고 보니 마을에는 기와집들이 많이 보인다. 예로부터 이 마을은 추자도 10경 중 장작평사, 석두청산, 수덕낙인 등이 있다는 안내문을 보니 유서 깊은 마을이다.

대왕산도 가까이 있는 이곳은 한옥마을 관광지로 도약하고 있음을 알 수 있었다. 또한 추자도에서는 가장 넓은 농토가 있고, 물이 많아 벼농사를 지었던 유일한 마을이며 태풍의 피해가 없는 풍요로운 마을이었다고 쓰여 있다. 마을회관, 노인회관, 휴양센터 등도 한옥으로 조성하여 정감이 가는 마을이다. 마을 뒤편 산길을 따라 올레 리본은 묵리로 가는 길을 안내한다.

올레길이 가리키는 산양2리 뒷산은 돈대산 자락이고, 바다가 내려다보이며 멋진 풍경을 보여준다. 도로로 나와서 묵리로 들어간다. 묵리수퍼가 있고, 눈에 들어오는 안내문에는 돈대산 기슭에 있는 묵리는 해가 늦게 뜨고, 일찍 지는 마을이라고 한다. 관탈도를 포함하는 묵리는 마을 뒷산에는 추자도에서 유일하게 금을 채굴하였던 곳으로 금판골이 있다 한다.

추자대교가 놓이면서 상추자, 하추자를 오가는 순환버스가 한 시간마다 다니고 있다. 30분이 걸리는 이 교통수단이 주민들이나 여행객들에게 큰 도움이 되고 있다.

묵리고갯길을 걷는다는 것이 부담스러워 묵리에서 한 정거장 정도 되는 거리는 버스를 이용한다.

추자대교를 건너 바로 하차하니 '추자도어민대일항쟁기념비' 탑이 세워져 있고, 주변에는 온통 노란 코스모스 꽃밭이다. 아스팔트 도로를 걷는 올레길 추자대교에서 추자항으로 가는 올레 18-2코스길 이곳 역시 듬성듬성 섬들이 떠 있어 수려한 풍광이다. 아름다운 길 상추자도 영흥리 모퉁이를 돌아서니 한적한 곳에 외롭게 서 있는 건물을 마주한다. 119 숫자가 보이는 추자소방서다.

이곳은 18-2코스길로 종점인 추자 여행자센터까지 가는 길이다. 멀리 상추자

항이 보이고 등대산의 정자각이 계속 가까워져 오며 멋진 풍광을 자랑한다. 봉골레산 산꼭대기에 정자각이 아슬아슬 올라앉은 모습이 한 폭의 산수화 같다. 추자도는 어디를 가도 정자각이 보이고, 그 수도 참 많아 보인다. 그만큼 경치가 좋다는 얘기가 되려나?

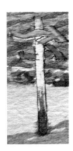

추자항에는 많은 어선들이 정박을 하고 있었고, 많은 사람들이 보인다. 상추자도에서 가장 번화한 곳이라고 할까. 예쁘게 단장한 상점들 건물들을 지나니 추자항의 넓은 광장에 '춤 CHUJA DO' 글자도 있고, 익살스럽게 춤추는 사람들 그림도 있고, 여기저기 세워놓은 대형 조형물이 있어 웃음을 자아낸다. 추자도 지도와 함께 "잠시 멈추자 바람과 춤을 추자."가 쓰여 있는 안내판도 옆에 서 있다.

추자도의 중심이 되는 이곳 추자항 넓은 광장에서는 여러 가지 이벤트도 열리는가 보다. 그 옆에는 참조기를 손으로 잡은 대형 조형물도 시원스레 물줄기를 뿜어 올리는 분수에 둘러싸여 함께 서 있다. 추자항에는 커다란 여객선이 정박해 있는가 하면 크고 작은 어선들이 빼곡하다. 이곳은 상추자도 대서리, 드디어 18-2코스 마지막 지점인 여행자센터 앞 종점이다. 18-1코스 시작점이기도 하다. 인증 확인 도장을 눌러 찍는다. 뿌듯하다.

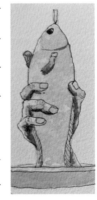

하추자도에만 여러 개의 산이 있다. 그만큼 올레길도 힘들다는 뜻이겠지. 완벽하게 18-2코스를 걷지 못하고 묵리고갯길과 졸복산과 대왕산을 조금씩 건너뛴 것이 못내 아쉬움으로 남는다. 그래도 18-1코스는 완주도 했고, 추자도 올레길 여정엔 최선을 다했다.

등대산에 날렵하게 올라앉아 있는 정자각이 올레 걷기 내내 눈에 보이며 아른거려 올라가 보기로 한다. 옛날에 등대가 있었던 모양이다.

아직 여객선 출항시간이 남았기에 올레길 걷느라 에너지는 바닥까지 고갈되었지만 지금 아니면 올라갈 기회가 없을 것 같아 힘을 내본다. 이곳은 올레길이 지나가지 않기에 일부러 와야 하는 곳으로 여객선 터미널에서 골목길을 조금 올라가니 산책로다. 마을 뒷동산 정도의 높이지만 온 추자도를 조망할 수 있는 전망대 정자각이다.

하얀 **반공탑**이 정자각과 나란히 서 있다. 1974년 추자도 출신을 포함한 북한의 무장간첩 3명이 추자도에 침입하여 발생한 사고로, 신고를 받고 달려온 경찰과 충돌하여 순경, 면사무소 직원, 방위병 3명이 사망했다 한다.〈현지 안내문 참고〉

바람의 섬 추자도는 섬과 바다, 사람이 함께 동화되어 살아가는 아름다운 섬, 가보고 싶은 섬이다. 올레길을 걷고, 에너지 고갈 상태에서 정신력으로 힘겹게 올라왔던 등대산공원에서 내려다보이는 상추자도의 아름다운 전경에 반해 힐링의 시간을 보내고 어반스케치까지 한다.

1박 2일간의 추자도 여정에서 올레길을 걷고, 어반스케치도 하고, 참 행복한 섬 여행을 마무리하고 제주로 돌아가는 여객선에 탑선한다. 아직 나는 제주 여행 중에 있는 것이다. 제주로 가면 다시 올레길을 걷고, 어반스케치도 하며 여행을 마무리할 것이다.

이제 제주도 인근에 6개의 부속 섬인 **우도, 가파도, 마라도, 차귀도, 비양도, 추자도**를 마지막으로 6개의 섬에 모두 발걸음을 한 것이다. 이 또한 나의 기록이다. 뿌듯하다.

제주 올레길 19코스(조천만세동산~김녕서포구 19.4km)

서우봉 아래 북촌마을의 아픈 역사와 마주하게 되는 길

올레19코스 시작점에서 출발, 올레길 따라 조천만세동산 안으로 들어가 본다.

조천만세동산 중앙에는 애국선열추모탑이 있고, 양쪽으로 절규상과 함성상이 서 있다. 그리고 삼일독립운동기념탑, 애국선열추모비, 독립유공자숲이 조성되어 있다.

미밋동산에 모인 신촌, 조천, 함덕에서 온 사람들이 1919년 3월 21일 대한독립만세를 부르며 조천 비석거리까지 행진하다가 경찰에 의해 주동자들이 연행되고, 이튿날 조천장터에서 연행자들의 석방을 요구하며 다시 만세운동을 하다가 많은 사람들이 연행이 된다. 그 후로 미밋동산은 만세동산으로 불리게 되었다.

신흥리 해안가에는 원형 그대로인 듯한 고남불턱을 지나니 서우봉이 보인다.

앞갯물포구 마을 쪽으로 깊숙이 좁지만 바닷물이 들어와 있고, 작은 어선들이 나란히 쉬고 있는 앞갯물포구를 빙 돌아가니 넓은 공간에 정자각이 2개가 나란히 있다.

정주항 바다 쪽으로 커다란 석비가 있어 가까이 가보니 '금등. 대포 고향 바다의 품으로'라고 돌에 또렷이 새겨진 안내 표지판이 있어 본다.

2017년 7월 서울대공원의 마지막 남방 큰 돌고래 금등이와 대포를 방류한 곳이고, 동물원에서 길들여진 남방 큰 돌고래를 이곳 함덕 앞바다에서 자연생활에 적응하도록 보살피다가 자유롭게 살도록 바다로 보내주었다는 내용이다. 예전에 TV에서 봤던 기억이 있는데 바로 이곳이었다. 아시아 최초의 방류 성공 사례이다.

서우봉이 보이는 잘 조성된 해안길을 따라 간다. 함덕해수욕장 가기 직전 함덕 해변의 아침나절 바다 풍경은 표현하기 어려울 정도의 아름다운 색들이 줄지어 섞여 잔잔하고 해안가 하얀 모래사장과 서우봉과 어우러져 최고다, 황홀하다, 극찬을 하고 싶다. 해안가 방제 둑에 앉아 화첩을 꺼내고, 어반스케치를 한다. 아름다운 물빛에 반했으나 저 아름다운 물빛과 분위기를 어찌 담아내지? 마음속은 둥둥거린다. 이래서 제주는 사랑이다, 행복이다.

제주도 조천읍에 있는
서우봉과 함덕 해수욕장

함덕해수욕장 야자수가 멋스러움을 더해주는 해변에 다다르니 하늘이 맑아서

일까? 비춧빛 해수욕장이 예뻐 이곳 또한 감탄을 자아내게 한다.

함덕해변 입구 한편에는 플리마켓이 열
리고 있다. 해수욕장과 야자수 아래 모래
밭에 펼쳐진 플리마켓의 하얀 부스 지붕
이 너무도 절묘하게 어우러진다. 별의별
장식품이 다 있고, 젊은이들이 좋아할 물
건들이 많아서인지 사람들이 많다.

뒷길로 함다리 건너 정자각이 있는 작은 돌섬으로 건너가 본다. 이곳에서 보는
고운 흰모래사장과 에메랄드 물빛이 아름답기로 유명한 함덕해수욕장이 다르게
보이면서 서우봉이 풍광을 더해준다. 환상적인 물빛에 매료되어 자꾸만 발걸음이
더뎌진다.

델몬드 카페는 평일인데도 젊은이들로 북적인다. 서우봉이 바라보는 야외 테라
스에 나가 철썩이는 파도 소리를 들으며 커피를 마신다. 걷느라 고생한 나에게 주
는 쉼의 시간. 눈을 감아도 눈을 떠도 난 바다에 앉아 있다. 살랑대는 바람이 스쳐

가며 속삭인다. '천천히 가도 괜찮아.', '그래, 좋아.' 이것이 소확행이다. 잠깐 어반 스케치다. 눈앞에 보이는 젊은이들을 화첩에 옮긴다. 그들의 즐거운 마음까지 표현해 보기로 한다.

서우봉을 오르기 전 언덕에서 보는 함덕해수욕장의 풍경은 또 다르다. 아직은 여름이 아닌데도 많은 사람들이 바다를 즐기고 있다.

서우봉은 살찐 물소가 뭍으로 기어 올라가는 듯한 형상의 봉우리라는 뜻을 담고 있다. 서우봉 올라가는 길은 완만하고 무엇보다 해수욕장과 이어지는 넓은 바다를 바라보고 올라가니 그 예쁜 물빛에 취해 힘든 줄도 몰랐다. 하지만 정상 가까이는 잠깐이지만 갑자기 경사도가 심해 험한 길을 헉헉거리며 올라야 한다. 막상 정상에서는 나무와 풀숲에 가려 보이는 곳이 없었다. 이곳에도 일본군이 파 놓은 21개의 진지동굴이 있었고, 이 올레길이 된 서우봉길은 함덕리 주민들이 낫과 호미만으로 2년에 걸쳐 조성한 길이라고 한다.

이제 간세의 안내에 따라 동쪽으로 난 오솔길로 내려간다. 내려가면서 마른풀과 억새가 바람에 일렁이고 사람들은 그 풍경 속을 걷는다. 멀리 북촌마을과 바람개비가 있는 김녕해변까지 보인다. 저곳까지 가야 하는 길, 까마득하다.

해동포구로 내려가니 작지만 포구는 아담하고, 주변의 집들이 정겨워 보인다. 골목길엔 벽화가 참 곱다.

너븐숭이 4·3기념관에 도착하고 보니 조용한 분위기에 하얀 건물, 마음이 가라앉는다. 너븐숭이는 넓은 돌밭이라는 뜻이다. 이곳 북촌리는 제주 4·3사건 당시 가장 피해가 컸던 마을로, 어린아이들을 포함한 479명의 주민들이 하루 만에 학살당하여 장례는커녕 무덤조차 만들 수 없었다는 제주의 아픈 역사를 기념관에 잘 기록하고, 전시하고 있었다. 이곳은 현기영 작가의 소설 『순이 삼촌』의 배경이기도 하다. 잠시 묵념으로 예를 표한다.

옴팡밭(4·3 희생터)은 너븐숭이 4·3기념관에서 큰 도로를 따라 왼쪽으로 조금 걸어가면 옴팡밭 작은 공원이 나온다. 옴팡밭에는 현기영의 순이 삼촌 문학비가 세워져 있고 주변에는 긴 사각형으
로 학살당한 사람들 형상을 표현하여
여기저기 널브러져 있는 조형물이 있
다. 옴팡밭은 평지보다 움푹 들어간 밭
을 말하고, 4·3사건 때 이곳에 많은
사람들을 몰아넣고 총살시켜 시신들이
쌓여 수습을 못했던 곳이다. 당시에 희생당한 아기들을 묻은 애기무덤도 있다.

'제주 4·3사건' 1947년 3월1일 경찰의 발포사건을 기점으로 경찰과 서북청년단의
탄압에 대한 저항과 단독선거, 단독정부, 반대를 기치로 1948년 4월 3일 남로당 제
주도당 무장대가 무장봉기한 이래 1954년 9월21일 한라산 금족지역이 전면 개방
될 때까지 제주도에서 발생한 무장대와 토벌대간의 무력충돌과 진압과정에서 수많
은 주민들이 희생당한 사건이다.

너분숭이 기념관에 전시되어 있는 내용을 옮긴 것이다.

북촌환해장성 북촌포구로 향하는 길
옆에는 각양각색의 돌탑이 세워진 해안
길에 왜구 침입을 막기 위해 해변에 검
은 돌을 쌓아 성을 조성하였다. 오랜 세
월 비바람으로 많이 소실되었지만 그
형태는 고스란히 남아있다.

가릿당(구짓머루당)이
다. 북촌마을의 본 향당
으로 구짓머루 용녀부인
이 이곳에서 주민들의
삶과 죽음, 해녀와 어선
을 관장하였던 곳이다.

북촌 등명대(도대불) 북촌포구 바닷가 작은 언덕에 있
다. 탑 위에 뾰족이 서 있는 작은 표지석이 중요한 역사
자료가 되는 원형의 표지석으로 남아 있어 등대를 세운
연도가 또렷이 새겨져 있음이 보인다.

다려도는 북촌리에서 가장 가깝게 보이
는 섬으로 야트막하지만 길이가 길게 보
이는 무인도로 모두 현무암으로 이루어진
바위섬이고, 3~4개의 독립된 작은 섬이
모여 다려도가 되었다. 등명대에서 다려

도를 바라본다. 4·3사건 당시 주민들이 토벌대를 피해 다려도에 숨기도 하였다
는데 지금은 낚시의 명소다.

등명대에서 내려와 **북촌포구**를 둘러본다. 포구와 바다를 잇는 반월다리가 멋스
럽고, 어선들이 많이 정박하고 있다. 옛스러운 골목길에 지붕이 낮은 오래된 가옥

들이 정겹다.

    골목에 들어서니 동백꽃을 크게 그린 벽화가 나오고, 어디선가 아이들이 떠도는 소리가 들려 그곳으로 가보니 용천수가 나오는 곳에서 아이들이 놀고 있었다. 사원이물(북촌리용천수)이다. 돌담이 있고, 동그란 원형의 샘물과 빨래터 모양도 있고, 목욕을 하는 노천탕처럼 칸이 나뉘어져 있다.

    아이들은 알겠지 싶어 당팟 가는 길을 물어보니 서로 앞다투어 설명하더니 한 아이가 길을 알려준다며 따라 오란다. 반가운 김에 따라나선다. 올레길 가던 것도 잊고는 당팟을 보려고 이탈한다. 마을길을 빙 돌더니 초등학교 가는 길을 알려준다. 저기로 가면 된다는 말과 함께 쏜살같이 되돌아 뛰어간다. 뒤에다 대고 말한다. "고맙다~."

    현기영 작가의 소설 〈순이 삼촌〉의 배경이 된 북촌초등학교 앞을 그렇게 지나 아이들이 알려준 대로 팽나무 보이는 길을 찾아 골목 안으로 들어간다. 가는 길목에도 정지풍낭 기념비까지 있으며 군데군데 아름드리 폭낭들이 서 있다. 흔히 볼 수 있는 제주의 가옥들을 지나 작은 언덕으로 올라가니, 아! 그곳에 있었다. 보고 싶던 팽나무 군락지다.

북촌리 당팟 (풍낭·팽나무)-4·3학살의 현장
2021. 10. 1○ ○○○

당팟(4·3희생터) 마을 한가운데쯤에 있는 작은 언덕에는 세 그루의 고목이 된 팽나무, 그리고 아래로 가서 조금은 작은 팽나무 한 그루, 네 그루가 책에서 본 그대로였다. 4·3사건 당시 많은 마을사람들을 북촌국민학교에 모이게 한 후 이곳으로 끌고 와서 100여 명을 총살한 곳으로, 당팟이라고 알려진 곳이다. 북촌마을의 슬픈 비극을 폭낭은 다 보았을 것이고, 기억하고 있을 것이다.

처음 사진으로만 이 풍경을 접했을 때는 한쪽으로만 기울어져 자란 팽나무가 멋있어 보여 그림 소재로 기억했었다. 그 다음엔 아픔이 있는 곳이라는 걸 알고 난 후엔 궁금했었다. 폭낭(팽나무)을 화첩에 담는 어반스케치. 차마 앉지

도 못하고, 서서 재빨리 펜으로만 스케치한다. 때마침 까마귀들이 날아왔다, 날아갔다, 한다. 뭔지 모를 으스스한 기분이 들면서 묘한 분위기에 손놀림도 빨라진다. 어반스케치를 하며 상상 속으로 그날의 참혹한 광경이 보이는 듯 명치 끝이

아파온다, 먹먹하다.

제주 4 · 3항쟁의 상징으로는 **폭낭**(팽나무),
바람까마귀, 동백꽃이 있다. 폭낭은 북촌마을
의 대표 상징이다. 당팟에서 내려다보이는 북
촌마을은 빨갛고, 파란 지붕 사이로 맑은 하늘이 평화로워 보인다. 당팟의 아픔은
잊었노라 하듯, 부디 그리길 바라는 마음으로 언덕을 내려온다. 먹먹한 마음은 가
시질 않고, 다리에 힘도 빠진다. 갑자기 추위도 느껴지고 일몰시간도 머지않았고,
더 이상 올레길을 걸어갈 수가 없을 것 같다. 올레길 19코스 종점 김녕서포구까지
는 아직 9km는 더 가야 하는 길, 나머지 길은 내일 걷기로 한다.

오늘은 다양했던 올레길 덕분에 마음에
들어오는 역사의 현장을 탐방하는 시간과
어반스케치에 빠져 더디게 걸었고, 하루
종일 걸렸는데도 완주를 못했다. 내일을
기약하며 오늘 일정을 마무리하고, 북촌리
버스정류장에서 버스 타고 숙소로 간다.

올레길 19코스 이어걷기(북촌포구~김녕서포구) 총 거리 19.6km 중 9km 남짓
남았다. 오늘은 어제 남겼던 19코스를 완주하고, 만장굴을 가는 일정을 넣어서 자
동차를 이용한다. 화창한 파란 하늘과 아침 햇살이 날 응원하는 듯 발걸음을 가볍
게 해준다.

창꼼(창 고망난 돌)은 바위가 솟아 있는 작은 언덕에 커다란 구멍이 뚫려 있는 곳을 말하며, 그 구멍으로 들여다보면 바다 위에 떠 있는 듯한 다려도가 아름답게 보인다. 올레길과는 거리가 멀어 북촌포구로 가는 길에 있는 창꼼을 들러본 것이다.

어제 이어서 북촌포구로 다시 와서 포구에 차량을 주차하고, 걷기 시작한다. 11km 지점부터는 내륙으로 들어가고, 얼마 동안 계속 되는 숲길을 걷다 보니 붉은색 단층 건물에 지붕에 높고 길다란 십자가가 서 있는 동복 새생명교회건물이 보인다. 이제부터는 구좌읍 동복리인가 보다. 솔잎이 양탄자처럼 깔린 폭신한 솔밭 길을 기분 좋게 얼마쯤 걸었을까? 한적한 동복리 마을 운동장이다. 한 편에 있는 정자각 앞에 간세가 외롭게 서 있다. 이곳은 19코스 중간 인증 스탬프가 있는 곳이다.

벌러진동산이라는 나무가 우거진 옛길이 남아 있는 아름다운 숲길을 올레길은 지난다. 넓은 평지의 숲길이 계속 이어지고, 걷는 사람이 없어 한적하다. 이곳도 박노해 시인의 '걷는 독서' 중의 시어들이 20코스처럼 있어서, 옛길을 걸으며 내내 만날 수 있어 좋았다. 박노해 시인은 나와 동명이인이다.
이제부터는 밭담길로 이어진다.

동복리를 지나다 보니 지난번 들렀을 때 어반 스케치했던 동복리 폭낭이 보고 싶었으나 올레길은 그곳을 지나지 않아 아쉬움에 소환해 본다. 지금도 잘 자라고 있겠지?

동복리 폭낭(팽나무)

동복리 어촌계 건물이 특이하여 함께 스케치 했었고, 정겨웠던 점빵이라는 이름의 슈퍼 등등 기억이 새롭다.

이제 멀리 바다가 보이고, 이내 눈에 익은 김녕서포구 올레길 19코스 종점에 도착한다. 19코스 완주 인증 도장을 찍는다. 하루 반 만에 걸쳐 완주를 하였다.

만장굴의 신비로움
용암이 흐르던 경이로운 그곳

만장굴 탐방

아주 오래전 80년대 초 제주도에 처음 관광 갔을 때 가봤던 만장굴 그 후로 수도 없이 제주도를 다녀갔는데도 왜 그랬는지 만장굴은 들르질 않았었다. 하지만 또렷한 기억에 있었던 만장굴이다. 주차장에서 계단으로 올라가니 전시관이 있고, 오른쪽으로 만장굴 들어가는 입구가 있다.

만장굴 들어가는 입구는 많은 계단으로 내려가야 깊숙한 동굴 안으로 들어갈 수가 있는데 동굴 안은 많이 미끄러워 조심해야만 했지만 내부도 예전보다 더 깊어져 있었고, 조명도 다양해 뭔가 신세계 같은 분위기에 매료되었다. 지금 걷고 있는 이 공간이 용암이 흐르던 곳이었다니 경이로웠다. '만장'은 제주어로 아주 깊다는 의미이고, 약 10만 년~30만 년 전에 생겼다고 한다.

제주 올레길 20코스(김녕서포구~제주해녀박물관 17.6km)
밭담길, 바당길을 걸으며 해녀이야기를 두런두런 나누는 길

날씨는 흐리고 갑자기 추워진 날씨에 여전히 강풍 예보다. 제주의 바람은 적응이 안 된다. 201번 버스, 얼마나 달렸을까? 김녕 마을에서 하차하여 골목길을 걸어 해안가 20코스 시작점이자 19코스 종점인 김녕서포구에 도착이다. 이른 시간이라 오가는 사람이 없어 바닷가는 고요하다.

우선 올레 20코스 시작점 인증 스탬프를 찍고는 자 '이제 가볼까?' 발걸음을 내디디며 살짝 설렌다. 어떤 풍경과 마주하게 될지, 어떤 어려움이 있을지, 모르는 길, 처음 가보는 길에 대한 기대감과 두려움, 하지만 이런 기분이 아주 좋다.

금속으로 만든 특이한 벽화가 이색적인 **김녕 금속공예 벽화마을**을 지나니 납작한 빨강 지붕 파랑 지붕과 돌담에 해녀복이 걸려 있고, 해녀를 주제로 한 웃음이 나오는 특이한 벽화들이 보여 발걸음을 멈추고, 한참을 바라본다.

올레길 20코스로 가는 길목에 둥그런 모양의 청굴물 카페가 보여 바다로 향하니 곧 청수동 용천수 청굴물이다. 용천수를 여러 곳에서 보았지만 이곳은 모양부터 다르다.

청굴물 안내 표지판을 보니 여름철이면 다른 마을에서도 병을 치료하기 위해 모여들었던 곳이란다. 둥그런 원 밖으론 바닷물이 많이 차올라와 있는데 원 안에는 자갈 바닥이 보이고, 물은 없다. 둥그런 원을 따라 걸어도 보고, 안에 들어가도 본다.

마침 청굴물 앞에 카페가 있다. 저 위에 올라가면 어떻게 보일까? 차 한잔 하고 가자. 3층쯤 되는 높이로 올라간다. 와! 바닥에서 보았을 때와는 또 다른 청굴물의 자태가 아름답다. 둥그런 원 주변으로 파도가 찰싹이고, 밀물일 때는 어떤 모습일까? 다시 와보고 싶었다.

김녕 **청수동 마을**에서는 김녕포구와 도대불, 멀리 김녕해수욕장과 풍력발전기 여러 기가 돌아가는 아름다운 풍경을 볼 수 있다.

바다 쪽으로 걷다 보니 작은 포구가 있고, 도대불이 자리 잡고 있다. 도대불 주

위로 둘러앉은 돌담과 바다, 그리고 정자각이 한가롭게 보인다. 제주 옛날 특유의 현무암으로 쌓은 **도대불**은 가까이 보면 사람들의 키보다 높아 계단이 몇 개씩은 있다. 송진, 솔각, 상어의 기름 등의 재료로 불을 밝혀 어두운 밤 뱃길을 안내했다는 안내문을 본다.

김녕 앞바다에 **해녀들의 길**이 있어 들어가 본다. 썰물 때에만 길이 보인다는데 무척 미끄럽다. 해녀들이 물질한 해산물을 지고 힘들게 걸어가는 모습이 보이는 듯하다.

벽화거리를 지나 김녕 세기알해변에 다다른다. 이렇게 심한 바람이 불고 추운데도 해변 모래사장에는 웨딩 촬영을 하는 예비 신혼부부들이 행복해 보인다.

김녕해수욕장이 보이는가 싶더니 하늘을 나는 무언가가 눈에 들어온다. 카이트 서핑이다. 새처럼 날아다니는 그 모습이 너무 좋아 카메라 셔터를 쉴 새 없이 눌러댄다. 올레길을 걸으며 누릴 수 있는 멋진 풍경을 이곳에서도 만난다.

'카이트' 즉 연이다. 바람만 불면 바다 연에 매달려 즐기는 스포츠다. 가까이 가서 보니 단체로 즐기는 20대 여대생들이다. 참 좋을 때다. 부러움으로 바라본다.

성세기해변에는 가루처럼 희고, 고운 모래가 가득한 해변에서 투명하게 시작한 바다색은 먼 바다로 나갈수록 점점 쪽빛으로 변한다. 그 사이에 까만 돌이 점점이 박혀 있고 바람으로 돌아가는 풍력발전기와 어우러져 아름다움을 더한다. 눈이 시리도록 파란 가을 하늘에 갈매기가 날듯 카이트 서핑 풍선들이 자유로이 날고, 바다에는 하얀 파도가 철썩거리고, 제주 자연의 아름다움을 더없이 느끼게 하여 스케치를 한다.

성세기태역길이란 잔디가 있는 모래밭 길을 말하며 김녕환해장성 길까지 이어
진다. 밭담박물관을 지나고, 숭덩숭덩 쌓은 나지막한 밭담은 구불구불 오르락내
리락 계속 이어진다.

월정리에 도착하고 눈에 익은 골목길을 들어가 본다. 온 마을이 옛날에 형성되
어서인지 골목이 좁고 많이 구불거린다. 이곳은 언제부터인가 유명한 카페마을이
되었다. 해안가에 줄지어 있는 건 말할 것도 없고, 골목골목 외관이 예쁜 이름난
카페와 소품가게, 옷가게, 음식점, 기념품 상점들이 많아 매력적이다. 빙글빙글
동네 한 바퀴 두 바퀴 골목투어를 하며 그러고 다닌 적도 있다.

월정리해수욕장 비췻빛 바닷물 색에 풍력발전기까지 여러 기가 돌아가니 환상
적이다.

월정해변은 '크고 넓은 모래밭'이라는 뜻을 담은 곳이고, '한모살'이라고도 부르는 옛 이름도 있지만 밤에 바다에서 보면 반달 모양 같이 생겼다고 해서 월정리가 되었다.〈현지 안내문 참고〉월정리 해변은 여러 번 다녀간 곳이라 그때마다 어반스케치를 했기에 다양하다.

소공원에 있던 구멍이 숭숭 뚫린 현무암 조형물 표정이 인상적이다.

아름다운 월정리 해변을 지나 내륙으로 향하는 월정 모살길(모래밭)을 걷는다. 구불구불 밭길을 지나 올레길 20코스를 따라 행원리로 접어든다.

지붕 위로 보이는 높다란 바람개비가 하얗게 번쩍이며 육중하게 돌아간다. **행원리 포구**인 것이다. 포구 한편에 올레길 20코스 중간 인증 스탬프를 찍는 곳으로 간세가 서 있다. 주변에는 까만 돌에 새겨진 광해군 기착지였다는 표지석이 있어 자세히 본다.

광해군 유배 기착지는 광해군이 제주로 유배 와서 첫발을 디딘 곳인 행원포구이다. 광해군은 약 4년간의 유배 생활을 끝내고 제주에서 세상을 떠났는데, 남아있는 흔적은 행원포구의 기착비와 제주 시내에 있는 적소터비 단 두 곳뿐이다. 광

해군은 연산군과는 달리 성실하고, 과단성 있게 정사를 펼쳤으나 당쟁의 와중에서 희생된 임금으로 평가받고 있다.

행원리(어등포) 행원포구에서 올레길을 잠시 이탈, 마을 안길로 조금 들어가니 따스한 느낌의 골목 풍경이 마음을 편안하게 해 준다.

행원리 사무소라는 건물이 보이는데 주민센터가 아닌 사무소, 친근감이 느껴진다. 예전에는 동사무소, 면사무소 했었다. 바닷바람이 유난히 센 지역이라 국내 최초 풍력발전단지가 조성되어 있어, 동양 최대의 최첨단 양식단지가 있다. 바닷가에는 거대한 바람개비가 줄서서 있는 독특한 풍경이다.

행원리 불턱은 바닷가
에 돌을 쌓아 만든 해녀
들의 휴식공간이다. 해
녀들이 물질을 하다가
물 밖으로 나와 쉬며 불
을 쬐기도 하고, 옷을 갈
아입는 탈의실이 되기도
했던 불턱의 흔적은 제주도 해안가 곳곳에 남아 있다.

해녀노래비는 행원포구 끝지점에 해녀노래의 노랫말이 적힌 비석이다. 우리가
흔히 '이어도사나' 하고 후렴구를 따라 부르는, 뱃노래를 닮은 바로 그 노래다.

넓은 코난 해변을 지나니 밭길로 숲길로 계속 이어진다. 지루할 즈음 잡목으로
우거진 오솔길을 가다 보니 박노해 시인의 『걷는 독서』 시어들이 파란 바탕의 판
에 적혀 길목에 가면서 가끔 세워져 있다. 올레여행자들에게는 더없이 반가운 이
벤트처럼 계속 읽어가며 걷는 '시와 함께 하는 올레길'이다.

박노해 시인은 나와 동명이인이다. 나는 부모님이 지어주신 호적 이름 박씨 가
문의 돌림자 노(魯)를 쓴다. 박노해 시인은 박노해는 필명이고, 본명은 박기평인
걸로 알고 있다. 예전에 그가 감옥에서 나왔을 때 한동안 우리 집 전화기가 쉴 새
없이 울려대 신경 쓰이는 고충도 겪었던 적이 있다. 두터운 책으로 된 전화번호부
가 있던 시절 내 이름으로 등록된 전화번호부 때문이었다. 이제는 잘되길 바라는

마음이다.

한동리로 접어든다. 파
도 소리와 하얀 줄 이랑
을 만들며 철썩거리는
포말이 부서짐을 수없이
반복하는 푸른 바다, 돌
고래가 금방이라도 나타
날 것 같은 고요한 해변
이다.

한동리는 해녀들의 물질로 자녀들을 뒷바라지하여 학교 선생님들이 한 집 걸러
배출되었다는 교육열 강한 마을이고, 지금도 바다에 들어가 물질을 할 수 있는 해
녀들이 수십 명이 된다고 한다.

한동 계룡마을.

해녀들의 삶이 있는 한동리 계룡마을, 어머니들의 치열한 삶의 터전인 곳으로 해안가에 검은 암반지대가 있고, 그 아래 하얀 모래, 아름다운 이곳은 숱한 사연을 바람에 실어 해녀들의 숨비소리와 '이어도사나, 이어도사나' 해녀노래가 들리는 듯하다. 이곳은 한동리 계룡마을로 마을둘레길을 걷는 산책로가 조성되어 있었다. 계룡 길은 일부 구간을 제외하고는 다행히 올레길과 겹쳐 있어 조금은 천천히 걸어보는 것도 좋았다. 계룡동 마을회관을 지나 계룡둘레길은 이어지고, 유난히 밭담이 꼬불거리며 가옥들과 연결되어 있어 아름답다. 얼마나 걸었을까? 삼거리 큰 도로가 나오니 여기서 계룡길은 멈춘다.

이제부터는 **평대리**인가보다. 마을이 바뀌는 표시가 없으니 어디가 경계인지는 알 수가 없고, 밭길은 밭담(돌담)을 타고 계속 이어진다. 해안가 풍력발전기 바람개

비를 말벗 삼아 밭담이 이어진 평대 옛길을 지나니 '뱅듸고운길'의 시작을 알리는 간세가 서 있다.

뱅듸고운길은 돌멩이와 잡풀들이 우거진 넓은 들판 길을 뜻한다. 뱅듸길은 꼬불

평대 중동회관

 꼬불 좁은 풀밭 길을 오르락내리락 하며 걷다가 넓은 들판 길
로 이어지고, 볼거리가 많아 지루할 틈이 없이 재미있는 뱅듸
고운길이다. 구좌읍 평대리를 상징하는 건 당근으로 우리나라
당근 생산량의 50%~70%다. 당근밭을 지나는 평대리 옛길 감
수굴 밭담길을 걷다 보면 당근 농사짓는 모습도 볼 수 있다. 외
관이 예쁜 평대리 중동회관을 지나니 평대포구다. 아담한 도대불이 고즈넉한 분
위기다.

제주 평대리
감수굴 밭담길.

세화리에는 구좌읍사무소가 있고, 동부에서는 가장 중심이 되는 곳이다. 구좌
읍 역시 해녀들도 많았고, 활동도 활발하여 일제강점기 **제주잠녀항쟁**이 일어난
곳이다. 세화오일장은 해녀들이 쉽게 모일 수 있는 근거지이기도 하고, 구좌읍에
는 고이화 해녀와 해녀노래가 태동한 곳이기도 하다. 올레길 20코스는 계속 해녀
와 관련된 이야기가 많은 곳으로 제주해녀와 함께 두런두런 이야기하며 걷는 길
이라고 할 수 있다. 그렇게 올레길을 재미있게 걷는다.

지난해 예쁜 유채꽃이 피어 있어 어반스케치를 하였던 밭담을 지나다 보니 지금은 당근밭이 되어 새순이 올라와 있다.

세화오일장은 제주 동부지역에서 가장 규모가 큰 오일장으로 가던 날이 장날(5일, 10일)이다. 시장 밖 골목까지도 난전이 펼쳐져 있고, 과일가게부터 모든 품목들이 다 있다. 계속 사람들은 분주하게 오가고, 떠드는 소리, 웃는 소리, 역시 시장의 활기가 넘치는 정겨운 소리다. 이곳도 오후 3시경이면 문을 닫는다. 세화오일장은 제주 해녀항쟁이 일어났던 곳이기도 하다.

세화해수욕장은 오일장 바로 앞에 있는데 여전히 아름답다. 세화해변을 말없이 걷는다. 세화리 끝 모퉁이를 돌아가니 올레 20코스 종점인 해녀박물관이 나오고, 이제 마무리로 20코스 완주 인증 도장을 찍는다. 세월이 주는 압박에서 자신감에

무언의 힘이 되어주는 '오늘도 완주 해냈다.'에 의미를 둔다.

제주 올레길 21코스(제주해녀박물관~종달바당 11.3km)
감성에 젖어 자꾸 돌아보며 걷는 길

올레길을 걷기 위해 출근한다. 이번 21코스는 거리상 짧은 코스라 느긋하다. 해녀박물관 버스정류장에서 하차하니 바로 앞에 **항일운동 기념공원**이 있다. 하늘을 찌를 듯한 하얀 제주해녀항일운동 기념탑이 세워져 있고, 태극기가 펄럭이며 손짓하는 듯하여 들러본다. 앞장서서 항일 운동했던 세분의 해녀흉상이 나란히 있다. 해녀항일운동은 구좌면 하도리 출신의 해녀 어르신들로서, 1932년 1월 구좌면에서 제주도 해녀어업조합의 부당한 침탈행위를 규탄하는 항일 시위운동을 주도하였다.

해녀박물관은 전시실도 넓었고, 해녀의 삶과 문화를 이해하고 볼 수 있는 다양한 전시품과 유네스코 문화유산인 '제주해녀문화'에 대해서 꼼꼼히 살펴본다. 해녀를 원래 제주에서는 좀녀(줌녀) 또는 좀네(줌네)라고 불렸으며 바다에서 해산물을 채취하는 것을 '물질'이라고 하였고, 상군, 중군, 하군으로 역량에 따라 나누어져 있다.

3층 휴게실에 올라갔을 때는 유리창 너머로 보이는 세화리 마을, 세화바다 해안 길까지 한눈에 펼쳐진다. 바닷물 색이 예술이다. 참 아름다운 세화리 해변이다.

올레길 21코스 시작점인 해녀박물관 앞에서 출발한다. 면수동(낮물마을) 마을길로 들어서는 입구부터 구멍이 숭숭 뚫린 제주 밭담이다. 밭담은 밭과 밭 사이, 밭과 길 사이 경계를 짓기 위한 것이라 아주 나지막하다. 돌 생김대로 그냥 올려놓은 것 같은 밭담길, 짐승 침입도 바람도 막아줄 수 있는 것이다. 고려 때부터 만들어진 것으로 추정하고 있어 역사성과 문화적 가치를 인정받아 2014년 FAO세계중요농업유산으로 등재되었다. **흑룡만리란** 제주 전역에 분포되어 있는 밭담 전체를 이으면 2만 2천km에 이르고 하늘에서 보면 끝없이 이어지는 모습이 마치 흑룡이 꿈틀거리는 것 같다 하여서다. 길게 쌓아진 밭담은 한쪽에서 잡아 흔들면 끝까지 흔들어서 무너지지 않아야 잘 쌓아진 담이라고 한다.

밭담길을 걷고 있는데 지나가는 경운기소리가 정겹다. 주변 풍경과 잘 어울려 한참을 바라본다.

별방진성으로 하도리의 옛 이름이 별방이라는 예쁜 이름이었음을 알게 된다. 별방진은 왜구의 침략이 잦아 방어목적으로 쌓은 성곽으로 별방포구 뒤에 위치하

제주 하도리 별방진

고, 돌로 쌓은 육중한 성곽은 이중 구조에 두께가 상당히 두텁고(4~5m), 높이 쌓은 성곽이 약 1km로 둥근 형태로 축성되어 있다. 지금은 성 안에 알록달록한 집들이 옹기종기 모여 있지만 성곽을 구축할 당시에는 동부의 가장 규모가 큰 진성이었고 동문, 서문, 남문이 있었다.

지금은 가을철, 진성 안에 있는 밭에는 농작물들이 자라고 있고, 주변에는 억새가 한들거리는 풍경이 더없이 아름답다. 별방진성 성곽에 계단을 밟고 올라선다. 폭이 넓어 무서움 없이 땅 위 길처럼 편안하다. 돌로 육중하게 쌓아올린 높은 성곽에 올라서 바라보는 하도포구 앞과 바다 풍경, 그리고 성곽이 둥그렇게 에워 쌓인 윤곽이 뚜렷하게 보여 별방진성을 살펴볼수 있었다.

하도포구(별방포구)는 별방진 앞에 있는 작은 포구로 'HADO'라는 흰 글자 조형물을 세워 놓아 금방 눈에 들어오고, 포구 안에는 작은 어선들이 줄지어 쉬고 있다.

고이화 해녀 생가를 별방진 성곽 뒷길로 올레길 따라 가다 마주한다. 제주 최고령 해녀로 항일운동도 했고, 제주 여러 곳의 해녀 명창과 물질하면서 해녀들이 부르던 노래를 세상에 알렸다고 한다. 고이화 해녀의 집은 올레길 21코스 길목에 있어 여행자들의 발길이 이어진다.

올레길 21코스 중간 스탬프가 있는 **석다원**에 도착하니 도장을 품고 있는 간세는 바닷가 돌담 옆에 파도 소리를 들으며 서 있어 조용히 인증 스탬프를 찍는다.

반사경에 비친 아름다운 하도리마을을 지나니 이어지는 올레길이다. 이번엔 장대 위에 앉은 기러기 형상의 조형물을 세워놓은 길 안내 이정표가 아주 정겹다. 이런 이벤트는 올레여행자를 배려하는 마음일 것이다.

카약을 탈 수 있는 하도리 해안을 지나니 깨끗한 모래가 펼쳐진 하도해수욕장이고, 그 건너에는 역광으로 검게 보이는 지미봉이다. 바로 하도 다리를 건너 종달리에 다다른다.

지미봉까지는 해안가를 벗어나 마을 안 밭담길을 걷는다. 봐도 봐도 정겨운 까만 밭담 안에는 싹 틔운 지 얼마 안 되는 연두색 새순들이 줄을 맞추어 자라고 있다.

지미봉(163m) 입구는 시작부터 가파른 나무 계단이다. 줄을 잡고 올라가는데 숨이 턱에 닿는다. 정상에는 산불 감시초소 하나 있고, 방향 표지석으로 정상을 대

봄여름 계절은 가물었건만 제주도 종달리 밭담안에는 초록초록, 연두연두 식물들이 자라고 있는 아름다운, 표정이 좋다. 2021. 10. 31.

신한다. 조금 내려와 데크 전망대에서 내려다보이는 어디에서도 보지 못한 수려한 풍경, **종달리**마을이다.

　납작한 알록달록한 지붕들이 고만고만한 처마를 맞대고, 모여 있는 마을, 그 앞으로 펼쳐진 들판은 구불구불 까만 돌담 줄을 만들며 형형색색의 천으로 하나하나 이어 만든 조각보 같다. 들판 끝으로 이어지는 바다, 그 수평선 위로 길게 엎드린 우도, 정면으로 우뚝 선 성산일출봉, 광치기해변, 소수산봉, 대수산봉, 식산봉, 그리고 햇살은 반짝반짝 윤슬을 뿌려놓는다. 이 아름다운 풍경을 어찌 말로 글로 표현할 수가 있을까?

　쉼 의자가 있는 전망대에 앉아 화첩을 꺼내서 밭담 경계선을 빨리 스케치를 해 나간다. 햇살은 느릿느릿 기지개를 켜며 고맙게도 기다려주고, 그림에 열중, 행복감에 심취한다. 주변의 조용함에 정신이 돌아와 보니 해님이 손짓을 한다. 어서 내려가라고, 서서히 어둠이 내려앉는다.

　'끝에 도달한 동네' 제주의 마지막 마을로 정하고 있는 종달리다. 올레길 코스도 제주도 전체 해안을 시계방향으로 한 바퀴 도는데 이곳이 마지막인 21코스로 정해졌다. 종달리는 익숙한 마을로 2년 전 여러 날을 머물렀던 숙소를 지나고, 올레길 21코스 종점인 종달 해안 바당에 도착한다. 오늘도 무사히 21코스 완주 인증 도장을 찍는다. 성취감에 참 좋다.

종달리는 제주스런 분위기가 많이 남아 있는 아기자기하고, 조용하여 포근함을 느끼는 곳으로 올레길 1코스와 21코스가 지나가고 있다. 종달리에 들렀었던 지난 봄날 유채꽃이 만발한 종달리를 어반스케치로 담았었다.

종달리 수국길은 형형색색의 수국이 만개한 모습을 볼 수 있는 황홀하고 아름다운 테마거리로, 6월 중순경부터 한 달여는 꽃을 볼 수 있다. 바다 건너 우도가 보이는 종달리 해안 길을 따라 조성되어 있다.

종달리 주민들은 집 앞에서 사진을 찍어도 개의치 않았고, 눈이 마주치면 오히려 웃어주는 넉넉한 인심에 마음이 훈훈하였었다. 종달리를 보려고 골목골목을 하루 종일 다닌 적도 있으나 지금도 가고 싶은 곳이다.

4년 동안 올레길을 걸어 제주도 한 바퀴를 돌며 순간순간 느꼈던 것은 가는 곳마다 아무리 좁고 한적한 길이라도 올레길은 깨끗하단 것이었다. 올레길 안내가 잘되어 있어 두려움 없이 걸을 수 있었음에 올레길 관계자와 친절했던 제주 도민들에게 감사하는 마음으로 올레길 이야기를 마무리한다.

제5장

발걸음을 부르는 가고 싶은 그곳

(올레길이 닿지 않는 중산간 지역의 명소)

한라산 위기의 탐방 이야기
설경 속의 한라산과 봄날의 한라산

1) 첫 번째 한라산 탐방 이야기(성판악~성판악)

어느 해인가 송년을 제주도에서 보내고 싶어 갔을 때 12월 마지막 날 아무런 준비도, 지식도 없이, 정말 무작정 한라산 등반을 무모하게 강행한다. 전날 저녁식사를 하던 식당에서 들은 얘기로는 한라산에 눈이 많이 왔다고, 등산객들이 많을 거라는 내용이었다. 처음부터 계획했던 일이 아니고, 그 소리를 들으니 눈 쌓인 한라산에 올라가 보고 싶었던 것이다. 망설임 없이 남편과 의기투합, 그때는 태백산 등 겨울 산행은 물론이고, 한창 등산을 자주 다녔던 터라 아무런 걱정 없이 등산복만 챙겨 입고, 보통 산에 오르듯 숙소에서 일찍 출발했다.

아침 9시 **성판악**에 도착하여 나름대로 준비한다고 하고는 출발하려는 것이다. 그런데 사람들이 없다. 훗날에서야 한라산 등반은 꼭두새벽부터 올라가야 한다는 걸 알았다. 성판악 입구에서 9시 이후로는 출입을 통제할 것이고 우리 보고 서둘러 다녀오란다. 그냥 건성으로 들었다. '왜?'라는 의문도 없었다. 오전 9시라 늦었다는 생각을 못 했다. 그냥 올라갈 수 있다는 것만으로도 다행이란 바보 같은 생각을 했었다.

눈이 쌓인 등산길은 한 사람이 겨우 지나갈 정도의 길이 나 있고, 양옆으로는 눈이 수북이 무릎 높이만큼 쌓여 있다. 그래도 눈길 양옆으로 줄이 매어져 있어 길 잃을 염려는 없어 보인다. 눈에 파묻혀 있는 탐방로 안내 표지판에 쌓인 눈

높이를 보면 족히 1미터는 되지 않나 싶다. 또한 휘어진 나뭇가지 위로 쌓인 눈은 한 뼘은 소복이 이불 덮은 것처럼 올라 앉아 있다. 어디를 바라보아도 한라산은 아름다운 설국이었다. 아이젠을 착용한 등산화의 뽀드득뽀드득 두 사람의 발자국 소리마저 기분 좋게 들린다. 앞서 가는 두 젊은이가 보이니 반갑다. 눈에 보이는 모든 사물들은 다 하얀색. 눈이 부시도록 아름다운 설경에 마음은 두둥실이고, 수종마다 각양각색의 아름다움을 발산하는 설경의 매력에 한껏 취하며 걷는다.

그림 소재로도 이보다 더 좋을 수는 없다. 걷기에 집중보다는 본능적으로 사진 촬영에 더 집중, 그러다 보니 나도 모르게 걸음이 더뎌지고, 시간이 많이 지체되었다. 얼마를 걸었을까? 뒤에서 사람 소리가 들리더니 십여 명의 대학생들이 올라온다. 반가웠다. 너무 한적해서 조금은 걱정이었는데 한두 사람씩 앞질러 가고, 차츰 간격이 벌어지는가 하더니 순식간에 대학생들은 자취를 감추고, 우리는 힘들게 걷고, 또 걷고 한없이 걷다가 보니 휴게실이 보인다.

그곳에는 어디서 왔는지 제법 많은 사람들이 저마다 쉼을 갖고 있다. 매점이 있었다. 그제야 한숨 돌리며 남편을 바라보니 꽁꽁 얼어 있는 에스키모인 같다. 등산복은 바느질 구멍마다 하얀 성에가 끼어 있고, 등산화 위로 덮은 설피도 성에가 아니 고드름같이 주렁주렁 골 지어 얼어 있다. 눈썹도 하얗고, 마스크 사이로 죽죽 고드름까지 달렸다. 세상에 이런 일이……. 서로 마주 보며 웃는다.

　아무런 정보도 준비도 없이 올라온 우리는 서둘러 라면을 시켜 게 눈 감추듯 서서 먹고는 물과 간식거리를 준비하여 챙기고, 다시 올라간다. 그곳이 **진달래 휴게소**였다는걸 나중에서야 알게 되는 허술함도 있었다.

　큰 나무 숲에서 키가 작은 나무로 그리고는 비쭉 빼쭉 까만 고사목이 하얀 눈을 덮고 멋지게 서 있다. 그때까지만 해도 기분 좋은 탐방길이었다. 얼마를 올라갔을  까? 눈은 안 오는데 바람이 거세니 눈보라처럼 날린다. 세찬 바람에 마구 날아드는 눈보라가 머리며 얼굴이며 가리지 않고, 인정사정없이 때린다. 위에서 사람들이 내려온다 싶어 보니 정상이라고 알려준다. 가까스로 올라가니 백록담이란다. 더욱 눈바람이 매섭게 불고, 눈앞을 가려 잘 보이질 않는 틈에 초소 같은 작은 건물이 보이고, 조금 더 올라가니 간신히 동능이라 쓰여 있는 긴 나무 이정표가 보인다.

그러는 사이 컴컴하니 눈바람에 시야가 잘 보이지도 않는데 순식간에 사람들은 내려가고, 우리 둘만 남았다.

갑자기 공포감이 엄습했지만 사진 한 장이라도 남겨야 해서 간신히 정말 간신히 어찌어찌 사진을 찍는데 어디서 한 사람이 다가와서는 빨리 내려가란다. 이곳이 **한라산 정상**이고, 보이지도 않는데 저곳이 백록담이라며 자기는 이곳 지킴이고, 눈이 많이 온다니 철수하고 내려가야 한단다.

있는 힘을 다해 힘들게 올라온 한라산 정상인데 기대했던 백록담은커녕 칼바람에 날리는 눈보라가 시야를 가려 방향조차 분별이 어렵다. 심한 고립감에 겁이 났다. 아니 공포감이 후덜덜 엄습해 왔다. 이러다 조난당하는 거구나 싶고, 왔던 길을 찾아 더듬더듬, 그런데 칼바람이 세차게 부니 올라왔던 길이 휩쓸렸는지 분간이 안 된다. 사진으로도 본 적이 없는 한라산 정상에서 눈이 쌓인 컴컴한 비탈길로 내려가는 길을 찾기란 참으로 어려웠다.

어찌어찌 매어놓은 줄을 찾아 내려오는데 한쪽은 낭떠러지 같은 느낌이 들어 오금마저 저린다. 대략난감! 혹여 아까 잠깐 봤던 지킴이라도 내려올라나 희망을 걸어 보았지만 기척이 없다. 소리를 쳐보았으나 휘몰아치는 눈바람 속에 묻혀 버리고 만다. 아마도 다른 길로 갔나 보다.

우리는 거센 눈바람 탓에 서로 잡고 걸을 수도 없어 엉덩이로 밀며 내려올 수밖에 없었다. 비탈을 그렇게 헤매며 죽을힘을 다해 내려와 숲속 길로 들어서니 눈보라도 덜하고, 시야도 조금씩 보이기 시작하고, 줄이 매어져 있는 길도 희미하지만 보인다. 한시름을 덜고 숨 고르기를 하는데 사방을 봐도 인기척이 없으니 등 뒤에서 뭐가 잡는 것 같은 두려움으로 그야말로 허둥허둥 정신없이 내려오는데 그나마 기대했던 올라갈 때 쉬었던 대피소마저 보이질 않는다. 지나쳤는지, 아직 덜 내려 온 건지 알 수가 없으니 더 불안하다. 숲속이라 사방이 어두워지며 눈길마저 아른거린다.

다행히 한 사람 겨우 지나갈 정도의 외통길이고, 줄이 양쪽으로 매어 있어 길 잃을 염려는 없다. 그렇게 정신없이 내려오는데 끝도 없이 눈길은 이어지고, 허둥대다 발을 잘못 디디면 눈밭으로 풍덩 무릎까지 눈 속에 파묻히길 몇 번이던가, 그렇게 헤매며 내려오다 보니 불빛에 조금은 훤해져서 그제야 다 내려왔음을 알고, 한숨을 크게 쉴 수 있었다. 하지만 정신을 차리고 보니 밤중처럼 주변이 어두워져 있다.

내려온 길을 뒤돌아본다. 그제야 소복소복 내려앉은 설경이 컴컴하지만 아름답게 눈에 들어온다. 저리 예쁜 설경인데 허겁지겁 내려온 것이다. 추운 겨울인데 나도 모르게 땀에 흠뻑 젖어 있었다. 갑자기 춥고 몸이 천근만근이다.

매 순간 변화무쌍한 한라산의 위엄에 작아지는 내 존재감, 그래 모든 것에는 순리라는 게 있지, 그걸 거스르면 오늘처럼 되는 거야, 좀 더 신중하게 준비해서 올라가지 못한 내 과욕의 대가를 치른 거지. 하지만 혼쭐은 났어도 한라산 백록담을 보지도 가늠하지도 못했지만 정상은 다녀온 거고, 조난당하지도 않았으니 그

거면 되었지. 백록담은 다음 기회에 준비 잘 해서 다녀오면 되는 거고, 이렇게 조난 직전의 나의 첫 한라산 탐방은 악몽일 수도 있지만 무사히 마칠 수 있어 모든 게 감사했었다.

이번 올레길을 걸으며 스케치를 하고 글을 써가는 과정에서 요 몇 년 전의 제주도 이야기가 아닌 오래전의 한라산 탐방기록을 삽입해야 할까? 아니면 넣지 말까? 고민도 많이 했지만 결론은 넣기로 하였다. 다시 없을 나에겐 소중한 제주도이야기 한 부분이기 때문이다. 지금은 한라산에 올라가고 싶은 마음이 간절하지만 갈 수가 없다.

2) 두 번째 한라산 탐방 이야기(성판악~관음사)

5월의 이른 새벽 **성판악** 안내소에 도착하여 많은 일행들과 함께 떠들썩 웃음 속에서 두 번째의 한라산 탐방 길에 나선다. 설경의 한라산 탐방을 했을 때 조난 직전까지 갔다 살아온 추억이 또렷이 자리하고 있는 지 몇 년 후다.

전국 명산을 정기적으로 매달 십수 년을 함께 다니던 동문 산우회에서 선후배 30여 명이 한라산 등반이 시작되는 성판악 한라산 탐방안내소를 통과해 탐방길을 따라간다.

함께 출발했던 일행들과 속도를 맞추느라 천천히 걷다 보니 끝도 없이 가도 가도 돌멩이 자갈길이 오르막으로 이어진다. 이상하다, 올라가는 길이 이 길이 아닌가? 내심 두리번거려 보지만 다른 길은 안 보인다. 길도 자갈길이지만 아주 넓다. 생각해 보니 몇 년 전 오르던 한라산 올라가는 길은 눈으로 덮여 자갈이 보이지 않았던 거였다. 그랬던 거야, 후후.

일행들과 걸으며 두런두런 이야기도 웃음도 나누며 오르는 자갈길 탐방길은 나름 힘든 줄도 모르게 중간중간 간식도 나누어 먹다 보니 대피소도, 해발 1500m, 1900m도 지나간다.

나뭇잎에 가려진 숲속은 금방 산짐승이라도 나올 거 같았지만 일행이 많으니 불안할 리 없다. 탐방로 양 옆으로 도열해 있는 각기 다른 모습의 기묘한 나무들이 시선을 뗄 수 없게 한다. 계속 걸으며 찰칵거리는 셔터 소리가 민망할 정도로 수려하다. 가파른 숨을 몰아쉬며 올라가면서도, 몇 년 전 눈길에서 헤매던 곳이 여기던가, 저기였나, 두리번거려 보지만 그때 하도 경황이 없었던 터라 잘 가늠이 안 된다.

정상에 가까워오자 보인다. 큰 나무도 없이 완만한 산비탈에 계단으로 이어진 곳이었다. 휘몰아치는 눈바람에 앞이 안 보여 한쪽을 낭떠러지로 착각해 공포로 몰아넣어 눈길을 엉덩이로 쓸며 내려갔던 그곳은 완만한 비탈에 철쭉밭이었고, 언덕길에 있는 계단이었다. 눈이 너무 많이 쌓여 계단의 굴곡은 없었던 듯 거짓말

같은 옛날이야기를 누구
에게도 믿지 않을 것 같
아 말하지 못하고, 사진
에 담고 마음에 담고 혼
자 그저 웃는다.

드디어 사람들이 모여
있는 곳 정상이다. 더 이

상 올라 갈 곳이 없는 동능정상이다. 몇 년 전 눈보라 속에서도 또렷이 보았던 '한
라산동능정상'이라는 글자가 새겨진 나무 이정표가 그대로 있어 낯익고 반가웠
다. 또한 눈앞에 펼쳐진 백록담의 깊이가 보이고 물이 차 있었다.

겨울 산행 때 보지 못했던, 어느 쪽인지 분간이 어렵고 컴컴했던 눈보라 속의
그곳이 맑은 날 분화구 안은 물론이고, 먼 곳까지 또렷이 보이는 백록담이다. 사
진에 담고, 마음에 담고, 그러다 보니 하얀 구름이 어디서 왔는지 살포시 분화구
안으로 들어왔다가 사라진다. 내가 신기루를 보았나? 주변의 탄성을 들으니 꿈은
아니었다.

TV에서만, 사진에서만 보았던 한라산 물이 고인 **백록담**. 대한민국에서 가장 높
은 1950m의 한라산에 올랐다는 벅찬 감동과 함께 어디를 내려다봐도 파란 구름
위에 떠 있는 듯한 환상적인 풍경에 탄성이 절로 나온다. 눈에 쌓여 몰랐던 동능
정상 주변엔 나무 데크로 넓게 잘 정비가 되어 있었다.

　일행 모두 내려가기 싫은 양 얼마를 그리 멍때리며 시간을 보내다가 일어선다. '다음에 또 오자' 다짐하며 아쉬움을 뒤로 한다. 산을 내려갈 때는 관음사 탐방로로 하산 길에 들어선다.(결국 훗날 더는 가질 못했다.)

　성판악으로 내려가는 길보다 조금 시간 단축은 되는데 길이 험하다. 얼마 지나지 않자 삼각봉이 나오고, 계속되는 내리막길은 급경사도 많고, 계단도 아주 많다.
　계절과 방향, 날씨, 그리고 빛에 따라 보이는 풍경이 다르기에 한라산 산행도 여력이 된다면 몇 번이고 오르면 좋겠다는 생각을 하였다. 그런저런 생각을 하며 두 번째 한라산 탐방을 무사히 마칠 수 있었다.

에코랜드 테마파크
웃음도 즐거움도 추억으로 남는 그곳

에코랜드는 입구 매표소서부터 이국적인 건물에 신전 같은 분위기가 압권이다. 이곳은 그 규모가 거대해서 관광기차를 타고 다니면서 중간 중간 정거장에 내려서 구경을 하고, 다시 다음에 오는 기차를 타고 가다가 내리고 싶은 역에 내리고를 반복하면서 각자 편리하게 둘러볼 수 있는 것이 여유로워 좋다.

에 코랜드

울창한 나무숲 사이를 구불구불 달리는 관광기차의 모습은 그림 같았고, 기차가 지나간 뒤 숲속에 남아 있는 철길마저 낭만적이다. 모든 길은 나무 데크 길로 되어 있어 편하게 걸으면서 둘러볼 수 있고, 호수 물 위로 데크 다리가 가로질러 있어 물 위를 걷는 듯 재미를 더해준다.

호수 주변도 숲과 숲 사이를 잇는 예쁜 다리도 있고, 연출해 놓은 듯 졸고 있는 작은 배도 있는가 하면 걸어가는 길 곳곳에는 길 안내도가 있어 쉽게 가고 싶은 곳을 찾아다닐 수 있다. 자연 그대로의 푸른 숲에서 나오는 신선함과 청량감을 느끼며 여유로움을 즐길 수 있는 곳이다. 시원한 바람이 불면서 일렁이는 호수의 물결이 마음을 정화시켜 주는 듯하다.

레이크사이드역에 도착, 이곳은 또 다른 호수가 있어 다양한 수상레저를 즐길 수 있는 공간이다. 카약부터 오리배까지 탈 수 있어 아이들이 좋아할 수 있는 곳이다.

호수 주변엔 피크닉도 할 수 있는 장소도 있고, 천천히 산책도 가능하다. 다음 코스로 향하는데 마주한 하얀 풍차는 이국적인 느낌으로 관람객들의 마음을 사로잡는다. 가까이 다가가니 크기가 웅장하고, 바람 따라 역동적으로 돌아간다.

삼다정원 즉 돌, 억새, 동백의 정원이란다. 예쁜 황토 길을 따라가보면 연인들이 좋아할 만한 이벤트 공간들로 꾸며 놓았다. 어린이들이 즐길 수 있는 놀이기구도 있었다. 잘 가꾸어진 정원을 지나 전망대를 올라가 보니 내려다보이는 넓은 야생화 정원, 그리고 잔디 광장, 굽이굽이 참 넓기도 하다.

다음 코스는 자연을 온전히 느낄 수 있는 울창한 원시림 숲 산책로가 있어 황톳길을 따라가기도 한다. 이제 다시 기차를 타고 시작점으로 돌아간다. 몇 번을 와도 질리지 않는 청량감이 있는 에코랜드 테마파크이다.

산굼부리 은빛 물결의 억새밭
낭만이 있는 가을로 가는 길

산굼부리는 국가지정 문화재 천연기념물 제263호다. 우리나라에서 하나밖에 없는 마르(maar)형 분화구로, 귀중한 학술적 가치가 있는 세계적으로 아주 희귀한 형태의 분화구라는 안내문이다. 입구부터 잘 조성된 관광지가 되어 있었다. 용암이 흘러가다 식어서 구멍이 뚫렸다는 용수석이 있고, 육중한 돌로 성곽처럼 쌓은 입구가 한껏 기대감으로 설레게 한다.

정상으로 올라가는 비탈진 언덕으로 억새가 한창이다. 유난히 파란 하늘에 뭉게구름이 두둥실 떠가고, 끝없이 펼쳐진 하얀 물결이 바람을 타고 흔들리는 억새밭의 아름다운 향연이 펼쳐지고 있다. 마치 손잡고 춤이라도 추고 싶어 하는 듯 우아하게 손짓을 하며 가을의 감성을 한아름 안겨준다.

산굼부리 정상에 오르니 파란 하늘 아래 우뚝 서 있는 한라산의 웅장한 모습이 또렷하게 보이고, 그 아래로 높고 낮은 많은 오름들이 능선을 뽐내며 한라산을 호위하듯 층층이 도열해 있다. 햇살이 쏟아지는 은빛 물결이 넘실대는 아름다운 억새밭의 뒤로 펼쳐지는 검게 보이는 몽환적인 숲이 풍치를 더해준다. 감동의 황홀한 가을 풍경이다. 억새축제도 열린다는데 정말 축제 같은 가을날의 억새 물결 속을 거닐며 한껏 부풀어 오르는 환상적인 낭만을 살포시 마음속에 차곡차곡 가지런히 담아본다.

용눈이오름의 이른 아침
안개에 쌓인 오름의 신비로움

이른 아침 용눈이오름을 향하여 가는 길은 엷은 안개가 낀 중산간 마을의 울창한 숲속으로 빨려 들어가는 듯한 한적한 길을 따라 자동차는 숨죽이며 달린다. 오전 8시, 도착하니 용눈이오름 입구에는 정적만이 감
돌고, 오름을 올라가는 길을 따라 걷는다. 뒷동산에
오르는 기분이 드는 평탄한 오름길로 거의 정상에 오
를 즈음 갑자기 안개인지 구름인지 자욱해지며 산 능
선이 희미하다.

 아직은 다른 인기척은 없는 우리 일행만의 발자국 소리, 멈춰 서면 정적이 감돈
다. 희뿌연 오름 속의 희미한 산 능선 속으론 두려움이 엄습해 왔지만 태연한 척
능선 따라 돌아가서 정상에 오르자 멈칫 뭔가가 움직인다. 오금이 저려온다. 뭐
야? 그러자 일행이 살며시 다가가더니 오라는 손짓을 한다. 가슴을 쓸어내리며
천천히 가서 보니 제주 말 여러 마리가 웅크리고 앉았거나 서 있다. 미동도 없이
언제부터 그러고 있었을까? 자고 있는 건가? 말들의 목덜미를 덮은 텁수룩한 갈
기들이 젖어 있는 듯 이따금 고개만 움직일 뿐 우리를 보고도 본체만체하니 다행
이다.
 순간 난 얼른 화첩을 꺼내들고, 멀찌감치 서서 말들의 실루엣 위주로 숨죽이며
스케치를 한다. 이런 선물 같은 순간 포착에 흥분된다. 가슴은 콩닥콩닥 뛰고, 한
편으로는 고삐 없는 말들이 달려들까 겁나기도 하고, 설마 공격은 안 하겠지 뚝심
을 부려본다.

그러기를 얼마 동안 정신없이 스케치에 몰입하고 있는데 거짓말처럼 안개는 옅어지고 앞쪽 능선이 보이기 시작하자 약속이나 한 듯 말들이 하나 둘 움직이더니 천천히 능선 아래 숲으로 내려간다. 할 수 없이 스케치도 멈출 수밖에. 아쉽지만 그나마도 다행이다 싶다. 어느새 올라왔는지 사람들도 몇 사람이 가까이 오고 있다.

용눈이오름 능선을 따라 걸으면서 펼쳐지는 주변의 아름다운 풍광과 더불어 바람 따라 흔들리는 초록 빛깔의 향연은 환상적이란 말로는 턱없이 부족하다. 어찌 무슨 말로 표현할 수 있을까? 가까이 보이는 다랑쉬오름과 겹쳐 보이는 여러 오름이 파노라마로 보이며 감성적으로 다가와 걷던 여행자의 발길을 멈추게 한다.

오름 아래로 내려가 분화구를 살펴볼 수도 있고, 매혹적인 곡선이 아름다운 오름 능선을 따라 오르내림을 반복하며 경사도가 별로 없는 곳을 한 바퀴 산책삼아 걸을 수도 있다.

용눈이오름은 오르막이든 내리막이든, 우리네 인생길도 이와 같음을 깨닫게 하는 오름이 아닐까라는 생각을 해본다.

신화가 있는 마을 송당리
신당에 가서 소원이라도 빌어볼까?

코로나가 시작되는 2020년 4월 위험한 10일간의 제주 여행을 강행했을 때는 많은 용기가 필요했다. 내 나름대로 코로나 방지 메뉴얼을 정하고, 그대로 행동에 옮기며 렌트카를 이용, 관광지가 아닌 사람이 없을 것 같은 곳만 골라 피해 다니며 스케치 여행을 하였었다. 송당리를 찾아갔던 날엔 숲이 많은 조용한 마을 분위기가 마음에 쏙 들었다. 마을 구석구석의 예쁜 집들이 좋아 하루종일 송당리에서 어반스케치를 하며 보내고, 어둑해져서야 종달리 숙소로 돌아갔었다.

다음해에 찾아 갔을 때 달라진 건 없었다. 익숙한 거리 풍경, 조용한 중산간 마을, 숲이 많아서일까? 청량감에 기분 좋게 돌담길 따라 걷는 마을 안길에는 비자나무와 동백나무가 유난히 많이 보인다. 송당리에는 용눈이오름, 다랑쉬오름 등등 수십여 개의 오름들이 있고, 그 오름과 오름 사이사이로 넓은 초원 지대가 있어 전형적인 농촌마을이지만 목장들도 많이 보인다.

송당초등학교 앞에 '**신화와 오름을 따라 걷는 소원 비는 마을**'이라는 글씨가 있다. 중산간 지역에 자리한 송당리는 자연과 신화, 그리고 전설이 어우러진 제주 오름 마을이었다. 바다를 생활 터전으로 살아가고 있는 제주에는 많은 신들이 곳곳에 존재한다. 이곳엔 제주도 무형문화재 제5호인 **본 향당(금백조신당)**이 있고, 당굿이 계승되고 있는 문화와 민속이 살아 있는 마을로 1만 8천여 신들의 어머니 금백조 신화가 있어 소원을 비는 마을로도 전해져 온다고 한다.

송당리엔 제주스런 분위기의 가옥을 활용하여 마을 중심이 되는 도로 양옆으로 마주 보며 독립서점과 카페와 식당, 펜션, 아기자기한 소품 가게들이 예쁘게 많이 자리하고 있어 오름을 오르지 않더라도 일부러 찾아가는 관광객들이 아주 많다.

가시리의 쫄본갑마장길

오름이 군락을 이루는 아름다운 산간 마을

가을이면 바람개비가 돌아가는 사이사이로 반짝이는 은빛 억새의 향연이 펼쳐지는 아름다운 명소 가시리, 그 억새를 보기 위해 햇살 좋은 날 가시리를 향해 달린다. 이번 여정은 가장 짧은 4박5일, 제주 공항에서 바로 직진하는 것이다.

렌터카에 짐을 두고, 유채꽃 프라자 주변 산책길에 나선다. 눈에 익은 주변 풍경, 사진 찍으며 하하거리던 그 당시 함께 했던 지인들과의 추억이 떠오른다. 어느 해 봄날, 말을 타보는 패키지로 지인들과 이곳 갑마장에 다녀간 적이 있다. 그때 보았던 녹산로에는 벚꽃과 유채꽃 행렬이 펼쳐지는 최고의 경관을 자랑하고 있었다. 그때 보았던 봄 풍경이 두고두고 마음에 남아 있었고, 그때의 추억은 나를 다시 이곳에 오도록 한 것이다.

가시리는 한라산 남동쪽에 위치한 중산간 마을로 따라비오름 등 십여 개의 오름들을 끼고 있으며 넓은 초원과 임야로 이루어져 있다. 특히 지형적 특성으로 조선시대에는 갑마장(최고의 나라 말을 육성하던 곳)이 있을 정도로 전통적으로 목축이 성행했던 곳이다.〈현지 안내문 참고〉 그래서인지 마을 곳곳에 말을 형상화한 조형물이 설치되어 있고 말은 이 마을의 마스코트가 되어 있었다.

유채꽃프라자는 상업복합 편의시설로 숙소, 식당, 카페, 세미나실 등을 운영한다. 유채꽃프라자 주변이 봄에는 유채꽃 명소로, 가을에는 억새의 명소로 알려졌고, 위치는 세 개의 오름으로 올라가는 길목에 있어서 오름 여행자들도 즐겨 찾는 곳이기도 하다.

따라비오름(342m)을 오르기로 한다. 기대감에 설레는 마음은 감출 수가 없다. 왼쪽 계단 길로 20여 분 남짓 오르니 가을날 바람결 따라 살랑대는 은빛 억새의 군무는 환상적인 무대를 보는 듯 바람 불 때 더 아름답다. 짙푸른 나무숲 사이사이로 억새가 살랑대는 따라비오름은 걸음마다 바람이 따라오며 연출해 내는 온갖 아름다운 퍼포먼스로 발걸음이 더뎌진다. 어느 오름에서도 볼 수 없는 세 개의 분화구와 6개의 봉우리로 이루어져 있는 독특한 풍경이다. 어느 쪽으로 가든 다 연결되어 있어 능선 따라 걸으면 된다. 오름들의 봉우리 정상 평상에 앉아 넓은 들판에 우뚝 솟은 수십 개의 풍력발전기가 제각각 제주의 바람으로 돌아가는 모습을 내려다보는 풍경은 보는 이의 마음에 활력을 주는 듯 아름다운 풍경이다.

조랑말박물관은 시간을 되돌려 보는 곳으로 문화예술작품이 많이 있고 주민들이 기증한 물품과 가시리 창작지원센터 작가들의 작품을 통해 다양한 정보와 내용을 각종 매체를 통해 알리며 발전해 나가고 있으며, 제주의 전통 목축방식과 조랑말의 생태와 습성에 대해 살펴볼 수 있는 곳이다.

전시 물품들은 주로 말을 키우고 보살피는 데 필요했던 여러 가지 기구들이 전시되어 있었다.

조랑말공원은 조선시대 왕에게 진상되던 최고의 말을 사육했던 갑마장이 있던 가시리 마을 자리에 조성된 공원이다. 600년 목축 문화의 역사를 함축하여 만든 말 박물관과, 카페, 아트숍, 넓은 승마체험장 등을 운영한다.

조랑말체험공원에서는 말을 타고 확 트인 초원에서 말과 교감하는 승마를 체험

해 볼 수 있다. '쫄븐갑마장길'이 궁금했는데 일종의 가시리 둘레길을 말하는 것이었다. 유채꽃프라자에서 출발해 따라비오름과 **조랑말체험공원**, 큰 사슴이 오름을 이으며 걷는 길이다. 가을엔 억새의 향연이 펼쳐지고, 봄이면 유채꽃과 벚꽃 명소로 온 마을에 꽃잔치가 벌어지는 아름다운 가시리이다.

돌아가는 길 차량 안에서 보이는 가시리 주변의 크고 작은 오름들이 색을 달리하며 겹쳐지는 능선은 말로 표현할 수 없을 정도로 신비롭고 수려하다.

자연사랑미술관은 제주에서 오랫동안 사진기자로 활동해온 서재철 사진작가의 평생이 담겨 있는 곳으로 당시 폐교였던 가시리에 있는 가시초등학교를 2004년 전시관으로 문을 연 곳이다. 레트로 감성이 담긴 엄청나게 많은 사진 속에서 제주

의 옛 모습과 자연 그리고 달라져 가는 제주 등등 흥미롭게 볼 수 있어 시간 가는 줄 모르고 푹 빠져 머물렀다.

금오름의 황매를 보다
오름이 보여주는 신비로운 이야기

여행은 늘 사람을 설레게 한다. 새로운 곳에 대한 호기심일까? 두려움일까? 제주에 그리 많이도 왔건만 금오름은 처음이다. 주차장에서부터 걸어 올라간다. 아래서 보기에는 그다지 높아 보이지는 않는다. 입구에 길 안내도에는 '못을 품은 신비로운 서쪽 언덕 금오름, 산정화구호를 갖는 신기의 기생화산체'라 쓰여 있어 기대를 갖고 올라가는데 휠체어도 갈 수 있어 길은 아주 수월하다.

금오름(427.5m) 정상이다. 20여 분 걸린 것 같다. 멀리 비양도가 또렷이 보이고, 금능, 협재, 한림까지 눈에 들어온다. 남쪽을 제외하고는 모두 풀밭이고, 분화구 아래엔 작은 호수도 보인다. 나무와 수풀이 우거진 넓은 오름 주변과 호수가 어우러지고, 오름 너머로 보이는 푸른 바다를 함께 볼 수 있는 조망이 아름답다.

정상은 능선 따라 한 바퀴 도는 코스도 있고, 분화구 아래 호수로 내려가서 가로질러 갈 수 있는 코스도 있다. 제주에서 이런 호수나 연못을 품은 신비로운 오름이 몇 개 안 된다고 한다. 분화구 안 호수는 비가 와야 물이 고이고, 쉽게 마르기 때문에 잘 볼 수 없는 귀한 풍경이라는데 운 좋게 황매를 볼 수 있었다. 움푹 팬 분화구에 물이 고여 있는 작은 호수를 '**황매**'라고 한다.

　분화구 한 바퀴를 돌아보려고 능선 따라 산불 감시초소와 송신탑도 지나고 나무가 어우러진 숲 터널도 지나면서 양쪽으로 보이는 풍경은 시야가 시원하니 충분한 힐링이 되는 그런 곳이다. 더더욱 바람이 불어 황토색 길 양옆으로 풀밭이 일렁이는 모습 또한 장관이다. 이번에는 분화구 안으로 경사가 심한 비탈길을 내려가 본다. 연못에 다다르니 능선에서 볼 때보다 규모가 꽤 넓다. 언제 마를지 모르는 물이었지만 그래도 연못가에는 식물들이 자라고 있다.

오설록 차향의 추억

녹차밭에서 즐거웠던 시간들이 보인다.

　여러 번 다녀갔던 '오설록티뮤지엄' 입구에서 보이는 오설록의 상징인 찻잔 조형물을 만난다. **오설록티뮤지엄**은 녹차와 한국 전통차 문화를 이해할 수 있는 학습 공간으로 설록차의 모든 것을 체험해 볼

수 있는 의미 있는 공간이다.

어느 계절이라도 초록
빛을 잃지 않는 싱그럽
고 낭만이 가득한 녹차
밭길을 산책하면서도 아
이들과의 즐거웠던 시간
들이 보인다. 녹차밭 사
이에서 사진을 찍으며

깔깔거리던 아이들의 웃음소리가 들린다. 두리번거려 보지
만 보이는 건 초록색만 보일 뿐 헛헛한 마음으로 이내 현실
을 직시한다. 빨대까지 꽂혀 있는 아이스크림 형상의 커다
란 조형물이 조용히 바라본다.

몇 년 전 미국에서 여름방학을 맞아 한국에 왔던 손녀들과 이곳에 왔었던 때가
자꾸만 아른거린다. 북적이는 사람들 틈에서 진한 녹차향에 취해 보려 하지만 아
이들이 앉았던 자리, 아이들이 좋아하던 녹차 아이스크림, 케이크 등등 자꾸만 보
인다. 아이들의 표정까지도…….

주체할 수 없는 그리움으로 내달리는 마음
을 다스려 보자고 따뜻한 녹차 한 잔을 마주
해 본다.

에필로그

올레길은 마음을 비우고, 눈에 보이는 대로 느끼며 그저 바라보기만 해도 되는 오롯이 나를 위한 휴식의 길이었고, 자아성찰의 시간이었다. 또한 나의 발길 닿은 곳에서 마주한 것들을 그림으로 남긴다는 것은, 뿌듯함이 있는 매력적인 일이다.

4년 동안 수백여 점의 수채화 작품을 제주를 담아 그렸고, 올레길을 한 코스 한 코스 걸으며 접했던 여러 가지 상황들을 자세하게, 정확하게 소개해야 하기에 글을 쓰는 시간도 해가 바뀌는 아주 오랜 시간이 걸렸다.

또한 그 작품을 한 점 한 점 사진 촬영하여 원고 본문 제자리에 삽입하는 것 또한 엄청난 작업량이었다. 하지만 수십여 권 화첩들 속에서 잠자고 있던 나의 분신들을 꺼내 세상 여행을 시키려 하니 그리 좋을 수가 없었다. 그리고 난생 처음 책을 발간하겠다 마음먹은 후로는 새로운 호기심과 설레는 기대감은 매일 그림과 글에 매달려 살게 하였고, 그 시간이 그렇게 즐겁고 행복하였다.

나의 희로애락과 함께해 준 작품들이 있어 행복한 일상을 즐길 수 있었음에 그저 감사한 마음으로, 오롯이 나의 감성으로 꾸며지는 이 한 권의 책이 보는 이로 하여금 울림이 되어 작은 도움이라도 되었으면 하는 마음이다.

힘이 되어 준 가족과 십여 년 동안 그림 여행을 함께해준 화우 두 분께 고마움을 전합니다. 또한 응원해 주신 많은 지인들과 화우들께 감사드립니다.